Lars Petersen

Das Geheimnis der Insel

Ein Langeoog - Krimi

Schick Verlag & Agentur

Alle Rechte liegen beim Autor
Herstellung: Books on Demand GmbH

ISBN 3-8311-2879-0

1. Kapitel

"Erzählen Sie weiter." Die Aufforderung sollte so sachlich und unaufdringlich wie möglich klingen.

Dennoch wurde sie nicht gleich befolgt.

"Wenn Sie wüßten...", sagte Monika Bojen einen Moment später, "wie sehr ich mir wünsche, dass Sie mich berühren..., dass Ihre Hände meinen Körper streicheln."

Monika Bojen überraschte mich keineswegs.

Es folgten Banalitäten wie "meine Vermieterin wühlt immer noch in meinem Briefkasten herum... Der Abteilungsleiter ist ungerecht zu mir... Die Politesse wollte nichts davon wissen", ehe wir auf die ernsthafteren Dinge zu sprechen kamen. Monika Bojen drehte sich etwas zur Seite, rang nach Luft, begann leise zu jammern, und fast konnte ich sehen, wie ihr Pulsschlag schneller wurde.

Sie kam auf ihre sexuellen Begierden zu sprechen, danach schwieg sie, wie gewöhnlich.

"Mit Ihren blonden Haaren, Ihren blauen Augen und dem Grübchen am Kinn", sagte sie, "haben Sie doch bestimmt großen Erfolg bei Frauen. Sie erinnern mich an..."

Was kam jetzt? Kirk Douglas? Störtebecker? Mit einer schneller Handbewegung strich ich die Haarsträhne zurück, die mir vor die Augen gerutscht war. Monika Bojen sprach ihren Satz nicht zu Ende, sondern zog sich in eine Art eigensinniges, nahezu feindseliges Schweigen zurück.

"An wen?"

Diese Frage brachte sie völlig aus der Fassung.

"Was soll ich Ihnen darauf antworten? Mich werden Sie jedenfalls nicht anfassen, Sie impotenter Schwächling! Es gibt Männer, die würden sogar dafür bezahlen, meinen Hintern berühren zu dürfen..."

Sie hielt inne und fügte berichtigend hinzu: "Nicht alle... Es gibt auch welche, die es nur gegen Bezahlung tun würden... Und auch das ist nicht einmal sicher."

Mit einem tiefen Seufzer kam sie schließlich auf Klaus und diese endlose Heiratsgeschichte zu sprechen.

"Sie kennen die Folge... Wieso habe ich zugelassen, dass Klaus das Aufgebot bestellte? Einfach unglaublich! Natürlich kann ich immer noch nein sagen, wenn wir vor dem Standesbeamten stehen, doch spätestens dann bin ich das Stadtgespräch von ganz Wittmund. Wenn man bedenkt, dass er sich auch kirchlich trauen lassen wollte! Aber das habe ich ihm ausreden können. Wichtig ist für ihn nur, mich zu heiraten. Eigentlich liebe ich Klaus gar nicht. Er ist ein alter Mann, er hat keine Energie. Ich habe versucht, mit ihm zu schlafen, aber er ist ein jämmerlicher Liebhaber. Er mag es nicht. Die Vorstellung, mit einer Frau im Bett zu liegen, ekelt ihn an... oder versetzt ihn in Angst und Schrecken. Was auf dasselbe hinausläuft."

"Und warum wollen Sie ihn trotzdem heiraten?"

Sie lag auf der Couch und schüttelte den Kopf. Von meinem Sessel aus konnte ich lediglich ihren zu einem Knoten gedrehten blonden Zopf und die Schulterteile ihres grau karierten Kleides sehen. Eine Art horizontale Luftaufnahme. Farblich hätten wir ein seltsam zueinander passendes Paar abgegeben: wir waren beide blond und trugen Sachen in gedeckten Farben, sie lag ausgestreckt auf der schwarzen Ledercouch, während ich im Sessel saß.

Von Zeit zu Zeit warf ich einen Blick in ihre Richtung. Meistens rührte sie sich nicht. Nur wenn sie eine unangenehme Erinnerung oder einen ihr peinlichen Gedanken schilderte, kam es vor, dass sie den Kopf oder die Arme bewegte, manchmal sogar die Position wechselte und sich auf die Seite drehte, am liebsten zur Wand hin. Doch das war nie von langer Dauer, denn meistens fand sie sehr schnell zu ihrer anfänglichen Lage und zur Bewegungslosigkeit zurück. In diesen Augenblicken hätte man sie für ein gut erzogenes Kind halten können, dem man beigebracht hat, sich bei Tisch nicht auf die Ellbogen zu stützen. Selbst während der Analyse nahm sie eine korrekte Haltung ein. Es war vor allem ihre Ausdrucksweise, die im Widerspruch zu ihrer guten Erziehung stand. Sie konnte fluchen wie die Pferdekutscher auf Langeoog und sich eines Vokabulars bedienen, das die Vorurteile gegenüber uns Ostfriesen neu angeheizt hätte. Offensichtlich liebte sie diese Sprache. In diesen Momenten fand ich sie tatsächlich ungemein verführerisch, und nicht immer ließen ihre Provokationen mich kalt.

Aber ich war ihr Therapeut, und die Distanz zwischen dem Sessel und der Couch war unüberwindlich.

Ich wiederholte meine Frage: "Warum wollen Sie ihn heiraten?"

Sie betrachtete das Gemälde, das an der Wand gegenüber der Couch hing. Es handelte sich dabei um eines dieser wunderbaren Seemotive des Kunstmalers Hans-Christian Sörensen, der eine Galerie in der Westerstraße in Esens besitzt. Das Gemälde hatte mich ein kleines Vermögen gekostet, doch es gab keinen besseren Platz dafür als in meiner Analytikerpraxis in der Drostenstraße, gleich über dem kleinen Eichenholztisch, der mir als Schreibtisch diente.

"Warum ich Klaus heiraten will?" fragte Monika Bojen leise. "Ebensogut könnte man versuchen herauszufinden, wann dieser Leuchtturm auf dem Bild in sich zusammenstürzen wird. Ich möchte Klaus heiraten, weil..." Sie suchte nach einer Antwort.

"Weil... Klaus mich liebt... weil er mich wegen mir und nicht wegen meines Geldes oder meines Hinterns liebt. Die Männer, denen ich begegne, wollen nur so schnell wie möglich mit mir ins Bett. Und wenn sie das geschafft haben, kann ich sicher sein, dass ich sie nie mehr wiedersehen werde. Bei Klaus ist das anders. Er respektiert mich, er liebt mich so, wie ich bin. Bedingungslos, ohne mich besitzen zu wollen... Es ist das erste Mal, dass sich ein Mann mir gegenüber so verhält und mich nicht wie eine dahergelaufene Schlampe behandelt, verstehen Sie. Das klingt vielleicht blöd, aber mich berührt dieses Verhalten zutiefst..."

Sie hielt erneut inne, bevor sie mit bitter ironischer Stimme fortfuhr: "Ich wünschte mir, es würde mich auf eine andere Art und Weise berühren, verstehen Sie, doch es ist immer dasselbe: es ist unmöglich, jemandem zu begegnen, der nicht nur mit mir schlafen, sondern mich auch heiraten will. Man könnte meinen, die Männer seien unfähig, zwei Dinge gleichzeitig zu tun!"

Genau die Art von Problemen, mit denen ich so oft zu tun hatte: Liebe mich, doch faß' mich bloß nicht an! Faß' mich an, doch liebe mich bloß nicht! So lauten, in aller Regel, die Forderungen der depressiven Hysterikerinnen. Eine Forderung, die entweder Wut, Flucht oder Frustration auslöste.

Eine Frustration, die im Moment an mir abreagiert wurde. Übertragung heißt das in der Sprache der Analytiker.

"Die Tatsache, dass Sie in Ihrem Sessel festsitzen", schrie sie, "heißt noch lange nicht, dass Sie anders sind als all die anderen...! Auch Sie können meine Wünsche nicht erfüllen... Manchmal frage ich mich wirklich, warum ich überhaupt zu Ihnen komme."

"Eine gute Frage", stimmte ich ihr zu und erhob mich.

Ich merkte, wie sie auf der Couch in Panik geriet. Glaubte sie allen Ernstes, ich würde mich zu ihr legen?

"Gut, so viel für heute", sagte ich lakonisch.

Erleichterung. Die Sitzung war zu Ende.

Im Nu war sie auf den Beinen. Sie nahm ihre Handtasche, die sie vor der Couch auf den Boden gestellt hatte und ging hinaus, ohne ein Wort zu sagen oder auch nur einen Händedruck anzudeuten.

Sie war mit ihren Gedanken bereits weit weg - bei ihrer Politesse, ihrem Abteilungsleiter oder ihrer unmöglichen Geschichte mit Klaus.

Ich sah auf meine Armbanduhr: Viertel vor drei. Enno Flörke müßte jeden Augenblick kommen.

Meine Praxis lag im zweiten Stock eines stattlichen Gebäudes, der alten Superintendentur, gleich über dem Dritte-Welt-Laden im Herzen der kleinen Fußgängerzone Wittmunds. Wenn ich zum Fenster hinausschaute, konnte ich alles sehen, was draußen vor sich ging. Ich erblickte Monika, ihre blonde, elegante Gestalt, wie Kim Novak in *Vertigo*. Sie lief zu ihrem blauen VW Polo. Selbstverständlich hatte sie falsch geparkt. Genau am Eingang der Fußgängerzone neben dem kleinen Springbrunnen! So frech muß man erst einmal sein. Ich sah, wie sie lebhaft gestikulierend auf eine Politesse der Stadtverwaltung einredete, die sich offensichtlich nicht umstimmen lassen wollte. Wofür ja alle Politessen hinreichend bekannt sind.

Die Folge dieses Zwischenfalls war nicht schwer zu erraten. Monika Bojen würde nicht schlafen können. Dabei wäre sie problemlos in der Lage, den Strafzettel zu bezahlen. Ihre Eltern hatten ihr ein beachtliches Vermögen hinterlassen, etwas mehr als zwei Millionen Mark, mit denen sie bis zu ihrem Tod ein sorgenfreies Leben hätte führen können, ohne arbeiten oder sich einschränken zu müssen. Doch sie wollte dieses Geld nicht anrühren. Nicht aus Sorge um ihre Unabhängigkeit oder weil sie sich gegen ihre Eltern auflehnte, sondern aus Angst vor der Einsamkeit. Sie befürchtete, dass dieses bedeutende Vermögen sie endgültig von den anderen trennen könnte. "Ich möchte so leben, wie meine Mitmenschen", sagte sie, "ich möchte arbeiten, für meinen Lebensunterhalt aufkommen, mich mit Leuten treffen, Freunde, Liebhaber, einen Ehemann haben, Menschen, die mich meiner selbst und nicht meines Geldes wegen lieben."

Und so hatte sie zu arbeiten begonnen. Mit einigem Erfolg, wie man zugeben muß. Als Arzneimittelvertreterin eines bedeutenden Pharmakonzerns machte sie durchaus eine gute Figur. Sie war jung, sah hinreißend aus und hatte einen angeborenen Sinn dafür, mühelos Kontakte zu knüpfen. Und vor allem war sie eine Einheimische. Sie sprach die Sprache der Menschen Ostfrieslands und führte, wie sie erzählt hatte, mit alteingesessenen Apothekern und Ärzten die Geschäftsverhandlungen in plattdeutscher Sprache. Folglich war ihr Auftragsbuch stets bestens gefüllt, was ihr ein sehr ordentliches Einkommen und große Zufriedenheit bescherte.

Darüber hinaus war die Sache jedoch kompliziert. Trotz ihrer blauen Augen und ihrer erotischen Ausstrahlung, die mehr als nur einem Mann den Kopf verdrehte, war Monika Bojen nicht fähig, eine Liebesbeziehung einzugehen.

Sie verstand es meisterlich, sich von der Außenwelt abzukapseln, indem sie sich den Leuten entweder zu sehr aufdrängte oder sich, im Gegenteil, zu reserviert gab. Mit dem Resultat, dass ihr Leben, wie sie es selbst ausdrückte, "die reinste Ödnis" war.

Als sie Klaus kennenlernte und er sie heiraten wollte, war sie wie geblendet. Nie zuvor hatte ein Mann ihr einen solchen Antrag gemacht. Dabei entsprach Klaus in keiner Weise ihrem Ideal von einem Mann. Er war schon älter, leitete eine kleine Firma, die Landhandel betrieb und konnte ihr, mit seiner ruhigen, ehrenhaften Art, genau die Sicherheit bieten, die sie brauchte. Zu ihrem Pech hatte er außer dieser Sicherheit nichts anderes zu bieten. Er war ein sehr ernster, tiefgläubiger Mensch, der wenig Interesse an körperlicher Liebe hatte und nach Prinzipien lebte, die Monika Bojen zunächst derart lächerlich und überholt vorgekommen waren, dass sie ihn deswegen ausgelacht hatte. Doch Klaus hatte sich nicht entmutigen lassen und ihr mit einer solchen Ausdauer den Hof gemacht, dass sie schließlich eingewilligt hatte, ihn zu heiraten - aus Überdruß ebenso wie aus Angst, allein zu bleiben.

Das Aufgebot wurde bestellt, und seitdem kreisten sämtliche Sitzungsgespräche nur noch um diese gefürchtete und gleichzeitig ersehnte Heirat. Monika Bojen wußte immer noch nicht, wie sie sich vor dem Standesbeamten verhalten würde. Als Therapeut hatte ich nicht das Recht, sie auf die eine oder andere Art zu beeinflussen, doch insgeheim wünschte ich mir, sie würde nein sagen.

Es war bereits kurz nach drei.

Enno Flörke hatte sich verspätet, was entweder auf die Unzulänglichkeit der Deutschen Bahn oder auf die angeborene Unfähigkeit meines Patienten, pünktlich zu sein, zurückzuführen war. In zwei von drei Fällen kam Enno Flörke zu spät. Fast hätte man meinen können, er würde nur zu mir in die Praxis kommen, um seine Sitzung zu bezahlen.

Tatsächlich verpaßte er nicht nur seine Sitzungen, sein ganzes Leben war ein einziges Versäumnis. Nach Erhalt seines Diploms in Philosophie hatte er einen Lehrvertrag an der Universität Oldenburg erhalten. Es wäre eine Untertreibung zu behaupten, seine Schüler hätten sich einen Dreck um Aristoteles und Platon geschert, doch innerhalb weniger Tage war sein Unterricht völlig zusammengebrochen, und wenige Wochen später war Enno Flörke zum unbestrittenen Prügelknaben der ganzen Uni geworden.

Seither bemühte er sich dreimal die Woche aus Oldenburg in meine Praxis, um mir mit kaum hörbarer Stimme die endlose Litanei seiner Mißgeschicke zu klagen, in der Hoffnung, sein leidvolles Dasein auf diese Weise ein wenig erträglicher gestalten zu können.

Er ging ständig gebeugt, oder genauer ausgedrückt: er war wie gebrochen, vom Leben erdrückt. Außerdem wurde er zusehends älter. Obwohl er erst vierunddreißig Jahre alt war, wurden seine stets zerzausten Haare überall grau, und zwischen einer Sitzung und der nächsten schien er jedesmal zehn Jahre zu altern. Sein Leben bestand nur noch darin, an Mauern entlangzuschleichen, und mit der Zeit war es aufgrund seines Pechs, seiner Enttäuschungen und seiner Mißerfolge tatsächlich gelungen, zu einem Schatten seiner selbst zu werden, gewissermaßen mit der Farbe der Couch zu verschmelzen.

Die Zeit verging. Enno Flörke war drauf und dran, eine weitere Sitzung zu verpassen, als es plötzlich klingelte.

Ich öffnete.

Es war nicht Enno Flörke, sondern Uwe Janssen. Mit einem deutlichen „Moin!" betrat er meine Praxis.

Als ich ihn sah, zuckte ich unweigerlich zusammen. Eine Reaktion, die ihm nicht entging. „Moin."

"Sie hatten wohl nicht mit mir gerechnet?" fragte er mit einschmeichelnder Stimme.

"Sie sind ein wenig zu früh dran", antwortete ich gelassen.

Er lächelte.

"Das macht nichts, Doktor, ich kann warten. Ich habe reichlich Zeit, wissen Sie."

Ich schaute erneut auf die Uhr. Es war wenig wahrscheinlich, dass Enno Flörke jetzt noch auftauchen würde. In wenigen Minuten war die Zeit seiner Sitzung abgelaufen. Es hatte also keinen Sinn, noch länger auf ihn zu warten.

"Kommen Sie herein", sagte ich und trat zur Seite, um ihn vorbeizulassen.

Nachdem er einen flüchtigen Blick auf Sörensens Werk geworfen hatte, legte sich Uwe Janssen auf die Couch. Ich nahm hinter ihm auf meinem Sessel Platz, die Sitzung konnte beginnen, sofern man das folgende Gespräch überhaupt als "Sitzung" bezeichnen konnte.

Das Prinzip der Psychoanalyse ist sehr einfach. Der Patient legt sich auf die Couch und teilt dem Analytiker sämtliche Gedanken mit, die ihm durch den Kopf gehen. Er tut das, ohne sich Beschränkungen aufzuerlegen und ganz gleich, welcher Art diese Gedanken sind. Diese Regel erfordert Offenheit und Mut, denn es ist nicht immer einfach, von dem zu erzählen, was man häufig als schändlich oder unerhört empfindet: frivole Wünsche, uneingestandene

Begierden, Mordgedanken und ähnliches. Trotzdem unterwerfen sich die meisten Patienten dieser Methode mit Ehrlichkeit und voller Vertrauen, weil sie wissen, dass dies das wirksamste Mittel ist, zu einer besseren Kenntnis ihrer selbst zu gelangen und folglich zu einem befriedigenderen Leben zu finden. Gewöhnlich entsprachen meine Patienten diesem Verhalten. Jene, denen das nicht gelang oder die von der Methode nicht überzeugt waren, kamen nach einigen Sitzungen nicht mehr wieder.

Mit Uwe Janssen verhielt es sich anders. Von Anfang an hatte er sich als ein ganz und gar untypischer Fall erwiesen.

Als er das erste Mal zu mir kam, wirkte er völlig verzweifelt. Einige Monate lang war er bei einem meiner hervorragendsten Kollegen in Behandlung gewesen: bei Paul Bünting, der nicht nur ein einzigartiger Psychotherapeut gewesen war, dem man die Heilung ganz besonders schwieriger Fälle zu verdanken hatte, sondern auch ein brillanter Theoretiker, dessen Thesen über die Angstpsychose großes Ansehen in unseren beruflichen Kreisen genossen. Als Chefarzt einer psychiatrischen Klinik in Bremen war er nachhaltig in Erinnerung geblieben, weil er seine Abteilung geöffnet und auf eine tatsächliche Eingliederung der Kranken in die Gesellschaft hingearbeitet hatte. Diese damals sehr gewagte Krankenhauspolitik hatte wesentlich zu seinem Renommee beigetragen. Nach seiner Zeit in Bremen hatte er eine kleine Praxis in Norden eingerichtet und war mit seiner Entscheidung sehr zufrieden gewesen.

Sein Tod hatte eine gewaltige Lücke in die Welt der Psychoanalyse gerissen. Als er mit seiner Frau und seinen beiden Kindern in die Ferien ins Sauerland fahren wollte, hatten die Bremsen seines Wagens versagt. Er flog aus einer Kurve und prallte gegen eine Mauer. Alle Wageninsassen waren auf der Stelle tot.

Dieser Tod berührte mich um so schmerzlicher, als Paul Bünting ein sehr enger Freund von mir gewesen war. Aus diesem Grund empfand ich es eher als einen Glücksfall, einen seiner ehemaligen Patienten übernehmen zu dürfen. Ich sah darin die Möglichkeit, eine auf grausame Weise unterbrochene Arbeit fortzusetzen.

Bei den ersten Gesprächen hörte ich Uwe Janssen demnach wohlwollend zu. Doch schon bald wurde er mir äußerst unsympathisch.

Er war etwa fünfzig Jahre alt, vielleicht auch etwas älter. Seine äußere Erscheinung war nicht besonders auffällig: er war mittelgroß und, altersbedingt, ein wenig korpulent. Seine leicht ergrauten, lockigen Haare ließen den Ansatz einer Glatze erkennen. Kurzum, er war der Inbegriff eines Durchschnittsmenschen. Seine Kleidung wirkte ebenso trostlos und unpersönlich wie sein Aussehen: grauer Anzug, weißes Hemd, dunkle Krawatte. Man hätte ihn für einen Witwer halten können. Nicht für einen jener schmerzerfüllten, untröstlichen Witwer, die den Tod ihrer Frau nicht überwinden können, sondern vielmehr für den ewigen Witwer, dem die Trauer und die Melancholie beinahe zur zweiten Natur geworden sind. Zweifellos hätte er den idealen Angestellten eines Bestattungsunternehmens abgegeben. Ein modisches Detail paßte jedoch nicht zu seiner durchschnittlichen Erscheinung: er trug einen Diamanten im linken Ohr. Davon abgesehen gab es nichts Ungewöhnliches über ihn zu sagen, außer, dass er helle Augen und einen völlig ausdruckslosen Blick hatte, so als würde sich rein gar nichts in ihm regen. Er redete in einem feierlichen Ton, der mich zuweilen rasend machte, und manchmal betonte er seine Worte mit derartiger Schwülstigkeit, dass ich mich fragte, ob er nicht irgendwann einmal Priester gewesen war. Er gab an, am Melkerpad auf Langeoog ein kleines Haus zu besitzen, sich von seinen Nachbarn darin zu unterscheiden, dass er keine Zimmer an Urlauber vermietete und den Aufwand, zur Therapie jedesmal ans Festland kommen zu müssen, gerne in Kauf zu nehmen.

Schon bei den ersten Sätzen von Uwe Janssen verspürte ich eine Art Unbehagen. Seine Worte klangen falsch. Sie waren mit einem perfekt ausgearbeiteten Plädoyer zu vergleichen. Nichts fehlte. Zunächst sprach er von der Bestürzung, in die der plötzliche Tod von Paul Bünting ihn gestürzt hatte, die mit einem gewissen Schuldgefühl verbunden war und die er mit einer erstaunlichen Fülle von Details darzulegen wußte. Dann folgten die Angstzustände, die Schlaflosigkeit, die unbegreifliche Angst vor den anderen, vor sich selbst, vor der ganzen Welt, sowie die unangepaßten Verhaltensweisen, die ständigen Vorwürfe, die Unfähigkeit, eine Entscheidung zu treffen, und schließlich die Phobien und die nach strengen Regeln ablaufenden Verhaltensweisen, kurzum: ein vollständiges Krankheitsbild. Uwe Janssen bot offensichtlich das perfekte Beispiel einer Zwangsneurose, von denen Freud behauptet hatte, sie seien auf wunderbare Weise zu heilen.

"Ich bitte Sie, Doktor", hatte Uwe Janssen mich nach seinem Plädoyer angefleht, "weisen Sie mich nicht ab."

Trotz meines Wunsches, einen von Paul Büntings Patienten zu übernehmen, konnte ich mich nicht entscheiden.

Alles schien mir zu schön präsentiert, zu perfekt geschnürt, zu glatt vorgetragen, um ehrlich sein zu können. Machte er sich über mich lustig? Am liebsten hätte ich ihn abgelehnt. Doch dann dachte ich an Paul. Er war kein Analytiker, dem man etwas vormachen konnte. Zweifellos hatte der Schwierigkeitsgrad dieser Therapie ihn angespornt. Niemals hatte er sich vor den Herausforderungen, die die Krankheiten seiner Patienten ihm stellten, gedrückt, und sicherlich hatte er diesem Umstand seinen guten Ruf zu verdanken. Trotzdem war ich nicht überzeugt. Ablehnen? Meine Entscheidung aufschieben? Ihn an einen Kollegen verweisen? Ich zögerte lange. Einerseits gefiel mir die Vorstellung, den Patienten eines Freundes zu behandeln; außerdem mußte ich an die finanziellen Verpflichtungen denken, die ich mit der Einrichtung meiner Wohnung eingegangen war. Andererseits gelang es mir einfach nicht, mit diesem Patienten warm zu werden, aber das hatte nichts zu bedeuten, denn im Verlauf der Analyse konnte sich das durchaus ändern. Warum sollte ich es nicht wenigstens versuchen? Schließlich hatte sich auch Paul darauf eingelassen. Oder war es gerade dieser Vergleich mit ihm, der mir so große Angst bereitete, dass ich nicht weiterzuführen wagte, was er begonnen hatte? Schließlich traf ich eine Entscheidung.

"In Ordnung", hatte ich gesagt, "nächste Woche können wir beginnen." In diesem Moment erkannte ich ein triumphierendes Leuchten in Uwe Janssens Augen.

Ich begriff, dass ich einen Fehler begangen hatte.

Die folgenden Sitzungen erwiesen sich als eine einzige Enttäuschung.

Sie waren nichts anderes als eine geschickte Inszenierung dessen, was man über die Psychoanalyse lesen und da und dort hören kann.

Bei Uwe Janssen waren ein Ödipuskomplex und eine Kastrationsangst tatsächlich ein Ödipuskomplex und eine Kastrationsangst, und ich muß gestehen, dass er eine ungewöhnliche Begabung für die Beschreibung seiner inzestuösen Begierden, seiner Mordgelüste und seiner unbewußten Schuldgefühle hatte. Nicht wenige Analytiker hätten mich um die Qualität und die Klarheit seiner Darlegungen beneidet. Manchmal erinnerte er mich an einen brillanten Schüler, der ein mündliches Examen ablegt. Doch Uwe Janssens Talent beschränkte sich nicht ausschließlich auf die Theorien eines Sigmund Freud. Seine Bildung war umfassend. Er kannte sich ebenfalls bestens in der Literatur aus und war in der Lage, eine ganze Sitzung lang vollständige Passagen aus Faust, Hamlet oder Schuld und Sühne zu zitieren. Dann wieder herrschte totales Schweigen, kein einziger Laut kam von dem Mann auf der Couch, der sich so sehr zu langweilen schien, dass er einschlief und ich ihn am Ende der Sitzung wecken mußte.

Kurzum, ich hatte den Eindruck, dass es sich eher um die Benutzung meiner Couch als um eine Analyse handelte.

Logischerweise hätte Uwe Janssen die Therapie nach einigen Wochen abbrechen müssen. Doch das war nicht der Fall. Wider Erwarten hielt er durch.

11

Und monatelang folgte ein nutzloses, monotones, immer gleiches Gespräch dem anderen. Seine Äußerungen verrieten keinerlei Anzeichen von Schmerz, Angst oder Schuld. Hatte er überhaupt ein Unterbewußtsein? Jedenfalls ließ er sich nichts dergleichen anmerken. Kein Versprecher kam über seine Lippen, nicht das geringste Vergehen, kein einziger interpretierbarer Traum außer - der Psychoanalyse sei Dank - ein paar Träumen, die sich so zusammensetzten, dass sie therapeutisch von keinerlei Interesse waren.

Über Uwe Janssen erfuhr ich nichts. Oder fast nichts.

Er war verheiratet gewesen, doch seine Frau hatte ihn verlassen. "Keine Scheidung", erklärte er, "sondern mehr eine Trennung im gegenseitigen Einvernehmen." Ich versuchte, mehr darüber zu erfahren, doch vergeblich. Seine Antworten waren derart nichtssagend, dass ich, nachdem ich lange daran gezweifelt hatte, ob er überhaupt ein Unterbewußtsein hatte, nun auch daran zweifelte, ob er überhaupt in der Lage war, irgendwelche Gefühle für jemanden zu entwickeln. Auch über seinen Beruf wußte ich nicht viel. Womit bestritt er seinen Lebensunterhalt? Woher hatte er Geld? Es war nichts Genaues zu erfahren. Er behauptete zwar, Künstler zu sein, doch das konnte ich nicht recht glauben. In einer Sitzung gab er sich als Maler aus, als Nacheiferer Van Goghs und vor allem Kadinskys, deren wichtigste theoretische Schriften er auswendig kannte, was gelegentlich zu brillanten Exkursen über das Gemälde gegenüber der Couch führte. In der nächsten Sitzung wiederum war er ein Klaviervirtuose, ein genialer Schüler von Vladimir Horowitz oder Glenn Gould, oder ein einzigartiger Bratschist und Schüler von Gidon Kremer oder Gérad Causse. Bislang allerdings hatte er nie eine Ausstellung gehabt oder ein Konzert gegeben. "Verstehen Sie", erklärte er, "ich betreibe die Kunst um der Kunst willen. Um glücklich zu sein, genügt mir die Tatsache, malen oder eine Sonate von Beethoven spielen zu können. Niemand wird meine Werke je kennenlernen, sie werden eines Tages mit mir zu Grabe getragen."

Somit blieben seine Einkünfte weiterhin ein Geheimnis. Dabei schien er durchaus wohlhabend zu sein. Jedenfalls schreckte mein Honorar, das ich regelmäßig erhöhte, um ihn womöglich von der Therapie abzubringen, ihn keineswegs ab. Er bezahlte die von mir verlangte Summe in bar, ohne mit der Wimper zu zucken. Ich erfuhr lediglich, dass er auf einem Stedesdorfer Hof geboren worden sei, lange Zeit in Esens gelebt habe und jetzt auf Langeoog leben könne.

Bald wurde es immer schwieriger für mich, meine Abneigung gegen ihn unter Kontrolle zu halten.

Im Verlauf der Therapie setzte sich eine Idee in meinem Kopf fest: ich hatte es mit einem ausgesprochen widerlichen Mann zu tun, mit einem besonders gemeinen Schurken. Mit der Zeit setzte sich die Überzeugung wie eine unumstößliche Wahrheit in mir fest. Gewiß, die Bezeichnung Schurke entspricht keiner klinischen Kategorie, und man darf sich mit Recht darüber wundern, dass ein Analytiker in dieser Weise über einen seiner Patienten spricht, doch mir viel kein besserer Ausdruck ein, um Uwe Janssen zu charakterisieren. Vielleicht war er ein Neurotiker, vermutlich sogar ein Perverser, ein Schurke war er auf jeden Fall.

Diese Situation konnte nicht ewig dauern.

Wie die meisten Kollegen wandte ich mich an einen Kontrollanalytiker. Die Möglichkeit, einem Außenstehenden den Verlauf meiner Therapien darzulegen, schien mir außerordentlich wichtig zu sein. Sie erlaubte mir, eine Fehleinschätzung zu korrigieren oder die Wichtigkeit eines scheinbar unbedeutenden Gedankens oder Versprechers zu erkennen. Ich ging zu Peer Lübben, einem alten, erfahrenen Analytiker, der jetzt am Stadtrand Aurichs praktizierte. Über lange Jahre war seine Praxis eine der meistbesuchten von ganz Ostfriesland gewesen. Selbst aus Bremen, Hamburg, dem Emsland und der Lüneburger Heide waren seine Patienten zu ihm gekommen. Doch nun, da er sich in den Ruhestand zurückziehen wollte, widmete er sich den Kontrollen und nahm keine neuen Patienten mehr an. Ich schätzte Peer Lübben sehr. Seine Offenheit, seine etwas altmodischen Umgangsformen sowie die obligate Fliege hatten ihn zu einer pittoresken Gestalt in der Analytikerwelt gemacht. Und dank seiner klugen Ratschläge war es mir mehr als einmal gelungen, aus einer scheinbar festgefahrenen Situation doch noch einen Ausweg zu finden.

Selbstverständlich erzählte ich ihm von meinen Problemen mit Uwe Janssen. Meine Schilderungen stimmten ihn lange nachdenklich. Als er sein Schweigen schließlich brach, fragte er mich mit leiser Stimme: "Sind Sie sich eigentlich bewußt, dass Sie sehr weit von dem entfernt sind, was in der Psychoanalyse *gleichschwebende Aufmerksamkeit* heißt?"

Ich stimmte ihm zu. Was blieb mir auch anderes übrig?

"Wir können uns unsere Kranken nicht immer nach unserem Geschmack aussuchen. Das ist übrigens auch besser so."

Ich mußte ihm erneut zustimmen.

"Henning, Sie wissen ganz genau, dass ein Analytiker nicht mit dem heilt, was er weiß, sondern mit dem, was er ist. Dass Ihr Patient Ihnen unausstehlich ist, hängt mit Ihrer Persönlichkeit und Ihrer Emotionalität zusammen, das sieht ein Blinder."

Er legte mir eine Hand auf die Schulter, was bedeutete, dass unser Gespräch beendet war. Und dann fügte er lächelnd hinzu: "Nun, mein lieber Henning, früher oder später wird jeder von uns mit einer solchen Situation konfrontiert. Und innerer Widerstand muß nicht unbedingt vom Patienten kommen, sondern kann genausogut vom Analytiker ausgehen. Es liegt beim Analytiker, diesen Widerstand zu beseitigen. Wenn Sie dazu nicht in der Lage sind, sollten Sie sich von Ihrem Patienten trennen."

Diese Worte machten mich ratlos.

Gewiß, Peer Lübben hatte recht. Wenn ich mich nicht mit Uwe Janssen auseinandersetzen konnte, war es besser, die Partie aufzugeben. Doch ich mußte erneut an Paul Bünting denken. Möglicherweise war er bei diesem Patienten auf dieselben Schwierigkeiten gestoßen wie ich. Wie ich ihn kannte, hatte er die Situation zunächst analysiert und versucht zu begreifen, was in ihm selbst vorging, um die passende Antwort tief in seinem eigenen Inneren zu suchen. Und er hatte richtig gehandelt: Warum soll man sich bereits geschlagen geben, bevor man überhaupt etwas gewagt hat? Diese Überlegungen hatten zur Folge, dass ich es für verfrüht hielt, sofort eine Entscheidung zu treffen. Und da ich es überdies mit einem untypischen Fall zu tun hatte, mit einem Patienten, wie er nur selten vor einem auf der Couch liegt, war ich überzeugt, dass sich mir jetzt endlich die Gelegenheit bot, einen Bericht zu schreiben, der großen Eindruck auf meine Kollegen machen würde.

Mehrere Monate später war ich mit Uwe Janssens Analyse nach wie vor keinen Millimeter vorangekommen und hatte über ihn noch keinen einzigen Satz zu Papier gebracht.

In diesem Moment hätte ich es merken und mich von ihm trennen müssen.

Ich tat es nicht.

Das war mein zweiter Fehler.

Seit einer halben Stunde lag er auf der Couch, rezitierte Klassiker, und ich befürchtete schon, er würde gleich den *Schimmelreiter* vollständig vortragen, als es plötzlich klingelte.

Ich ließ Uwe Janssen allein und öffnete die Tür.

Es war Enno Flörke.

Der unglückliche Lehrer wirkte verstört. Schweißgebadet, mit ungekämmten Haaren und einer großen, schwarzen Ledermappe unter dem Arm stand er vor der Tür, sah noch bleicher und mitgenommener aus als sonst und schien große Mühe zu haben, wieder zu Atem zu kommen.

Ich warf einen vielsagenden Blick auf meine Uhr.

"Ich weiß", sagte er, allmählich ruhiger atmend. "Der Zug... fast eine Stunde Verspätung..., aber ich wollte es dennoch versuchen."

Er öffnete seine Mappe, zog zwischen einem Blätterbündel und mehreren Büchern einen Geldbeutel hervor und reichte mir zweihundert Mark.

"Ich bin Ihnen diese Sitzung noch schuldig."

Ich nahm das Geld und steckte es in meine Brieftasche.

Ein wenig beschämt sah Enno Flörke mich an. Sein trauriges Gesicht sagte genug über das Ausmaß seiner Frustration.

"Also, bis zum nächsten Donnerstag", fügte er hinzu und ging zum Ausgang, "ich werde mir Mühe geben, nicht zu spät zu kommen."

"Bis Donnerstag", antwortete ich.

Als ich mein Sprechzimmer wieder betrat, vermied ich es, Uwe Janssen anzuschauen, nahm hinter ihm auf meinem Sessel Platz und wartete.

Er lag völlig still und unbeweglich da, hatte die Hände neben sich auf die Couch gestreckt und glich einer Statue. Plötzlich begann er, höhnisch zu lachen.

"Haben Sie sie hinausgeworfen, die andere armselige Kreatur?" fragte er boshaft. "Ich wette, Sie haben nicht vergessen, ihm Ihr Honorar abzuknöpfen, bevor Sie ihn vor die Tür setzten."

Ich zuckte zusammen. Wie konnte er das wissen?

Diesmal enthielt ich mich einer Reaktion, doch meine Neugier war geschürt, und das wußte er.

"Wie soll ich Ihnen das erklären", fuhr er fort, "aber manchmal fahre ich eben mit diesem Zug von Oldenburg nach Wittmund. Glauben Sie mir, auf dieser Strecke lernt man interessante Leute kennen."

Ich wurde plötzlich sehr unruhig. Worauf wollte er hinaus? Bislang hatte sich unsere Auseinandersetzung auf mein Sprechzimmer beschränkt, doch jetzt hatte Uwe Janssen diese Grenze überschritten und andere Patienten hineingezogen, was nichts Gutes verhieß. Zweifellos wäre es besser gewesen, die Sitzung unverzüglich abzubrechen, doch ich wollte zu gerne wissen, wie es weitergehen würde. Zudem glaubte ich, eine leichte, fast unmerkliche Veränderung in Janssens Verhalten festgestellt zu haben.

Allerdings war ich nicht im geringsten auf das gefaßt, was er mir anschließend anvertraute.

"Seit ich zu Ihnen komme", begann er mit kaum hörbarer Stimme, "mache ich mich lustig über Sie, was Sie übrigens auch ganz genau wissen. Ich erzähle nichts als Blödsinn. Es gab nicht eine einzige Sitzung, in der ich Sie nicht an der Nase herumgeführt hätte. Doch jetzt ist es Zeit für mich, mit der Wahrheit herauszurücken."

Er hielt inne, wie um die Wirkung, die er in mir ausgelöst hatte, besser beurteilen zu können. Ich ließ mir jedoch nichts anmerken, und so verging einige Zeit, in der man die Stille vibrieren hörte.

Dann entschloß er sich, weiterzureden.

"Zunächst einmal möchte ich einen Punkt richtigstellen. Ich habe Ihnen erzählt, meine Frau und ich würden getrennt leben."

Er hielt erneut inne, ehe er fortfuhr: "Das stimmt nicht, ich bin Witwer."

Ich sagte nichts, und so fügte er hinzu: "Meine Frau ist tot, wirklich tot. Ich weiß das ganz genau..., denn ich habe sie selbst umgebracht. Sie liegt in ihrem feuchten Grab am Ostende von Langeoog."

2. Kapitel

Ich spürte, wie ich ganz blaß wurde. Dass dieser Mann ein Mörder war, entsprach zwar durchaus dem Bild, das ich mir von ihm machte, doch auf eine solche Enthüllung war ich nicht gefaßt gewesen.

Meine Reaktion entging ihm nicht.

"Sie sind überrascht, nicht mehr!" bemerkte er beinahe triumphierend. "Ein friedlicher Rentner, der wie ein Sargträger aussieht, gibt einen Mord zu - unglaublich, nicht wahr? Sie halten mich doch bestimmt für einen krankhaften Lügner."

Doch dann überlegte er es sich plötzlich anders. Dieser Mann war wirklich nicht zu unterschätzen, er konnte sich als furchtbar raffiniert erweisen.

"Aber nein, Sie glauben mir", sagte er. "Es ist sogar das erste Mal, dass Sie mir glauben. Schließlich sind Sie so fest davon überzeugt, es mit einem Dreckskerl zu tun zu haben. Und Sie haben recht, ich bin ein Dreckskerl, und darüber hinaus auch noch ein Mörder."

Er lachte leise.

"Was kann ein Analytiker unternehmen, wenn einer seiner Patienten ihm ein Verbrechen gesteht? Ihn bei der Polizei anzeigen? Ich bin sicher, dass Sie in diesem Moment mit dem Gedanken spielen, genau das zu tun. Aber Sie sind Arzt und als solcher der ärztlichen Schweigepflicht unterworfen. Außerdem - wer würde Ihnen eine solche Geschichte in unserer angeblich so heilen Welt Ostfrieslands, die alles Böse vor den Touristen unter die Decke kehrt, abnehmen?"

Dann drehte er sich um und fügte hinzu: "Außerdem bleibt stets ein Rest an Ungewißheit, glauben Sie nicht? Vielleicht bin ich ein Mörder, vielleicht aber auch nicht. Wie soll man das wissen? Ich habe Sie bereits so oft auf den Arm genommen, Sie würden ganz schön dumm dastehen, wenn sich, nachdem Sie mich bei der Polizei angezeigt haben, herausstellen würde, dass ich ein ganz gewöhnlicher Lügner bin und es meiner Frau so gut geht wie Ihnen und mir." Diesmal lachte er lauthals.

"Stellen Sie sich die Situation einmal vor! Ein Psychotherapeut verletzt die ärztliche Schweigepflicht und beschuldigt einen Patienten des Mordes! Nach erfolgter Überprüfung stellt sich dann heraus, dass der Analytiker von seinem Patienten zum Narren gehalten wurde! Ein gefundenes Fressen für die Presse! Und eine schöne Werbung für die Psychoanalyse, vor allem für Ihre Karriere. Was sagen Sie dazu, Doktor Göken?"

Ich sagte überhaupt nichts, und er fuhr fort: "Ich möchte noch einige Einzelheiten hinzufügen, die Sie interessieren werden. Nachdem ich Emma - so hieß meine Frau - getötet hatte, hielt ich es für das Klügste, ihr Verschwinden bei der Polizei zu melden. Nur ein Unschuldiger kann so handeln. Ich ging also zur Polizeiwache auf Langeoog. Wissen Sie, dort geht es zu wie auf dem Friedhof. Alles wird schön mit viel Ruhe angegangen."

Dieser Vergleich belustigte ihn ungemein.

"Stellen Sie sich einen Raum voller Mörder vor, die geduldig darauf warten, endlich aufgerufen zu werden! Ja, das war tatsächlich so, obwohl ich nicht dorthin gegangen war, um mich eines Verbrechens zu beschuldigen, sondern lediglich, um das Verschwinden meiner Frau zu melden. In dem Warteraum saß auch ein Journalist. Eigentlich wollte er sich nur nach der Anzahl der jährlich auf der Insel gestohlenen Fahrräder erkundigen. Meine Geschichte interessierte ihn ungemein. Da es Saisonanfang war und es außer über die allgemeine Ferienstimmung und die Touristenströme nichts zu berichten gab, war er auf der Suche nach interessanten Neuigkeiten. Mit großer Gier und Vorfreude nahm er sich meiner Geschichte an, und einige Tage später erschien sein Artikel. In der Ausgabe vom 19. Mai vergangenen Jahres. Sie brauchen es dort nur nachzulesen."

Dann erhob er sich plötzlich.

"Die Sitzung hat lange gedauert, finden Sie nicht auch, Doktor?"

Ich erhob mich ebenfalls, leicht verwirrt durch diese Unterbrechung. Uwe Janssen legte fünfhundert Mark auf meinen Schreibtisch und reichte mir seine weiche Hand.

"Denken Sie daran: In der Ostfriesen-Zeitung vom 19. Mai."

Nach einem kurzen Blick auf Sörensens Bild verließ er mein Sprechzimmer. Ich brachte ihn nicht zur Tür. Er kannte den Weg.

Als ich wieder allein war, stellte ich fest, dass ich schweißgebadet war und meine Hände ein wenig zitterten.

Ich zog meine Jacke aus, legte sie auf den Sessel, lockerte die Krawatte und ging ans Fenster, um dort in aller Ruhe eine Zigarette zu rauchen. Der in tiefen Zügen in meine Lungen eindringende Tabakrauch tat mir unheimlich gut. Draußen war es warm, der Himmel erstrahlte in tiefem Blau. Obwohl es erst Mitte Mai war, hatte ein Hochdruckgebiet sich durchgesetzt und den Frühling in beinahe glühendheißen Sommer verwandelt. Ich sah, wie Uwe Janssen die Kirchstraße auf Höhe der Buchhandlung Peters entlang ging. Bevor er außer Sichtweite geriet, drehte er sich um, und als er mich am Fenster stehen sah, machte er mir kurz ein Zeichen, so als seien wir alte Freunde und hätten gerade ein paar angenehme Stunden miteinander verbracht.

Erschrocken trat ich vom Fenster zurück.

Diese Geschichte hatte mich viel stärker verwirrt, als ich es für möglich gehalten hatte. Ein Mörder! Dass Uwe Janssen ein Mörder war, wunderte mich keineswegs, doch was ich nicht so recht begreifen konnte, das waren die Gründe, weshalb er ausgerechnet zu mir gekommen war. Falls er Emma Janssen umgebracht hatte, warum mußte er das unbedingt auf einer Couch erzählen? Die Psychoanalyse befaßt sich mit den Vorstellungen der Menschen, nicht jedoch mit der Realität ihrer Taten. Einmal hatte ein Richter Freud gebeten, einen Vatermörder zu therapieren, doch Freud hatte dies mit der Begründung abgelehnt, das sei unmöglich, da die Person tatsächlich ihren Vater umgebracht hatte. "Ihr Mann hätte mich interessiert", hatte er im wesentlichen erklärt, "wenn er sich dieses Verbrechen schuldig fühlen würde, ohne es begangen zu haben."

Es klingelte. Ich drückte die Zigarette aus, zog meine Jacke wieder an, richtete meine Krawatte und öffnete die Tür.

Es war Thorsten Klöthen. Thorsten Klöthen, so wie ich ihn kannte. Mit aufrichtigem, pflichtgetreuem Blick, übertrieben hervorgekehrter athletischer Figur, einem völlig unmodern gewordenen Oberlippenbart und unbeholfenen männlichen Gehabe stand er vor mir, kaum nach Luft ringend, obwohl er die Treppen ohne Pausen hochgerannt war.

Ein ostfriesischer Sportlehrer vom Scheitel bis zur Sohle.

Als er mich sah, schenkte er mir ein breites Lächeln, begrüßte mich mit einem kräftigen Handschlag und ging zielstrebig in mein Sprechzimmer, wo er sich mit einer gleichermaßen kraftvollen und anmutigen Bewegung auf die Couch legte, um seine Geschichte genau an dem Punkt fortzusetzen, an dem er sie bei der letzten Sitzung unterbrochen hatte. Das heißt mit den Frauen. Keine konnte ihm widerstehen. Nur zu gerne brüstete sich Klöthen damit, wieviele Touristinnen er unter Ausnutzung der beschwingten Urlaubslaune in den Kneipen und Gaststätten an der Küste angesprochen hätte oder wieviele Bauerntöchter er auf seiner Segelyacht, die in Bensersiel vor Anker lag, gelockt hatte. Die würden, so dieser Potenzbolzen, zwar immer ein wenig nach Kuhstall riechen, „hätten aber zumeist einen rosigen Teint." Seine Figur, seine Muskeln, sein ebenmäßiges, pausbäckiges Gesicht vollbrachten angeblich wahre Wunder. Aber damit hatte es sich dann auch schon. Denn was das Wesentliche anging, konnte Thorsten Klöthen noch so viele Reizmittel kaufen, sich noch so vielen ärztlichen Behandlungen unterziehen und auf noch so viele erotische Tricks zurückgreifen - es half alles nichts, und jedesmal erlebte er erneut dieselbe Enttäuschung.

Es war schwer, sich eine monotonere Wiederholung vorzustellen. Würde er je begreifen, dass er sich in Wirklichkeit zu Männern hingezogen fühlte? Es war zu bezweifeln. Nichts schien seinen Glauben an seine Heterosexualität und die Hoffnung, dank meiner gleichschwebenden Aufmerksamkeit eines Tages eine Erektion zu kriegen, erschüttern zu können.

Demnach hörte ich mir die Schilderung seiner Debakel nur mit halbem Ohr an und wandte mich in Gedanken zwangsläufig erneut Uwe Janssen zu. Warum hatte er mir diese Geschichte erzählt? Was erwartete er von mir? Ich zweifelte keine Sekunde daran, dass er irgendeine Absicht damit verfolgte. Falls er seine Frau tatsächlich umgebracht hatte, so war er doch gewiß nicht zu mir gekommen, um zu versuchen, den Sinn seiner Tat zu begreifen oder Schuldgefühle zu überwinden, die er überhaupt nicht zu empfinden schien. Freud hatte recht gehabt: ein wirklicher Mord ist nicht Sache des Psychoanalytikers, sondern der Polizei und der Gerichte. In einem Punkt jedoch lag Janssen richtig: die Ungewißheit blieb. Es war durchaus möglich, dass ich es mit einem besonders gerissenen krankhaften Lügner zu tun hatte. In dem Fall hätte ich mich tatsächlich kräftig blamiert, wenn ich die Polizei eingeschaltet hätte.

Mittlerweile hatte sich Thorsten Klöthen auf der Couch in eine überaus komplizierte Geschichte verstrickt, in der es um eine Partnerin ging, die auf immer gewagtere Spielchen zurückgriff, ohne auch nur den geringsten Erfolg bei ihm zu erzielen.

"Fahren Sie fort", sagte ich wie automatisch.

Diese Bemerkung überraschte ihn.

"Was meinen Sie damit, Doktor?" fragte er. "Raten Sie mir, auf diese Weise weiterzumachen?"

Ich hatte, um ehrlich zu sein, nicht die geringste Ahnung, womit er fortfahren sollte.

Da ich schwieg, zögerte er lange, ehe er seine Erzählung wieder aufnahm, so als sei nichts gewesen. Auf diese Weise bekam ich eine umfassende Darlegung der Scherze seiner Freundin präsentiert. Seiner Schilderung nach hatte das Mädchen bereits beim Decken von Kühen landwirtschaftliche Erfahrungen. Womöglich versuchte er, mich mit dieser endlosen Aufzählung von Details zu verführen oder zu erregen?

Doch ich kümmerte mich nicht darum; ich war mit ganz anderen Fragen beschäftigt. Vor allem konnte ich einfach nicht begreifen, warum mich Janssen gleich zweimal aufgefordert hatte, seine Aussage in der *Ostfriesen-Zeitung* nachzulesen. Sollte diese Tageszeitung tatsächlich über Emma Janssens Verschwinden berichtet haben? Die Versuchung, mir darüber Gewißheit zu verschaffen, war groß, doch es war nicht meine Aufgabe, das zu tun. Täte ich es dennoch, würde ich mich über meine Aufgabe als Analytiker hinwegsetzen. Die Situation war so schon schwierig genug.

Nach reiflicher Überlegung kam ich schließlich zu der Überzeugung, dass ich es bei Janssen gleichzeitig mit einem krankhaften Lügner und einem geschickten Manipulierer zu tun hatte. Ich mußte mich also vor seinen Fallen in acht nehmen und durfte seinen Behauptungen keinen Glauben schenken.

"In Ordnung, genug für heute", sagte ich und erhob mich.

Staunend hielt Klöthen inne. Es dauerte ein Weilchen, bis er sich erneut gefaßt hatte. Dann stand er von der Couch auf und reichte mir die Hand.

Ich schämte mich für meine Unverfrorenheit ihm gegenüber und begleitete ihn zum Ausgang.

Als nächstes stand ein erstes Einführungsgespräch an. Zwei Tage zuvor hatte mich eine ausgesprochen verängstigte Frau auf Empfehlung eines ehemaligen Patienten angerufen. Wir hatten uns für den späten Nachmittag verabredet, doch die vereinbarte Zeit war längst vorbei, und ich bezweifelte, dass sie überhaupt noch kommen würde.

Ich ging ans Fenster und rauchte eine weitere Zigarette. Erneut genoß ich den in meine Lungen eindringenden Rauch. Wegen der Hitze waren die Straßen inzwischen leer, was ansonsten in Wittmund bei gutem Wetter und in der Saison so gut wie nie passiert. Die Fußgängerzone war leer bis auf ein jugendliches Pärchen, das sich unter einem der kleinen schattenspendenden Bäumen küßte. Ich versuchte, meine Patientin unter den wenigen Passanten auszumachen, die sich schleppenden Schrittes vorwärts bewegten, doch niemand betrat das Gebäude, in dem ich wartete. Kurz darauf hatte die brütende Hitze dieses Maitages auch die letzten Spaziergänger und Touristen und sogar das junge Paar verjagt. Ich drückte meine Zigarette aus und schloß das Fenster. Es war jetzt kurz nach sechs.

Es hatte keinen Sinn, noch länger zu warten. Ich schaltete den Anrufbeantworter ein und verließ die Praxis.

Meine Wohnung lag gleich nebenan auf der gleichen Etage, nur durch eine Tür von meinem Arbeitsplatz entfernt.

Ein Ort, den ich ungemein schätzte. Seine luxuriöse Ausstattung und die Ruhe waren Ausdruck meines beruflichen Erfolgs.

Ich hatte hart gearbeitet, um das alles zu erreichen.

Meine Eltern, einfache Bauern aus Bensersiel, hatten Opfer bringen müssen, um meine Studien unterstützen zu können. Tatsächlich hatten sie zur richtigen Zeit Land an die Gemeinde verkauft, die geschäftstüchtig, wie sie immer schon war, auf dem Grund und Boden, auf dem früher unsere Milchkühe weideten, Parkplätze geschaffen hatte und von Touristen wie Einheimischen erwartete, dass man dort den ganzen Tag lang eine wirklich unverschämt hohe Parkgebühr entrichtete. Kurzzeitparken war nicht erschwinglich und der Platz in einem desolaten Zustand. Bei den Einnahmen, die der Parkplatz in Saisonzeiten täglich einbrachte, wäre eine Asphaltdecke und sogar ein Parkplatzwächter finanzierbar gewesen. Wenigstens regte sich jetzt bei den Einheimischen der Widerstand gegen das teure, mit Schlaglöchern überzogene Stück öffentliche Parkfläche.

Meine Eltern hatte ich nicht enttäuscht.

Mit achtundzwanzig Jahren hatte ich mein Medizinstudium abgeschlossen und nicht recht gewußt, für welche Spezialisierung ich mich entscheiden sollte, weil mich keine interessierte. Aus persönlichen Gründen begann ich mit einer Therapie, die mehrere Jahre dauern sollte und die in mir den Wunsch weckte, selbst Analytiker zu werden. Ich studierte in Göttingen und in Berlin, war so von Energie getragen, dass aus mir ein wirklicher Überflieger wurde und legte nach relativ kurzer Zeit meine Zulassungsprüfung als Psychiater ab.

Wie es üblich war, schloß ich mich einem der zahlreichen psychoanalytischen Verbände an. Dann eröffnete ich meine eigene Praxis in Wittmund. Trotz einer Vielzahl von Möglichkeiten, mich in einer deutschen Großstadt niederzulassen, war ich immer sehr heimatverbunden und konnte mir keinen anderen Ort als Wittmund fürs Leben und die Arbeit vorstellen. Ich brauchte die Nähe zur Küste, die Gerüche, den Anblick von Möwen, Deichen und die Möglichkeiten, schnell auf eine der Inseln zu gelangen. Ich hatte keinerlei Schwierigkeiten, mir einen Patientenstamm aufzubauen. Auch wenn die Ostfriesen allgemein als besonders bodenständige Menschen gelten, die sie mit Sicherheit auch sind und viele Probleme eher mit harter körperlicher Arbeit versuchen zu kompensieren, kommen bei ihnen psychische Probleme nicht seltener als im Bundesdurchschnitt vor. Ich hatte ich einen guten Zulauf. Damals war ich einer der jüngsten Analytiker Deutschlands, und meine Eltern waren nicht wenig stolz auf mich. Meine Tätigkeit war äußerst vielseitig: Artikel in Fachzeitschriften, renommierte Seminare, Lehrgänge in verschiedenen Krankenhäusern sowie in einer Ambulanz in Bensersiel, einer Einrichtung für Kinder, die zusammen mit ihren Eltern oder alleine kamen und selbstverständlich die Behandlung meiner Patienten, die zu mir in die Sprechstunde kamen. Wie viele meiner Kollegen verband ich auf diese Weise meine freie Praxis mit Veröffentlichungen und theoretischen Arbeiten, deren Qualitäten allgemein anerkannt waren.

Nach dem Tod meiner Eltern erbte ich ihren Hof, sowie, zu meiner großen Überraschung, eine bedeutende Summe Geld. Sie hatten sich nicht nur kasteit, um mich im Studium unterstützen zu können, sondern auch noch gespart, um mir ein angenehmes Leben zu ermöglichen.

Das Geld vertraute ich einem Börsenfachmann an. Durch gezielte Anlagen warf es unerwartet hohe Zinsen ab.

Den Hof verkaufte ich an den Nachbarn, der schon lange Interesse am Land meiner Eltern gehabt hatte. Die Wohnung in der Drostenstraße 21 bestand aus genügend Räumen, und ich konnte ohne Probleme Wohnen und Arbeiten verbinden. An dieser Wohnung, der ich einen bedeutenden Teil meiner Zeit und meiner Einkünfte widmete, hing ich sehr. Tatsächlich war es mir sogar möglich, diese attraktive Immobilie zu kaufen.

So fand ich beispielsweise nichts aufregender, als von einem Antiquitätenhändler zum anderen zu fahren, um ein ausgefallenes Möbelstück oder den passenden Rahmen für dieses oder jenes Gemälde oder eine Vase zu finden, die perfekt zu einem kleinen Tisch paßte.

Aus diesen Gründen nahm ich stets neue Patienten oder frei gewordene Lehrstellen in Krankenhäusern an. Abgesehen von dem beruflichen und wissenschaftlichen Interesse dieser Tätigkeit, bot mir das Honorar, das ich dafür bekam, auch die Möglichkeit, die Imari-Vase, den Kristallüster oder die Bronzefigur aus dem 18. Jahrhundert zu kaufen, die ich so gerne haben wollte, und fällige Renovierungs- und Umbauarbeiten durchführen zu lassen. Und in Wittmund war ich bekannt wie ein bunter Hund.

Gewiß, meine Wohnung war nicht nach jedermanns Geschmack. Einige fanden sie ein wenig zu protzig, sprachen von "zweihundert Quadratmetern Luxus" oder verglichen sie sogar mit den Reklameseiten aus *Schöner Wohnen*. Doch mir gefiel sie so, wie sie war; sie vermittelte mir ein derartiges Gefühl von Raum und Vollendung, dass ich mich wochenlang in ihr hätte aufhalten können, ohne einen Fuß vor die Tür zu setzen. Allein das große Wohnzimmer mit der ausgefallenen Tapete, den Sepiatönen, die gedämpfte und intime Atmosphäre, die größtenteils auf die dicken Orientteppiche, die lackierten China-Möbel und die schweren Woll- und Seidenvorhänge zurückzuführen war, ließ mich auch die unangenehmsten Bemerkungen unverzüglich vergessen.

Diese Wohnung war Ausdruck meines beruflichen Erfolgs und gleichzeitig Ausdruck meines ehelichen Unglücks.

Einige Jahre zuvor war ich Anne begegnet, einer hochbegabten Analytikerin, die dank ihrer theoretischen und klinischen Arbeiten eine gewisse Berühmtheit erlangt hatte. Doch Anne war mehr als eine brillante Intellektuelle. Sie war groß und blond, hatte dunkle Augen, einen lebhaften, durchdringenden Blick und einen stets sonnengebräunten Teint - ständig schien sie aus der Karibik zurückzukehren - eine äußerst verführerische Frau also, von höchstem Format, die, wie kaum eine andere, Intelligenz und Vornehmheit miteinander zu verbinden verstand. Alles, was ihr Aussehen und ihre Bildung betraf, stand im krassen Gegensatz dazu, wie sich die Touristen eine ostfriesische Frau vorstellten. Doch sie war eine Einheimische, keine Zugezogene. Tatsächlich stammte sie von Langeoog. Dort betrieben ihre Eltern seit vielen Jahren eine Pension am Süderdünenring. Kennengelernt hatten wir uns auf einem Kongreß im Haus der Insel.

Wir fanden sofort Gefallen aneinander. Geküßt haben wir uns das erste Mal auf der Bank unter dem Wasserturm, hielten Händchen beim Dünensingen und schliefen zum ersten Mal am Ostende miteinander. Viele gemeinsame Stunden am Anfang unserer Liebe verbrachten wir in der Teestube am Hafen und ließen dabei so manche Kanne Ostfriesentee auf dem Stövchen stehen, weil sich unsere Augenpaare nicht voneinander lösen konnten. Wir heirateten ohne zu zögern. Da Anne in erster Linie eine denkende Frau war, verbrachten wir den größten Teil unserer Zeit mit theoretischen Überlegungen. Paul Bünting, den sie gut kannte, nahm verschiedentlich an unserem Gedankenaustausch teil. Anne war es zu verdanken, dass dieser Abschnitt der produktivste meines ganzen Lebens war.

Gleichzeitig fühlten wir uns körperlich voneinander angezogen und versäumten wirklich keine Gelegenheit, miteinander zu schlafen. Nach dem Abschluß eines Artikels, mit dem wir besonders zufrieden waren, gab es für mich kein größeres Vergnügen, als sie auf dem Sofa im Wohnzimmer zu lieben und unsere munteren Spielchen in den großen Spiegeln zu beobachten, die an der Wand gegenüber des Sofas hingen.

Doch alles hat ein Ende, auch das Glück.

In Wirklichkeit waren wir zu verschieden, um uns über längere Zeit ertragen zu können. Bald schon erwiesen sich unsere unterschiedlichen Charaktere und Interessen als unüberwindliche Hindernisse. Meiner Meinung nach war Anne allzusehr an ihrer Karriere interessiert. Gewiß, ihre Arbeiten, vor allem die theoretischen Forschungen, die sie mit Paul Bünting betrieben hatte, genossen in der kleinen Welt der Psychoanalyse großes Ansehen. Doch manchmal weckte ihr Ehrgeiz wahre Haßgefühle in mir. Ich hatte den Eindruck, sie wäre imstande, die ganze Welt zu zerstören, nur um das Ziel, das sie sich gesetzt hatte, zu erreichen. Sie hingegen hielt mich für einen zu häuslichen Menschen, der nicht genügend Risiken einging und zu wenig Ehrgeiz besaß. Sie warf mir vor, mich mit dem Erreichten zu begnügen, mir allzuviel auf die wenigen Artikel einzubilden, die ich bislang geschrieben hatte, und auf dem Weg zu sein, zu einem unerträglichen Besserwisser zu werden. Außerdem gingen ihr die Aufmerksamkeit, die ich meiner Wohnung widmete, und die Besessenheit, mit der ich stundenlang in Antiquitätenläden herumtrödelte, gehörig auf die Nerven.

"Nicht mich hättest du heiraten sollen, sondern deine verdammte Wohnung!" schrie sie an dem Tag, an dem sie endgültig die Geduld verlor.

Trotz allem bekamen wir ein Kind und nannten es Jonas.

Dadurch verbesserte sich unsere Situation jedoch keineswegs, im Gegenteil. Anne hatte immer weniger Zeit. Die Kongresse, die Seminare, die Gespräche und Veranstaltungen in Analytikerkreisen sowie ihre Patienten nahmen sie völlig in Anspruch. Und die Zeit, die sie für ihre Fahrten brauchte, ging stets von unserer gemeinsamen Zeit ab. Wir stritten immer häufiger und gingen immer öfter fremd, so weit dies eben möglich ist in einer Kleinstadt wie Wittmund. Bald hatte unser Zusammenleben jeglichen Sinn verloren, und da Jonas der Leidtragende unserer Auseinandersetzungen war, beschlossen wir, uns zu trennen. Anne blieb in Wittmund, schon alleine aus dem Grund, damit Jonas seinen Vater regelmäßig sehen konnte. Sie kaufte sich ein Haus in der Nähe der Peldemühle und verband auf diese Weise Arbeit und Wohnen.

Wenn es der Psychoanalyse nicht gelingt, Menschen vor den Mißgeschicken der Existenz zu schützen, so kann sie zumindest dabei helfen, diese zu überwinden. Unsere Scheidung ging reibungslos über die Bühne. Wir mußten in erster Linie an Jonas denken. Wir organisierten sein Leben mit uns in gegenseitigem Einvernehmen. Ohne Jonas lebte jeder sein Leben, doch wenn Jonas da war, wurde alles andere, sowohl die privaten als auch die beruflichen Verpflichtungen, in den Hintergrund gedrängt.

Komisch: was uns in unserer Ehe mißlungen war, glückte uns nach unserer Scheidung.

Nach dieser Trennung erwog ich zunächst umzuziehen, weil mich vieles an die gemeinsame Zeit mit Anne erinnerte, doch ich konnte mich nicht überwinden, meine Wohnung aufzugeben.

Außer meinen Einkünften verfügte ich über einen Wertpapierbestand von mehreren hunderttausend Mark, so dass es mir keinerlei Schwierigkeiten bereitete, den Kredit für meine Wohnung zurückzuzahlen. Ein weiteres Darlehen nahm ich auf, um den weiteren Ausbau zu finanzieren. Meine Bank war einverstanden. Mein Einkommen und vor allem meine Aktien genügten ihr als Sicherheit.

Unglücklicherweise war der Erfolg seiner Anlagen meinem Börsenmakler zu Kopf gestiegen, und er ließ sich auf riskante Investitionen ein. Meine Aktien schmolzen dahin wie Schnee in der Sonne, und eines Tages stellte sich heraus, dass mein Börsenkapital und die Hypothek auf meiner Wohnung die verschiedenen Darlehen, die mir gewährt worden waren, nicht mehr abdecken konnten. Ich wurde also zur Sparkasse bestellt.

Gewöhnlich empfing mich der für mein Bankkonto zuständige Mitarbeiter äußerst zuvorkommend. Doch an jenem Tag schien er sich ziemlich unwohl in seiner Haut zu fühlen. Er vermied es, mich anzusehen, und schwitzte stark.

"Sie verstehen, Herr Göken", sagte er, indem er nervös an seinem Kugelschreiber herumfingerte, "seit Sie Ihre Aktien verloren haben, stellt Ihre Wohnung keine ausreichende Sicherheit mehr für Ihre Kredite dar. Sie schulden uns immerhin noch dreihunderttausend Mark".

"Sie unterschätzen den tatsächlichen Wert meiner Wohnung. Sie wissen ganz genau, dass sie viel mehr wert ist, als Sie behaupten."

"Natürlich, Herr Göken, aber wir müssen uns an die Vorschriften halten."

"Können Sie mir einen Kredit gewähren, um diese Schuld zu decken?"

Er machte große Augen.

"Sie scherzen wohl, Herr Göken! Sie können sich doch kein Geld leihen, um damit Ihre Darlehen zurückzuzahlen. Welche Sicherheiten haben Sie uns denn noch anzubieten?" Da dachte ich scheinbar doch etwas unkonventioneller als dieser ostfriesische Bankmensch, den ich noch von früher her kannte. Er war ein paar Jahre jünger als ich und mit seinem Bruder, einem echten Versager, war ich zur Schule gegangen.

"Meine Einkünfte! Und die sind schließlich nicht ganz unbedeutend, oder?"

"Das stimmt, aber man muß die Rückzahlung Ihrer diversen Kredite in Betracht ziehen, und ebenso die Tatsache, dass Ihnen nun nicht mehr die Erträge zur Verfügung stehen, die Ihnen Ihre Aktien einbrachten."

"Wieviel können Sie mir leihen?"

Diese Frage brachte ihn nur noch stärker in Verlegenheit.

"Das kann ich Ihnen nicht sagen. Zunächst muß mit dem Vorstand darüber gesprochen werden."

"Nennen Sie mir einen Betrag."

"Das kann ich nicht. Doch falls Sie eine Überweisung tätigen könnten, würde das die Dinge vereinfachen."

Einen Moment lang überlegte ich. Ich wollte den BMW wieder verkaufen. Eigentlich brauchte ich den Wagen gar nicht, und außerdem hatte mir Anne ihren Golf überlassen, den ich notfalls benutzen konnte. Wenn ich darüber hinaus ein Darlehen bei der Ärzteversicherung aufnehmen würde, wäre es mir möglich, eine erste Rückzahlung vorzunehmen und einen neuen Kredit auszuhandeln.

"Ich glaube, das läßt sich machen", antwortete ich.

"Wann?"

„Geben Sie mir vierzehn Tage Zeit, mehr brauche ich nicht."

Er zögerte. Es schien keine leichte Entscheidung für ihn zu sein.

"Einverstanden, Herr Göken", sagte er schließlich. "Zwei Wochen, mehr nicht. Ihre Situation muß so schnell wie möglich geklärt werden, andernfalls sind wir gezwungen, Ihre finanzielle Lage unter einem anderen Gesichtspunkt zu betrachten."

Anders ausgedrückt: man drohte mir mit Pfändung. Und der einzige Besitz, den man bei mir pfänden konnte, war meine Wohnung.

"Wissen Sie", fügte er hinzu, als er mich zum Ausgang begleitete. "Sie müßten verkaufen. Ihre Wohnung ist in der Tat viel mehr wert, als wir geschätzt hatten. Die Unterlagen liegen mir vor. Mit einem Verkauf könnten Sie Ihre Schulden problemlos begleichen und neues Kapital anlegen."

Das wäre die vernünftigste Lösung gewesen. Zumal mein Konto tief ins Soll gerutscht war. Nach der Trennung von Anne hatte ich verschiedene Zimmer neu herrichten lassen. Insbesondere ihre Analytikerpraxis, die ich in ein Lesezimmer mit Bibliothek umgestaltet hatte. Die Designermöbel, mit denen dieses

Zimmer jetzt ausgestattet war, hatten mich ein Vermögen gekostet und meine Finanzen nicht gerade aufgebessert.

Es war also wichtig, dieses Defizit schnellstens wieder auszugleichen.

Das war meine Situation, als ich die Tür meiner Praxis geschlossen hatte und in meine Wohnung gegangen war.

Ich goß mir einen Kaffee ein und machte es mir auf dem Sofa im Wohnzimmer bequem, um die Mitteilungen auf meinem Anrufbeantworter abzuhören. Es waren viele Anrufe aufgezeichnet, vor allem von Kollegen, die mich über diverse Tagungen, Kolloquien und psychoanlytische Veranstaltungen informierten. Außerdem hatten sich etliche Interessenten für den BMW gemeldet, den ich ein paar Tage zuvor zum Verkauf angeboten hatte. Auch Anne hatte angerufen und mir vorgeschlagen, Ende der Woche mit ihr essen zu gehen.

Ich nahm mein Notizbuch und schrieb mir die Hinweise meiner Kollegen auf. Dann rief ich Anne an, natürlich unterhielt sich mit mir ihr Anrufbeantworter. Ich hinterließ ihr eine Nachricht, schlug ein Treffen im *Residenz-Restaurant* am Wittmunder Markt vor. Dann goß ich mir einen zweiten Becher Kaffee ein, zündete eine Zigarette an, legte mich aufs Sofa und konzentrierte mich auf die erstaunlichen Wege, die der Rauch in meinen Lungen zurücklegte, bevor er in blaßblauen Wolken durch meine Nasenlöcher wieder herausströmte und langsam zu den Holzleisten an der Decke hochstieg.

Einen Augenblick später klingelte es.

Ich öffnete. Vor der Tür stand ein etwa dreißigjähriger Mann. Unter dem Arm trug er eine Anzeigen-Zeitung.

"Herr Göken?"

"Das bin ich. Ich nehme an, Sie kommen wegen der Anzeige?"

Er nickte, und wir gingen unverzüglich zum Parkplatz neben dem Gebäude an der Finkenburger Straße, in dem sich die Volkshochschule, die Stadtbücherei und die Musikschule befindet. Der Wagen schien ihm zu gefallen. Er wollte ihn ausprobieren. Ich nahm neben ihm Platz, er setzte sich ans Steuer, und wir fuhren Richtung Hattersum, dann weiter nach Abens. Fast eine Stunde raste er mit halsbrecherischer Geschwindigkeit durch Bensersiel, dann über Utgast nach Holtgast und ließ mehrfach den Motor aufheulen, um die Beschleunigung zu testen. Urlauber sprangen erschrocken zur Seite. Ein vollbärtiger Mann mit einem kleinen Kind auf den Schultern schimpfte hinter uns her. In Utgast wäre meinem potentiellen Kunden beinahe eine komplette Boßel-Mannschaft, die sich scheinbar im Training befand, zum Opfer gefallen

"Das Bremssystem muß überprüft werden", sagte er nur. "Die Bremsen sind ein wenig schwach."

Diese Bemerkung überraschte mich. Ich hatte den Wagen erst wenige Tage zuvor zur Inspektion gebracht. Bestimmt wollte er über den Preis verhandeln, was dann auch prompt geschah.

"Ich biete Ihnen dreißigtausend Mark", sagte er, "Fünfzehntausend per Scheck und die restlichen fünfzehntausend in bar. Paßt Ihnen das?"

Es war zwar etwas weniger, als in der Anzeige gestanden hatte, doch ich war einverstanden. Wir fuhren zurück, allerdings nicht ohne noch zwei Trecker auf der L 10 unter Lebensgefahr zu überholen und gingen in meine Wohnung, um den Kaufvertrag auszufüllen, und eine halbe Stunde später sah ich, wie der BMW davonfuhr und Richtung Knochenburgstraße zur B 210 verschwand.

Ich legte das Geld in eine Schublade. Unter anderen Umständen hätte ich mir damit den wertvollen Orientteppich kaufen können, auf den ich so große Lust hatte, doch im Moment hatte ich allen Grund, vernünftig zu bleiben. Diese dreißigtausend Mark und das Darlehen, das ich bei der Ärzteversicherung beantragt hatte, würden mir die Kreditverhandlungen mit meiner Bank entscheidend erleichtern.

Folglich speiste ich mit guter Laune in Brauers Gasthof. Als ich später zu Bett ging, hatte ich Uwe Janssen und seine unglaublichen Enthüllungen vollständig vergessen.

Am nächsten Morgen gegen halb elf traf ich in der Ambulanz der Kinderkureinrichtung in Bensersiel ein.

Sie lag in einer kleinen Nebenstraße, die Lammertshörn heißt und zum Hallenbad führt. Die Kinder, die wir dort behandelten, wurden teilweise von ihren Eltern begleitet oder kamen alleine und wurden von den Krankenkassen, manchmal auch von Kinderärzten, Allgemeinmedizinern oder Krankenhausärzten zu uns geschickt. Viele waren für einige Wochen zur Kur geschickt worden und litten unter Verhaltensstörungen. Unsere Aufgabe bestand darin, sie psychologisch zu betreuen und uns gegebenenfalls in den Schulen, in ihren Familien oder beim Jugendrichter für sie einzusetzen, um ihnen die soziale Wiedereingliederung zu erleichtern.

Die Vielseitigkeit dieser Arbeit sowie die Tatsache, im Team mit Psychologen, Sozialarbeitern, Erziehern, Sprachheilpädagogen und anderen Psychiatern zusammenzuarbeiten, stellten eine willkommene Abwechslung zur einsamen und manchmal erdrückenden Ausübung der Privatanalysen dar.

Ich kümmerte mich um Kinderpsychotherapien, eine Tätigkeit, die ich trotz - vielleicht auch wegen - ihrer Komplexität ungeheuer schätzte. In mehreren meiner Artikel hatte ich den außerordentlichen Reiz dieser Aufgabe zu erklären versucht. In der Tat sind die für Erwachsene geltenden Regeln der Psychoanalyse bei Kindern nur bedingt anwendbar. Man kann sich nur schwerlich vorstellen, dass sich Kinder auf eine Couch legen und ihren Gedanken freien Lauf lassen. Vielmehr bemühte ich mich, über das Spielen, Malen oder Modellieren Zugang zur Gedankenwelt meiner jungen Patienten zu finden und ihre unbewußten Probleme zu erkennen. Doch was ich dabei entdeckte, war eine Quelle steter Verwunderung. Ihre Welt war nämlich von außerordentlicher Vielfalt. Freud hatte behauptet, der Traum sei der "Königsweg zum Unbewußten", und hätte getrost hinzufügen können, dass das Kind ein genialer Führer für denjenigen ist, der sich die Mühe macht, ihm zu folgen.

Meistens arbeitete ich mit Kathrin zusammen.

Sie hatte erst zwei Monate zuvor in der Ambulanz angefangen, und nicht alle waren mit ihr einverstanden. Doch im Gegensatz zu einem Teil unseres Teams, das sie für eine allzu progressive Psychologin hielt, war Gerd Börgmann, der Chefarzt, von Anfang an gut auf sie zu sprechen gewesen.

"Ich bin überzeugt, dass sie sehr gute Arbeit leisten wird", hatte er sie verteidigt. "Außerdem ist sie jung, sieht gut aus und wird entscheidend dazu beitragen, unser Arbeit aufzupolieren."

Trotz seines fortgeschrittenen Alters hatte Börgmann eine ausgeprägte Neigung für hübsche Frauen. Und Kathrin sah wirklich hinreißend aus. Sie mußte Ende zwanzig sein, war groß, hatte braune, kurzgeschnittene Haare, blaue Augen, die niemanden gleichgültig ließen, und einen unleugbaren Sinn für Eleganz und trug meistens Kleider in kräftigen Farben, was unserem allzu strengen Berufsmilieu eine fröhliche Note verlieh. Sie stammte aus Esens.

Dennoch glaubten alle, Börgmanns Standpunkt sei weniger von professionellen Überlegungen bestimmt als vielmehr von seiner etwas altmodischen Galanterie, für die er überall bekannt war.

Doch er hatte sich nicht geirrt. Sehr schnell gelang es Kathrin, sich durchzusetzen, und zwar nicht nur aufgrund ihrer Liebenswürdigkeit, sondern auch dank ihres beruflichen Könnens. Niemand verstand es so gut wie sie, den Kindern zuzuhören, die verstörtesten unter ihnen zu besänftigen und auf ihre oft unberechenbare und komplexe Gedankenwelt einzugehen. Bald wurden ihre Verdienste allgemein anerkannt, so dass Kathrin wie selbstverständlich in unser Team aufgenommen wurde.

Was mich betraf, so schätzte ich Kathrin gleichermaßen wegen ihrer Fachkenntnisse in der Kinderpsychiatrie wie auch wegen des Reizes ihrer Präsenz. In der Tat war ich vom ersten Augenblick an ihrem Charme erlegen und hatte mich unverzüglich Börgmanns Meinung angeschlossen. Es ist immer schwierig, eine solche Anziehungskraft zu erklären. Wie unser Chefarzt hielt ich Kathrin für eine angenehme, elegante und hübsch anzuschauende Person. Außerdem bewirkten ihre Intelligenz und ihre Umgangsformen, dass man sich in ihrer Gesellschaft gleich wohl fühlte. Das Vergnügen, das ich dabei empfand, mit ihr zusammen zu sein, beruhte sehr bald auf Gegenseitigkeit, und so entstand zwischen uns eine echte Komplizenschaft.

Der Tag in der Ambulanz verging erstaunlich schnell.
Am späten Nachmittag, nachdem ich mit Kathrin eine Liste aller an jenem Tag durchgeführten Psychotherapien aufgestellt hatte, diktierte ich Sybille, der Sekretärin, noch ein paar Briefe, bevor ich die Ambulanz am frühen Abend verließ, um zu einer Kontrollsitzung zu Peer Lübben nach Aurich zu fahren.
Unweit seiner Haustür stellte ich plötzlich fest, dass ich mich in der Uhrzeit unserer Verabredung geirrt hatte und eine Stunde zu früh gekommen war.
Eine Fehlleistung? Jedenfalls brachte mich dieser Irrtum ganz schön in Verwirrung, und weil ich nicht recht wußte, womit ich die verbleibende Zeit verbringen sollte, ging ich schließlich Richtung Fußgängerzone.
Dort erinnerte ich mich an Janssens Worte. "Ostfriesen-Zeitung vom 19. Mai", hatte er gesagt, bevor er gegangen war. "Denken Sie daran, Sie können es nachlesen."
Nichts war einfacher als das, bis zum Internet-Café war es nur ein Katzensprung. Ich brauchte nur hinzugehen und auf der Web-Site der Zeitung das Archiv durchsehen.
Doch ich wies diese Idee energisch von mir. Ich hatte mir vorgenommen, nicht in Janssens Fallen zu tappen, und war fest entschlossen, mich daran zu halten.
Kurze Zeit später kam die Angestellte des Cafés mit einem Kaffee und einem Glas Mineralwasser auf dem Tablett zu mir an den Tisch.
„Wir rechnen minutengenau ab. Wenn Sie etwas wünschen oder Schwierigkeiten mit dem PC haben, sagen sie mir ruhig Bescheid." Es war absolut unbegreiflich, aber auf einmal war ich felsenfest davon überzeugt, Janssens Geschichte sei hier irgendwo im Internet zu finden.

Dann hob ich den Kopf und sah ihn im Café stehen. Er trug einen grauen Anzug und grinste mich an. In seinen Augen lag ein Ausdruck des Triumphes, der mir unerträglich war.

Ich konnte mich nicht länger beherrschen, sprang von meinem Stuhl auf und rannte auf ihn zu. Als er mich näher kommen sah, machte er sich schnell aus dem Staub. Ich zögerte keine Sekunde und nahm die Verfolgung auf. Die Angst schien ihm Flügel zu verleihen, er raste zwischen den Tischen hindurch, auf den Ausgang zu. In diesem Moment stieß er mit einer jungen Frau zusammen, die, mit einem Stapel Teller beladen, aus der Küche kam. Der heftige Stoß bewirkte, dass sie das Gleichgewicht verlor und die Teller zu Boden fielen. Die beiden Männer, die hinter Theke standen, hatten die Szene beobachtet und stürmten auf Uwe Janssen los. Einer von beiden schien der Wirt zu sein. Noch bevor dieser reagieren konnte, hatten sie ihn umklammert. Alle Blicke waren auf sie gerichtet. Wie wild geworden schlug Janssen um sich, doch es gelang ihm nicht, sich zu befreien. Plötzlich jedoch hob er den Arm, zeigte auf mich und schrie: "Er ist es! Ich sage Ihnen, er ist es!"

Der Wirt kam auf mich zu.

"Sind Sie für den Radau verantwortlich?"

Ich wollte eine Antwort geben, hielt vor lauter Überraschung jedoch inne und stellte fest, dass der Mann, den sie umklammert hielten, gar nicht Uwe Janssen war. Er war zwar genauso gekleidet, hatte ungefähr die gleiche Statur, doch er war nicht Janssen. Er sah viel jünger aus, trug keinen Diamanten im linken Ohr, und obwohl seine Gesichtszüge denen von Janssen ziemlich ähnlich waren, konnte man die beiden unmöglich miteinander verwechseln.

Der Mann war wütend.

"Er ist es, glauben Sie mir. Er kam auf mich zugerannt, ein Verrückter... Ich dachte, er würde mich verprügeln."

"Was soll diese Geschichte", fragte der Mitarbeiter.

"Es ist..., es handelt sich um einen bedauerlichen Irrtum", erklärte ich mit unsicherer Stimme. "Ich... ich saß an einem der Tische und... glaubte plötzlich, einen Freund von mir gesehen zu haben."

"Das stimmt nicht!" schrie der Mann. "Glauben Sie mir, er wollte mich schlagen. Wenn er mich erwischt hätte, wäre ich von ihm wie eine Krabbe zerquetscht worden."

"Zeigen Sie mir Ihren Ausweis zur Feststellung Ihrer Personalien", befahl mein Gegenüber.

Ich zeigte ihm neben meinem Personalausweis den Dienstausweis der Ambulanz.

Als er sah, dass ich Arzt war, beruhigte er sich.

"In Ordnung", sagte er, "Sie können an Ihren Platz zurückgehen... Doch das nächste Mal passen Sie besser auf."

Nachdem ich mich bei dem Mann entschuldigt hatte, ging ich zum Computer zurück.

Die Überraschung, die mich erwartete, war perfekt.

Auf dem Bildschirm war die Ausgabe der Ostfriesen-Zeitung vom 19. Mai zu sehen.

Dabei hatte ich meine Suche bei der Homepage der Tageszeitung unterbrochen. Ich war mir dessen ganz sicher. Aber ich staunte noch mehr, als ich feststellte, dass genau der Artikel angezeigt wurde, den ich gesucht hatte.

Es war unbegreiflich.

Doch ich mußte mich mit dieser unheimlichen Tatsache abfinden. Neben dem Foto einer jungen, braunhaarigen und ein wenig traurig lächelnden Frau, unter dem *Emma Janssen* stand, war ein Artikel mit dem Titel *"Das Messer oder der Koffer?"* zu lesen.

Ich wandte mich an die am Nebentisch sitzende Frau, die damit beschäftigt war, das abzuschreiben, was auf ihrem Bildschirm zu lesen war.

"Entschuldigen Sie bitte", sagte ich, "hat während meiner Abwesenheit jemand an diesem PC hantiert?"

Zweifellos hatte sie mitbekommen, was zwischen mir, dem fremden Mann und den Mitarbeitern des Cafés vorgefallen war, denn sie geriet in Panik, so als befürchtete sie, ich würde jetzt auch über sie herfallen wollen.

"Ich... ich versichere Ihnen, dass... dass ich nichts angerührt habe", stammelte sie aufgeregt.

"Davon bin ich überzeugt. Ich möchte nur wissen, ob sonst jemand an diesem Computer herumgefummelt hat."

Als sie merkte, dass ich sie keineswegs in einen Streit verwickeln wollte, beruhigte sie sich und überlegte eine Weile.

"Nein, ich habe niemanden gesehen", sagte sie schließlich. "Ich war zwar mit meiner Arbeit beschäftigt, aber ich glaube, wenn sich jemand daran zu schaffen gemacht hätte, dann hätte ich das bestimmt gemerkt."

Ich bedankte mich bei ihr. Vielleicht hatte ich die Seite selbst aufgerufen und konnte mich nicht mehr daran erinnern. Nun hatte ich ihn jedenfalls vor Augen und brauchte ihn nur noch zu lesen.

Die Geschehnisse wurden in ironischem Ton geschildert.

Das Messer oder der Koffer?

Zwischen diesen beiden Möglichkeiten hatte die Polizei zu entscheiden. Eine Entscheidung, die Uwe Janssen, einen fünfundfünfzigjährigen friedlichen Rentner, der in einem Haus am Melkerpad auf Langeoog lebt, beinahe die Freiheit gekostet hätte.

Am Montag, den 9. Mai, wurde Uwe Janssen auf der Polizeiwache an der Kaapdüne vorstellig, um seine rund dreißig Jahre jüngere Frau, Emma Janssen, als vermißt zu melden. Da sie sich seit einer Woche nicht mehr zu Hause gemeldet hatte, befürchtete ihr Mann, es könnte ihr etwas zugestoßen sein. Die Polizei befragte die Nachbarn. Verschiedenen Zeugenaussagen zufolge hatte Uwe Janssen eine Woche zuvor eine heftige Auseinandersetzung mit seiner Frau gehabt. In der Nacht vom 2. auf den 3. Mai hätte dieser Streit seinen Höhepunkt erreicht, und einige Nachbarn behaupteten sogar, Emma Janssen hätte so laut um Hilfe geschrien, als "würde sie abgestochen werden". Die Nachbarn hatten sogar von ihrer Befürchtung gesprochen, dass Feriengäste wegen der häufigen lautstarken Streitereien im Hause Janssen vorzeitig abreisen könnten. Schließlich stünde Langeoog für einen besonderen Ort der Ruhe und des Friedens. Als Uwe Janssen darauf angesprochen wurde, zeigte er sich plötzlich verwirrt und gab schließlich zu, dass es tatsächlich Streit gegeben hatte. Seit langem verdächtigte er seine Frau, einen Liebhaber zu haben. Was zahlreiche Nachbarn, die Emma Janssen mehrmals in Begleitung eines anderen Mannes gesehen haben wollen, übrigens bestätigten. An jenem Abend sei sein Verdacht zur Gewißheit geworden. "Aber ich habe ihr nichts getan", beteuerte er. "Ich habe ihr lediglich ihr Benehmen vorgeworfen... und ihr ein wenig gedroht, mehr nicht."

Die Polizei blieb mißtrauisch und nahm Uwe Janssen vorsichtshalber in Gewahrsam. Das Kriminalkommissariat Wittmund wurde eingeschaltet und ein Beamter nahm die erste Fähre der folgenden Tages. Doch bald schon stellten sich ihre Verdächtigungen als unbegründet heraus. Emma Janssen war an dem Tag nach dem Streit dabei beobachtet worden, wie sie ihre Wohnung mit einem Koffer verlassen hatte. Sie hatte die Abwesenheit ihres Mannes genutzt, um mit der Fähre ans Festland zu fahren, und traf sich am Hafen in Bensersiel mit ihrem Liebhaber. Die Nachforschungen führten die Polizei zum Flughafen Bremen, wo man feststellte, dass zwei Flüge nach Rio de Janeiro mit Zwischenstop in Frankfurt auf ihre Namen gebucht worden waren. Eine Stewardeß konnte sich genau erinnern, als man ihr ein Foto von *Emma Janssen zeigte. Es handelte sich tatsächlich um die Gesuchte. Auch der Zollbeamte - ganz der korrekte deutsche Beamte - konnte bezeugen, dass der Paß, den man ihm vorgelegt hatte, auf den Namen Emma Janssen ausgestellt war und nicht der geringste Zweifel an der Identität jener Person bestand. Der Mann in ihrer Begleitung war ein Brasilianer namens Leandro del la Fuente gewesen. Folglich wurde Uwe Janssen auf freien Fuß gesetzt und die betreffende Akte geschlossen.*

Uwe Janssen wird die Entscheidung der Polizei für seine Unschuld sicher zu schätzen wissen, und vielleicht wird die Zeit ihn auf die gute Idee bringen, ebenfalls seinen Koffer zu packen, die Insel zu verlassen und sich auf die Suche nach einer treueren und vom Alter her besser zu ihm passenden Lebensgefährtin zu machen?

3. Kapitel

"Auch wenn Sie sich jetzt besser fühlen, so war es dennoch ein Fehler, die Aussage Ihres Patienten zu überprüfen."

Offensichtlich billigte Peer Lübben mein Vorgehen im Internet-Café gar nicht. Vom psychoanalytischen Standpunkt aus betrachtet hatte er natürlich recht. Dennoch war ich erleichtert, endlich herausgefunden zu haben, wer Uwe Janssen wirklich war. Ich hatte ihm einen Mord durchaus zugetraut. Doch dank dieses Artikels wußte ich nun, dass er lediglich ein ausgebuffter Lügner war. Die Ironie, mit der er die Ereignisse geschildert hatte, trug ein übriges zu dieser Erleichterung bei. Dass Janssen derart zum Narren gehalten worden war, machte ihn zu einer bemitleidenswerten und ein wenig lächerlichen Gestalt.

Mit einem Mal kam Janssen mir weitaus weniger bedrohlich vor, und für mich sprach nichts dagegen, die Therapie fortzusetzen, was mir bis dahin undenkbar erschienen war.

Doch Lübben teilte meine Meinung keineswegs.

"Aber diese Neigung, Ihrem Patienten anstandslos zu glauben, was er erzählt... Er sagt Ihnen, er hätte seine Frau umgebracht, und Sie glauben ihm aufs Wort. Er rät Ihnen, seine Aussagen in der Zeitung zu überprüfen, und prompt tun Sie das. Ihr Patient ist nicht nur ein cleverer Lügner, sondern auch ein geschickter Manipulierer. Und Sie sind so naiv, sich auch noch manipulieren zu lassen."

"Das mag stimmen", gab ich zu, "aber da ich die Wahrheit nun kenne, wird er mich nicht mehr reinlegen können. Finden Sie es nicht trotzdem merkwürdig, dass er mich auffordert, mich in der Zeitung von der Unwahrheit seiner Worte zu überzeugen? Vielleicht wollte er mir auf diese Weise sein Unbehagen zu verstehen geben. Erst jetzt kann die psychoanalytische Arbeit richtig beginnen."

Lübben zuckte lediglich mit den Schultern und fügte mit leicht verärgerter Stimme hinzu: "Das sind doch Ammenmärchen, Henning, und das wissen Sie ganz genau. Das nächste Mal wird Ihr Patient Ihnen vorgaukeln, er wäre der Besitzer von Ölquellen in Saudi-Arabien. Was werden Sie dann tun? Nach Riad fliegen, um sich davon zu überzeugen?"

Ich antwortete nichts. In Lübbens Büro herrschte eine friedliche, beruhigende Atmosphäre. Dank des dicken Teppichs und der Wandbehänge war von der Straße nichts zu hören. Ich dachte an den Mann, den ich irrtümlicherweise für Janssen gehalten hatte, und hielt es für klüger, ihn nicht zu erwähnen. Auch über die Internet-Seite, die von fremder Hand auf dem Bildschirm aufgerufen worden sein mußte, sagte ich kein Wort. Hätte ich davon erzählt, so hätte Lübben diesen Vorfall wahrscheinlich als unleugbaren Beweis meiner Verwirrung gedeutet.

Zweifellos war es dumm von mir gewesen, so zu handeln, doch nun wußte ich zumindest, woran ich war. In einem Punkt allerdings täuschte sich der alte Lübben: ich würde nicht zulassen, dass Janssen sich weiterhin über mich lustig machte. Selbst wenn er behaupten sollte, sämtliche Erdölquellen am Persischen Golf zu besitzen, würde ich meine Praxis deswegen nicht mehr verlassen.

"Henning, als erfahrener Analytiker wissen Sie ganz genau, dass sich die Wahrheit daraus ergibt, wie Sie Ihren Patienten zuhören und deren Aussagen interpretieren, und nicht indem Sie Nachforschungen außerhalb Ihrer Praxis anstellen. Sie werden nicht dafür bezahlt, sich als Sherlock Holmes zu betätigen."

Er erhob sich, um mir zu verstehen zu geben, dass unser Gespräch beendet war. Ich glaubte, eine gewisse Gleichgültigkeit in seinem Verhalten zu erkennen.

"Ich fürchte, weiter kann ich Ihnen in dieser Angelegenheit nicht helfen, Henning", sagte er und gab mir die Hand. "Ihre Beziehung zu diesem Mann ist unklar. Möglicherweise hat die Begegnung mit ihm in Ihrem Unterbewußtsein etwas wachgerufen, mit dem Sie nicht im Reinen waren. Passen Sie gut auf, Henning, jeder von uns kann sich als ein ganz anderer Mensch entpuppen. Ich kann Ihnen also nur raten, sich unverzüglich von diesem Patienten zu trennen und... darüber nachzudenken, Ihre eigene Analyse wieder aufzunehmen."

Diese Worte entrüsteten mich. Nach rund zehn Jahren, die ich auf einer Couch verbracht hatte, war mir die Lust, erneut damit anzufangen, völlig vergangen. Selbstverständlich konnte ich keineswegs behaupten, alle meine Probleme gelöst zu haben, doch wer kann das schon? Dazu genügt nicht einmal ein ganzes Leben auf der Couch, das hatte sogar Freud erkannt. Aber dank der Analyse hatte ich zumindest meine wesentlichsten Schwierigkeiten bewältigt und zu einer gelasseneren Sicht der Dinge gefunden. Dass ich aus Uwe Janssen nicht schlau wurde und mich wie ein Anfänger von ihm hatte reinlegen lassen, konnte ich in der Tat nicht leugnen. In dieser Hinsicht hatte Peer Lübben recht: dieser Mann hatte ein bislang ungelöstes Problem in mir an die Oberfläche gebracht. Trotzdem sah ich jetzt alles viel klarer.

Und das hatte ich meinem Besuch im Internet-Café zu verdanken, auch wenn dieses Vorgehen tadelnswert war.

Guter Rat kommt gewöhnlich über Nacht.

Als ich am nächsten Morgen aufwachte, war ich in bester Verfassung und ließ mir Lübbens Worte noch einmal in aller Ruhe durch den Kopf gehen. Obwohl ich ihm nicht völliges Unrecht vorwarf, mußte sein Standpunkt doch etwas nuancierter betrachtet werden. Natürlich, mein Verhalten gegenüber Janssen entsprach nicht den Gepflogenheiten. Aber gleichzeitig konnte es als eine Art Barometer meiner eigenen Gemütsverfassung angesehen werden. Entweder war ich in der Lage, mit diesem Patienten fertig zu werden, oder aber ich müßte das Handtuch werfen.

Doch so weit war es nicht, und außerdem durfte nichts überstürzt werden. Da die Situation sich einigermaßen geklärt zu haben schien, mußte ich zunächst einmal herausfinden, wie weit ich überhaupt gehen konnte.

Das waren meine Überlegungen, als ich mich, recht zuversichtlich, gegen zehn auf den Weg in die Ambulanz nach Benserstel machte.

Das Wetter war herrlich und verbesserte meine Laune.

Als erstes begegnete ich Sybille, der Sekretärin.

"Vorhin hat Herr Brodersen für Sie angerufen", sagte sie. "Er hat versucht, Sie zu Hause zu erreichen, doch Sie waren schon weg."

"Kommissar Brodersen?"

"Ja, Sie sollen ihn im Kriminalkommissariat anrufen. Es scheint sehr dringend zu sein."

Seltsam. Warum rief mich Peter an meinem Arbeitsplatz an? Zwei Tage zuvor hatten wir noch zusammen zu Mittag gegessen.

Peter Brodersen war einer meiner wenigen Freunde, die mit Psychoanalyse überhaupt nichts zu tun hatten. Weder war er Analytiker, noch hatte er je auf einer Couch gelegen. Unsere Freundschaft ging auf unsere gemeinsame Zeit auf der Grundschule und auf dem Gymnasium der Alexander-von-Humboldt-Schule zurück. Als Kinder hatten wir oft rivalisierenden Cliquen angehört und uns mehr als einmal auf dem Schulhof geprügelt. Auf unserem Gymnasium an der Brandenburger Straße in Wittmund waren wir stets mit von der Partie, wenn es darum ging, für Unruhe zu sorgen oder den Unterricht zu schwänzen. Wir gingen mit denselben Mädchen aus und auch unsere Liebesabenteuer erlebten wir ungefähr zur gleichen Zeit. Doch nach dem Schulabschluß trennten sich unsere Wege: Peter ging zur Polizei, ich studierte Medizin.

Erst als ich mich in Wittmund niederließ, sahen wir uns eines Tages zufällig auf der Straße wieder. Seine Verwunderung darüber, dass ich Analytiker geworden war, war mindestens genauso groß wie meine, als er mir erzählte, dass er es zum Kriminalkommissar in Wittmund gebracht hatte.

"Also wirklich!" meinte er lachend. "Wir werden wohl ewig rivalisierenden Banden angehören!"

"Die Polizeibande gegen die Psychoanalytikerbande!" erwiderte ich und lachte ebenfalls.

Wir gingen beide auf die Vierzig zu, hatten uns aber während der vergangenen Jahre nicht so weit auseinandergelebt, wie man hätte annehmen können. Was das Aussehen betraf, so waren nach wie vor dieselben Unterschiede festzustellen wie in unserer Jugend. Peter war groß, dunkelhaarig und sah sportlich aus - im Gymnasium war er stets der Beste im Sport gewesen -, er hatte kastanienbraune Augen, und an seinen Schläfen zeigten sich die ersten grauen Haare. Ich hingegen sah trotz meiner blonden Haare, meiner blauen Augen und des Kinngrübchens, dass Monika Bojen so sehr mochte, weit weniger attraktiv aus. Ich war mittelgroß, hatte mir eine schlechte Haltung angewöhnt, und die leichte Korpulenz, die sich andeutete, war zum Teil auf meinen Mangel an körperlicher Bewegung zurückzuführen.

Wie im Gymnasium war er der sportliche und ich der intellektuelle Typ.

Doch von diesen Unterschieden abgesehen, verbanden uns nach wie vor eine gewisse Verwandtschaft im Geiste und ein solides Einverständnis, und sehr bald stellte ich fest, dass Peter ein interessanter und gebildeter Mann geworden war, der mitreissend über sich und seinen Beruf zu erzählen wußte.

Seine Dienststelle lag nicht sehr weit von meiner Praxis entfernt, und einmal hatte ich ihn zum Essen eingeladen. Als er meine Wohnung sah, konnte er seine Bewunderung nicht verbergen.

"Deine Geschäfte scheinen hervorragend zu laufen! Die Wohnung erinnert mich an deine Referate: einfach perfekt."

Diese Bemerkung schien einer gewissen Ironie nicht zu entbehren, und da ich sogar eine gewisse Gereiztheit herauszuhören glaubte, unterließ ich es, Peter ein zweites Mal zu mir einzuladen. Fortan gingen wir gewöhnlich in das *Residenz-Restaurant* am Markt oder zum *El Ranchero*, dem Restaurant für mexikanische und italienische Spezialitäten, beides gut zu Fuß zu erreichen, um uns dort ausführlich über unsere Jugend, die Schwierigkeiten im Beruf, über die Gesellschaft, die Politik und über unser beider Leben zu unterhalten. Peter war geschieden und Vater eines Kindes, und als er erfuhr, dass ich in derselben Situation war, zeigte er sich ganz verwundert.

"Ich dachte, ihr Analytiker wärt gegen solche Pannen gefeit", sagte er mit gespielter Ahnungslosigkeit.

Ich lächelte und mußte zugeben, dass es mir, trotz einiger Unstimmigkeiten, ein großes Vergnügen war, meinem Freund wiederbegegnet zu sein.

Ich rief also Peter an, um mich zu erkundigen, was er von mir wollte. Einer seiner Kollegen sagte mir, Kommissar Brodersen sei kurz weggegangen, würde mich jedoch gegen neunzehn Uhr in seinem Büro erwarten. Das paßte mir ausgezeichnet, und ich hoffte, anschließend könnten wir zusammen essen gehen.

Den ganzen Tag lang wurde ich von meiner Arbeit in Anspruch genommen. Vormittags nahm ich mit Nadine, der Sozialarbeiterin, an einer Versammlung teil, bei der es um die in der Ambulanz betreuten Kinder ging und nachmittags leiteten Kathrin und ich eine Kindergruppe.

Es war kurz vor sechs, als ich mich an meine Verabredung mit Peter erinnerte. Ich hatte noch ein paar Briefe zu diktieren, doch Sybille war bereits gegangen.

"Sie ist nie da, wenn man sie braucht!" schimpfte ich.

Kathrin wunderte sich über meine schlechte Laune. Wir hatten zuletzt eine etwas schwierige Sitzung mit neurotischen Kindern hinter uns bringen müssen. Sie hatte länger gedauert als geplant, und als sie schließlich zu Ende war, waren die anderen längst nach Hause gegangen.

"Ist es Kevin, der Ihnen Sorgen bereitet?" fragte Kathrin. "Wenn Sie dem Vormundschaftsrichter schreiben wollen, will ich den Brief gerne für Sie tippen."

"Sie wissen mit dem Computer umzugehen?"

Sie lächelte.

"Selbstverständlich. Ich habe meine Doktorarbeit auf dem Computer geschrieben."

"Aber vielleicht haben Sie gar keine Lust, Überstunden zu machen", erwiderte ich.

"Das ist nicht schlimm, ich habe reichlich Zeit."

Ihre Stimme klang äußerst sinnlich, gleichzeitig warm und ein wenig heiser. Und so war es eher das Vergnügen, mit dieser Stimme zusammenzubleiben, als die Dringlichkeit des Briefes, das mich dazu bewegte, ihr Angebot anzunehmen.

Sie nahm vor dem Computer Platz, und ich begann zu diktieren. Kevins Situation war überaus heikel. Der knapp zehnjährige Junge lebte bei Pflegeeltern in Jever und riß immer wieder aus, um zu seinen richtigen Eltern zu flüchten, die jedoch absolut nicht in der Lage waren, sich um ihn zu kümmern. In meinem Brief warf ich die Frage nach der Einschränkung des Besuchsrechts der leiblichen Eltern auf. Wäre es trotz der Wichtigkeit des Kontakts nicht doch besser, die Besuche, die dem Jungen immer wieder neue Hoffnung gaben, einzuschränken? Meiner Ansicht nach könnte Kevin sich nur dadurch auf seine Pflegeeltern einlassen.

Kathrins Finger flitzten über die Tastatur. Von Zeit zu Zeit warf ich einen verstohlenen Blick auf sie - Börgmann hatte recht: ihr Anblick war äußerst angenehm. Sie erinnerte mich an Monika Bojen. Obwohl sich beide Frauen äußerlich sehr stark voneinander unterschieden, war bei beiden dieselbe Art von Eleganz und aufreizender Sinnlichkeit festzustellen, die niemanden gleichgültig ließ. Doch vermutlich konnte Kathrin besser mit Männern umgehen.

Sie beugte sich vor, um das Geschriebene auf dem Bildschirm noch einmal zu überprüfen. Ihr Ausschnitt war tief genug, um nichts zu verbergen. Im Nu verlor ich den Faden. Sie merkte das sofort, und als sie sah, worauf mein Blick gerichtet war, errötete sie leicht.

Um Haltung zu bewahren, zündete ich mir eine Zigarette an und schaute auf meine Armbanduhr: kurz vor halb sieben. Peter wartete auf mich.

"So, das wär's", sagte ich mit unsicherer Stimme. "Ich werde den Brief auf dem Heimweg einwerfen. Ich muß mich für Ihre Liebenswürdigkeit bedanken."

Sie nickte kurz mit dem Kopf, und ich hatte das Gefühl, dass es ihr genauso peinlich war wie mir. Ich nahm den Brief und erhob mich.

"Nochmals vielen Dank. Sie müssen mich entschuldigen, aber ich bin in Eile. Wir sehen uns am Freitag, wie gewohnt."

"Genau", erwiderte sie in etwas kühlem Ton, "wie gewohnt."

Trotz ihrer Zurückhaltung glaubte ich, eine gewisse Erwartung in ihrem Verhalten zu erkennen, doch ich wagte es nicht, etwas in diese Richtung zu unternehmen. Statt dessen verließ ich unverzüglich die Ambulanz, und als ich auf der Straße stand, ärgerte ich mich über meine Schüchternheit. Warum hatte ich sie nicht zum Abendessen eingeladen? Schließlich hätte mich nichts daran gehindert, meine Verabredung mit Peter zu verschieben.

Aber dazu war es jetzt zu spät. Ich stieg ins Auto und fuhr über die Landstraße in Richtung Wittmund.

Der überaus schlechte Zustand des Polizeireviers überraschte mich. Es war zwar nicht das erste Mal, dass ich meinen Freund dort abholte, doch bislang hatte ich nie die Gelegenheit gehabt, mich genauer umzusehen.

"Kommissar Brodersen ist noch beschäftigt", erklärte mir der Diensthabende am Eingang, als ich ihm nach einem freundlichen „Moin" den Grund meines Besuches dargelegt hatte. "Wird wohl nicht mehr lange dauern."

Tatsächlich zog sich die Warterei derart in die Länge, dass ich reichlich Zeit hatte, wütend zu werden.

Das Zimmer, in dem ich warten mußte, war ein viel zu kleiner Raum mit rissigen Wänden. Dennoch hatte man es geschafft, mehrere Tische darin unterzubringen, an denen Polizisten in Uniform oder in Zivil saßen und endlos Berichte auf modernen PC's schrieben. Offensichtlich nahm der ganze Papierkram einen erheblichen Teil ihrer Zeit in Anspruch. Auf einem separaten Tisch stand ein besonderer Computer - scheinbar der Fahndungscomputer -, über den sich die Polizisten ab und zu beugten. Hin und wieder machte jemand einen Scherz, auf den niemand reagierte und der eher einer Gewohnheit oder einem Ritual zu entsprechen schien, als der Absicht, jemanden zum Lachen zu bringen. Diese auf plattdeutsch gesprochenen Worte hätte ein Tourist nie im Leben verstanden.

Ich wartete und wartete, und war schließlich mit meiner Geduld am Ende. Ich erhob mich und wollte gehen, doch man versicherte mir, es wäre gleich soweit. Ein Polizist bot mir einen Kaffee an, den ich dankend annahm und der mir half, mich noch einige Minuten zu gedulden. Offensichtlich hatte Peter Anweisung gegeben, mich freundlich zu behandeln.

Da ich nicht recht wußte, womit ich mir die Zeit vertreiben sollte, bat ich um die Erlaubnis, telefonieren zu dürfen, und wählte, ohne große Hoffnung übrigens, die Nummer der Ambulanz. Bestimmt war Kathrin längst nach Hause gegangen. Nachdem es mehrmals geklingelt hatte, legte ich wieder auf. Einen

Moment lang überlegte ich, ob ich es nicht bei ihr zu Hause versuchen sollte, doch das wäre ziemlich unklug gewesen, vor allem, da im Hintergrund die Geräusche eines Polizeireviers zu hören waren. Mir blieb nichts anderes übrig, als mich bis Freitag zu gedulden.

"Moin, mein Freund Freud, wie geht's?"

Ich hob den Kopf. Peter stand in der Tür und lächelte mir zu. Offenbar war er froh, mich zu sehen.

Einer der Polizisten schaute in unsere Richtung, als er den Namen Freud hörte, der ihm bekannt vorzukommen schien. Er sah mich mit nachdenklicher Miene an, bevor er sich wieder in seine Notizen vertiefte. Vielleicht meinte er, den Namen Freud auf irgendeiner Fahndungsliste gelesen zu haben.

"Tut mir leid, dass ich dich so lange warten lassen mußte", entschuldigte sich Peter und trat zur Seite, um mich in sein Büro zu lassen, "aber es war etwas dazwischengekommen."

"Macht nichts. Ich mußte deinetwegen lediglich meine Arbeit in der Ambulanz unterbrechen."

Er schien diese Art von Bemerkung gewohnt zu sein, denn er reagierte überhaupt nicht darauf. Statt dessen bot er mir einen Stuhl an und ließ sich mir gegenüber nieder. Es kam mir vor, als wäre sein Verhalten mir gegenüber eher beruflicher als freundschaftlicher Natur, und ohne genau zu wissen warum, hielt ich es für klüger, auf der Hut zu sein. Wie in unserer Kindheit schienen wir feindlichen Lagern anzugehören. Die Polizisten gegen die Psychoanalytiker. Und wenn unsere ehemalige Rivalität nach wie vor bestand?

"Was ist los? Die Sekretärin sagte mir, es sei sehr dringend."

"Na, wir wollen mal nicht übertreiben..."

Er hielt inne und bot mir eine Zigarette an. Ich bediente mich.

"Eine reine Routineangelegenheit..., mehr nicht."

Ich nahm einen tiefen Zug und wartete ab, wie es weitergehen würde.

"Du hast deinen BMW gestern an einen gewissen Jörn Lumpe verkauft?" sagte er und zeigte mir den Vertrag, den ich tags zuvor aufgesetzt hatte.

Dass er im Besitz dieses Papiers war, machte mich stutzig, doch ich ließ mir nichts anmerken.

"Handelte es sich etwa um einen gesuchten Rinderdieb?" fragte ich ironisch.

Aber Peter tat so, als hätte er meine Frage überhört.

"In welchem Zustand befand sich dein Wagen?"

"Er war so gut wie neu. Ich hatte ihn erst letztes Jahr gekauft und war knapp fünfundzwanzigtausend Kilometer damit gefahren. Außerdem hatte ich ihn kurz vor dem Verkauf zur Inspektion gegeben."

"Warum hast du ihn verkauft?"

Diese Frage irritierte mich.

"Vor zwei Tagen, als wir zusammen zu Abend gegessen haben, habe ich dir das doch schon erklärt. Ich brauche Geld. Ist es die Arbeit auf dem Revier, die dich so vergeßlich macht?"

Er lächelte leicht verlegen.

"Gut, du hast deinen Wagen also verkauft, weil du Geld brauchtest -, um einen neuen Kredit mit deiner Bank auszuhandeln."

"Du weißt doch schon alles... Hör zu, Peter", sagte ich und erhob mich, "entweder du erklärst mir, warum du mich hierher bestellt hast, oder ich gehe nach Hause. Ich mag es nicht, dass du dich mir gegenüber den Polizisten raushängen läßt."

"Jörn Lumpe hatte einen schweren Unfall mit deinem Wagen. Er raste mit mehr als 200 Sachen über die Autobahn und flog aus einer Kurve."

"Was?" schrie ich und setzte mich wieder hin. "Ist er...?"

"Nein, sei unbesorgt, er wird's überleben. Vermutlich wird er einen bleibenden Schaden davon tragen, aber er wird's überleben. Das behaupten jedenfalls die Ärzte. Aber der Wagen", fügte er hinzu, "ist hin. Nur noch ein Haufen Schrott..."

"Und was habe ich mit diesem Unfall zu tun? Du hast selbst gesagt, dass er zu schnell gefahren ist. Mir war auch aufgefallen, als er den Wagen ausprobierte. Er fuhr wie ein Irrer."

"Kann ja sein", gab Peter zu, "aber möglicherweise wird seine Versicherungsgesellschaft sich an dich wenden und versuchen zu beweisen, dass der Wagen in schlechtem Zustand war. Deshalb frage ich dich noch einmal: bist du sicher, dass alles in Ordnung war, als du ihn verkauft hast?"

"Im Prinzip ja. Er war knapp ein Jahr alt und..."

Plötzlich hielt ich inne.

"Jetzt erinnere ich mich!" sagte ich. "Die Bremsen! Lumpe beklagte sich über die Bremsen, die seiner Meinung nach nicht richtig griffen."

Peter sah mich interessiert an.

"Und er hat ihn trotzdem gekauft?"

"Meiner Meinung nach war der Wagen völlig in Ordnung. Ich glaubte, er wollte hauptsächlich, dass ich mit dem Preis heruntergehe."

"Ist es ihm gelungen?"

"Ich hatte den Wagen für fünfunddreißigtausend Mark angeboten, in der Hoffnung, am Ende dreißigtausend Mark zu bekommen. Genau diese Summe bot er mir an. Wenn er an dem guten Zustand des Wagens gezweifelt hätte, hätte er entweder weniger geboten oder ganz darauf verzichtet."

"Ich verstehe", antwortete Peter mit nachdenklicher Miene. "Trotzdem rate ich dir, dieses Geld gut aufzuheben."

"Wieso?"

"Wenn sich herausstellt, dass dein BMW in mangelhaftem Zustand war, kann er von dir verlangen, dass du das Geld zurückzahlst."

Dann warf er einen Blick auf seine Uhr.

"Hör zu, ich schlage dir vor, essen zu gehen. Hast du Zeit? Das bringt uns auf andere Gedanken. Es ist bereits nach acht, und ich sterbe vor Hunger. Was meinst du? Wie wär's mal mit *El Ranchero*?"

Diese jähe Unterbrechung unseres Gesprächs verwirrte mich, doch ich nahm seinen Vorschlag an. Peter schloß sein Büro ab, gab dem Diensthabenden einige Anweisungen, dann verließen wir das Gebäude.

Peter ging neben mir her, und ich konnte mich eines gewissen Unbehagens nicht erwehren. Seltsamerweise hatte ich das Gefühl, dass er mir etwas verheimlichte und noch eine andere Absicht verfolgte.

Das warme Wetter hatte zahlreiche Menschen nach Wittmund gelockt. Obwohl es erst Mai war, bevölkerten bereits die ersten Touristengruppen die Stadt. Rheinländer, Hessen und vor allem Sachsen mit ihren unüberhörbaren Dialekten zogen an uns vorbei. Außerdem waren viele hübsche Mädchen darunter, und mehr als einmal sah ich, wie die Augen meines Freundes bei ihrem Anblick aufleuchteten.

"Das ist mehr wert als alle Psychotherapien der Welt", sagte er in leicht herausforderndem Ton. "Oder wie denkst du darüber?"

Wir kamen im *El Ranchero* an, der Kellner begrüßte uns wie alte Freunde und wies uns unseren Stammplatz zu.

Peters Bemerkung überraschte mich kaum. Jedesmal, oder fast jedesmal, wenn wir zusammen waren, kamen wir unweigerlich auf die Psychoanalyse zu sprechen. Wie so viele Leute mißtraute Peter dieser Therapie.

"Das stimmt, aber die Psychoanalyse kann bestimmten Leuten helfen, sich dessen bewußt zu werden."

Er warf mir einen etwas spöttischen Blick zu.

"Ich kann mir nur schwer vorstellen, dass manche Menschen mehrere Jahre auf einer Couch verbringen müssen, um herauszufinden, dass es im Leben nichts Wichtigeres gibt als die Liebe."

"Das ist nicht der Grund, weshalb man sich beim Psychoanalytiker auf die Couch legt, sondern der wahre Grund sind diese verdammten Fragen, die alles so kompliziert machen: wen soll ich lieben? Auf welche Art? Zu welchem Zweck? Das weißt du genauso gut wie ich."

"Nein, ich bin nicht deiner Meinung. Du bist derjenige, der alles nur noch komplizierter macht. Ich weiß sehr einfache Antworten auf deine Fragen. Wen soll ich lieben? Die Deern, dort am Nachbartisch."

Mit Deern meinte er eine junge, schwarzhaarige Frau, vielleicht Kölnerin, deren Brüste bei jedem Atemzug aus dem leichten T-Shirt, das sie gefangenhielt, zu entfliehen drohten.

"Auf welche Art?" fuhr er fort. "Auf alle möglichen und erdenklichen Arten. Zu welchem Zweck? Um sich gegenseitig Vergnügen zu bereiten. Siehst du, so einfach ist das."

"Und worauf wartest du dann noch?"

Meine Bemerkung verwirrte ihn, und er begann zu lachen.

"Gut, du hast gewonnen", sagte er. "Ihr Psychoanalytiker habt eben auf alles die passende Antwort."

Unsere Unterhaltung wurde vom Kellner unterbrochen, der das Essen servierte. Peter legte sofort los. Der Geschwindigkeit nach zu urteilen, mit der er seine Vorspeise verschlang, hatte er tatsächlich einen Mordshunger.

Was ihn aber nicht daran hinderte, erneut auf sein Lieblingsthema zu sprechen zu kommen.

"Ich nehme an, ihr Analytiker übt großen Einfluß auf eure Patienten aus, damit sie sich jahrelang von euch behandeln lassen."

"Sie kommen zu uns, weil ihnen ihr Leben unerträglich ist."

Diese Antwort stimmte ihn nachdenklich.

"Wenn ich richtig verstehe, seid ihr eine Art Dealer. Eure Ware ist eine Droge, auf die eure Patienten nicht mehr verzichten können. Ein Entzug könnte schreckliche Folgen haben."

Sein Vergleich brachte mich zum Schmunzeln.

"So kann man die Dinge natürlich auch sehen."

"Der Höhe eurer Honorare nach zu urteilen, seid ihr tatsächlich als Dealer anzusehen. Sobald einer eurer Patienten Schwierigkeiten macht, erhöht ihr die Tarife. Im Grunde genommen habt ihr eine neue Rasse von Abhängigen geschaffen: die Therapiesüchtigen. Eigentlich müßte ich euch das Rauschgiftdezernat auf den Hals hetzen."

Ich brach in lautes Gelächter aus.

"Es bestehen doch erhebliche Unterschiede zwischen Rauschgifthändlern und Analytikern. Erstens laufen wir nicht hinter den Patienten her, sondern sie kommen zu uns, und zweitens..."

"Und was beweist das?" unterbrach er mich. "Doch nur, dass ihr noch mächtiger seid als die Dealer. Ihr habt es nicht einmal nötig, euch um Kundschaft zu bemühen."

"Meinetwegen, aber zumindest verursachen wir keine antisozialen Verhaltensweisen bei unseren Patienten. Vor einiger Zeit habe ich einen Artikel über dieses Thema geschrieben. Wenn ich ihn wiederfinde, gebe ich ihn dir zu lesen. Ich kann dir jedenfalls versichern, dass ich noch keinen Neurotiker kennengelernt habe, der alten Damen die Handtasche klaute, um seine Behandlung zu finanzieren."

Er schwieg lange, bevor er fragte: "Kann es sein, dass ein Patient Hass auf seinen Analytiker empfindet?"

Diese Frage überraschte mich, und ich mußte sofort an Uwe Janssen denken.

"Das kommt häufig vor", antwortete ich nach kurzem Zögern, "gerade darauf stützt sich der Psychoanalytiker bei der Behandlung seiner Patienten. Wir bezeichnen das als Übertragung."

"Kannst du mir das genauer erklären?"

"Die Übertragung ist das, was der Patient für seinen Therapeuten empfindet. In Wirklichkeit handelt es sich um die Gefühle, die er in frühester Kindheit für seine Umgebung empfand, und die er nun auf seinen Analytiker überträgt."

"Mit anderen Worten: der Patient glaubt seinen Analytiker zu lieben oder zu hassen, während er in Wirklichkeit ganz andere Personen meint?"

"Genau."

"Kann es vorkommen, dass dieser Hass in einem Mord gipfelt?"

Wieder war ich völlig überrascht. Offensichtlich verfolgte Peter mit seinen Fragen eine ganz bestimmte Absicht.

"Was willst du damit sagen?"

"Nun, dass ein Patient sich einredet, seinen Analytiker so sehr zu hassen, dass er ihn am Ende wirklich umbringt. Ist dir ein solcher Fall bekannt?"

"Nicht, dass ich wüßte. Ich habe dir bereits erklärt, dass die Analyse nicht zu antisozialen Verhaltensweisen führt. Ein Patient kann sehr heftige Ablehnung gegen seinen Analytiker empfinden, doch das kommt nur verbal zum Ausdruck. Bei der Therapie geht es darum, die Gründe dieser Ablehnung zu begreifen. Nur auf diese Weise werden Fortschritte erzielt."

"Und das geschieht stets über den sprachlichen Ausdruck?"

"Das ist sogar die Grundvoraussetzung für eine psychoanalytische Behandlung. Hast du dich mit dem Mord an einem Analytiker beschäftigen müssen?"
Statt zu antworten, reichte er mir ein Blatt Papier.
"Schau dir das an. Kennst du einen dieser Namen?"
Die Liste verzeichnete Namen von zehn Personen. Sechs Frauen und vier Männer.
"Nein, niemanden."
"Laß dir Zeit und schau genau hin." Ich las die Liste noch einmal durch.

ALBERT Ina
BOLDUAN Paul
DREWERMANN Silvia
LEPEL Daniel
GERBER Nicole
TROST Dieter
GUTE Emilie
VOGEL Patrick
LAUERMANN Hedwig
VESTER Katharina

Ich gab ihm die Liste zurück.
"Tut mir leid, diese Namen sagen mir nichts."
"Zählt keine dieser Personen zu deinen Patienten?"
Peters Hartnäckigkeit kam mich reichlich seltsam vor.
"Selbst wenn das der Fall sein sollte, dürfte ich es dir nicht sagen. Schweigepflicht. Aber in diesem Fall kann ich dir versichern, dass keine dieser Personen bei mir in Behandlung ist. Aber jetzt möchte ich gerne wissen, worauf du hinaus willst."
Er griff nach seinen Zigaretten, bot mir eine an und gab mir Feuer.
"Irgend etwas an dem Unfall mit deinem BMW läßt mir keine Ruhe. Der Mann hatte allen Grund, über die Bremsen besorgt zu sein. Tatsache ist nämlich, dass die hydraulische Bremsleistung defekt war. Einer der Schläuche war durchtrennt worden, und die Bremsflüssigkeit bis auf den letzten Tropfen ausgelaufen."
Ich konnte nur staunen.
"Aber das ist unmöglich!" erwiderte ich. "Der Wagen ist erst letzte Woche überprüft worden, das hätte man doch merken müssen."

"Ich weiß, wir haben das Inspektionsheft im Wagen gefunden und beim Automechaniker nachgefragt. Er konnte sich genau an deinen BMW erinnern. Davon gibt's nicht so viele in Wittmund. Tatsächlich hatte er, wie er sagte, keinen Defekt des Bremssystems feststellen können. Möglicherweise hat er das gar nicht kontrolliert, doch das können wir nicht beweisen."

"Das erklärt immer noch nicht, warum du mir diese Liste gezeigt hast."

"Das wirst du noch früh genug erfahren... Was mich bei diesem Unfall stört, ist nicht die kaputte Leitung."

"Sondern?"

"Die Tatsache, dass sich der Unfall deines Freundes Paul Bünting auf genau die gleiche Art und Weise zugetragen hat."

Ich war wie gelähmt und brauchte einige Zeit, um mich wieder zu fassen.

"Was heißt das?"

"Dein Freund hatte genau den gleichen Unfall: eine Kurve, eine auf die gleiche Weise durchtrennte Bremsleitung, eine glitschige Fahrbahn und keine Möglichkeit abzubremsen. Der einzige Unterschied besteht darin, dass dein Käufer im Vergleich zu Bünting eher glimpflich davongekommen ist."

Einen Moment lang war ich völlig außerstande, auch nur ein einziges Wort hervorzubringen.

"Und die Liste, die du mir eben gezeigt hast...", sagte ich schließlich.

"Es handelt sich um eine Liste von Büntings Patienten. Ich dachte, ihr hättet vielleicht denselben rachsüchtigen Klienten. Ich weiß sehr wohl, dass Lumpe verunglückt ist, aber genausogut hätte es dich treffen können."

Unverzüglich dachte ich an Uwe Janssen. Wieso stand sein Name nicht auf der Liste? Sollte er nie bei Paul in Behandlung gewesen sein? Möglich, dass er ihn nur als Vorwand benutzt hatte, um mich davon zu überzeugen, ihn zu akzeptieren. Das wäre ihm zuzutrauen.

Peter merkte mir meine Verwirrung an.

"Denkst du an eine bestimmte Person?"

"Deiner Ansicht nach ist Paul einem Mord zum Opfer gefallen?" entgegnete ich, um seiner Frage auszuweichen.

"Das habe ich nicht gesagt. Ich versuche lediglich herauszufinden, was wirklich passiert ist. Es kann durchaus ein Unfall gewesen sein. In beiden Fällen könnte der Aufprall die Bremsvorrichtung beschädigt haben. Vielleicht handelt es sich auch bloß um einen Zufall?"

"Vielleicht", antwortete ich im selben Ton.

Einmal mehr dachte ich an Janssen. Doch unverzüglich vernahm ich seine spöttische Stimme: "Ich bin sicher, dass Sie mit dem Gedanken spielen, mich bei der Polizei anzuzeigen, aber Sie sind der ärztlichen Schweigepflicht unterworfen." Und außerdem stand sein Name nicht auf der Liste, die Peter mir gerade gezeigt hatte. Falls er mich auch in dieser Hinsicht an der Nase herumgeführt hatte, steckte ich jetzt in einer ganz schön peinlichen Situation. Also zog ich es vor, ihn nicht zu erwähnen.

Es war fast ein Uhr nachts, wir waren die letzten Gäste. Peter gab dem Kellner ein Zeichen, wir zahlten, und gingen gemeinsam zum Marktplatz. Dort stieg er in seinen Wagen und ich ging in meine Wohnung in der Drostenstraße, allerdings nicht ohne vorher noch Zigaretten aus dem Automaten zu ziehen. Ich rauchte zwar schon viel, doch an diesem Abend hatte ich es auf einen neuen traurigen Rekord gebracht.

In der Wohnung angekommen, nahm ich das Geld von Jörn Lumpe und legte es in meinen Safe. Peter hatte recht: es war besser, die Ergebnisse der Untersuchung abzuwarten und es erst dann zur Bank zu bringen.

Anschließend hörte ich meinen Anrufbeantworter ab. Anne hatte angerufen, um unsere Verabredung im *Residenz-Restaurant* zu bestätigen. Ansonsten nur die üblichen beruflichen Mitteilungen.

Doch ich schenkte ihnen nur wenig Aufmerksamkeit.

4. Kapitel

"Man darf nicht alles glauben, was Journalisten schreiben... Meistens erfinden sie irgend etwas."

Als ich nicht darauf antwortete, fügte Uwe Janssen in ironischem Ton hinzu: "Sie müssen sehr erleichtert gewesen sein, als Sie den Artikel in der *Ostfriesen-Zeitung* gelesen haben."

Um ein Haar hätte ich ihn gefragt, woher er das wußte, doch dann überlegte ich es mir anders.

"Da staunen Sie, nicht wahr?" meinte er triumphierend. "Aber ich weiß es eben, oder ich kann es mir zumindest denken. Schließlich irre ich mich nur selten, ja, ich bin sicher, dass Sie den Artikel gelesen haben. Ihr Schweigen hat Sie verraten."

Er räusperte sich, ehe er mit spöttischer und selbstzufriedener Stimme fortfuhr: "Es ist beruhigend zu wissen, dass Uwe Janssen nur ein friedlicher und zudem gehörnter Rentner ist, nicht wahr? Bestimmt glaubten Sie, Sie hätten es mit einem krankhaften Lügner zu tun, der sich einen Spaß daraus macht, eine nicht sonderlich angenehme Wahrheit zu beschönigen, und gewiß sagen

Sie sich: Nach diesen ersten Symptomen seines Leidens kann die Behandlung nun endlich beginnen! Doch ich muß Sie enttäuschen, mein lieber Freund, Sie irren sich. Ich versuche keineswegs, die Realität schmeichelhafter für mich erscheinen zu lassen. Im Gegenteil, ich bin derart bescheiden, dass ich es sogar vorziehe, eher für einen betrogenen Ehemann als für einen Mörder gehalten zu werden. Das ist zwar weniger schmeichelhaft, dafür aber ungefährlicher."

Dann schwieg er eine Weile, wie um die Reaktion, die er soeben in mir ausgelöst hatte, besser beurteilen zu können. Doch ich zeigte keinerlei Regung.

"Sie spielen Ihre Analytikerrolle wirklich hervorragend", begann er von neuem. "Unerschütterlich, schweigsam, genau so, wie es sich gehört. Ach! Was sind Sie doch für ein ausgezeichneter Schüler Freuds... Zumindest nach außen hin."

Wieder machte er eine Pause, ehe er fortfuhr: "Aber seien Sie unbesorgt, auch ich bin ein Mensch, dessen Äußeres trügt. Ich habe großen Respekt vor dem Schein. Er hilft einem nicht nur, das Gesicht zu wahren, nein, in meinem Fall hat er mir sogar geholfen, den Kopf aus der Schlinge zu ziehen. Und das ist nicht wenig."

Er begann leise zu lachen.

"Ich habe Emma also getötet, und in einer Hinsicht hatten die Nachbarn sogar recht: es gab diese - nach Worten des Journalisten - heftige Auseinandersetzung mit meiner Frau tatsächlich. Ich gebe zu, das zu erreichen, war nicht gerade einfach. Denn Emma neigte eher dazu, sich passiv zu verhalten. Ich hätte sie noch so sehr quälen können, sie hätte keinen Ton von sich gegeben. Ihre Spezialität bestand nämlich darin, stumm zu leiden. Sie war sehr deprimiert. Und zu nichts anderem fähig, als stumm vor sich hin zu weinen. Stumm! Einfach unvorstellbar, nicht wahr? Und dabei war das genau das Gegenteil von dem, was ich brauchte. Sie mußte laut schreien, weil die Nachbarn es hören und überzeugt sein sollten, dass es diese heftige Auseinandersetzung, über die die Zeitung so treffend zu berichten wußte, auch wirklich gegeben hatte. Ach, deprimierte Frauen! Sie als Analytiker begegnen solchen Frauen doch bestimmt jeden Tag. Sie wissen also, wieviel Energie man aufbringen muß, um sie zum Schreien zu bringen! Offen gesagt, es fehlte nicht viel, und ich hätte es aufgegeben. Ich konnte es einfach nicht mehr ertragen, sie immer wieder zu schlagen. Wieviel Prügel sie einstecken mußte? Schwer zu sagen. Ihr Gesicht war so geschwollen, dass man sie kaum wiedererkannte, und dennoch gelang es mir nicht einmal, ihr auch nur einen kleinen Schluchzer zu entlocken. Wenn wir in einem kleinen Appartement in der Stadt gewohnt hätten, wäre es natürlich einfacher gewesen, aber was sollte ich auf dieser

Nordseeinsel mit ihr machen, wenn der Wind in den meisten Nächten alle Geräusche davontrug? Wie soll man da den Knall einer Ohrfeige von einem Haus zum anderen hören? Kurzum, ich befürchtete bereits, meinen Plan aufgeben zu müssen, da sie um nichts in der Welt schreien wollte. Sie saß vor dem Kamin und weinte leise vor sich hin. Selbst wenn man die Ohren gespitzt hätte, wäre kein Laut zu hören gewesen."

Erneutes Innehalten. Er fuhr sich mit der Hand durch die Haare, ehe er die Hände auf seiner Brust verschränkte. Er schien angestrengt nachzudenken und lag bewegungslos da, wie ein Toter. Was ich soeben erfahren hatte, erschien mir äußerst zweifelhaft, und ich konnte nicht sagen, ob das, was Uwe Janssen erzählt hatte, bloße Erfindung war oder sich tatsächlich so zugetragen hatte. Dennoch beeindruckte mich sein Ausdruck der Genugtuung. Die Schilderung der realen oder bloß imaginären Schmerzen, die er seiner Frau zugefügt zu haben vorgab, bereitete ihm sichtlich Vergnügen.

Nach einer Weile fuhr er fort: "Schließlich hatte ich eine geniale Idee. Ich wartete, bis Emma sich beruhigt hatte, und ging in die Küche. Zum Glück hatte die Woche eben erst begonnen, und sämtliche Einkäufe bei Feinkost Eckart waren bereits erledigt. An Speiseöl fehlte es demnach nicht. Ich kochte zwei oder drei Liter davon in einem Topf auf. Als das Öl heiß genug war, schlich ich auf Zehenspitzen ins Wohnzimmer. Dabei wäre diese Vorsichtsmaßnahme gar nicht nötig gewesen, denn Emma war so sehr mit ihrem Kummer beschäftigt, dass sie mich gar nicht kommen hörte. Ich stellte mich hinter sie und goß ihr den ganzen Topf über den Rücken. Den Schrei, den sie daraufhin ausstieß, hätten Sie hören müssen! Er war laut genug, um ganz Langeoog und sogar Spiekeroog aus dem Schlaf zu reißen. Was beweist, dass es nicht so sehr auf den Schmerz, sondern auf den Überraschungseffekt ankommt, wenn man jemanden zum Schreien bringen will. Mit einem Satz sprang Emma auf, rannte wie verrückt im Wohnzimmer hin und her und schrie, ich würde versuchen, sie umzubringen. Dann wieder flehte sie mich an, sie um Gottes willen zu verschonen, und genau das war es, was ich beabsichtigte. Nun nämlich begann auch ich zu schreien, wobei ich ihre Stimme zu übertönen versuchte, und beschuldigte sie, mich mit einem anderen zu betrügen. Emma war so verängstigt, dass sie kein einziges Wort von dem mitbekam, was ich ihr vorwarf, aber das hatte keinerlei Bedeutung. Hauptsache, die Nachbarn hörten meine Vorwürfe und glaubten, es handele sich um eine Eifersuchtsszene. Was folgte, war weniger schwierig, als ich erwartet hatte. Ihre Angst oder aber die unerträglich gewordenen Schmerzen bewirkten, dass

Emma plötzlich in Ohnmacht fiel. Somit war es für mich ein Kinderspiel, sie unter einem Kissen zu ersticken."

Er hielt inne und fügte in scherzhaftem Ton hinzu: "Der Journalist glaubte, mit der Frage *"Das Messer oder der Koffer?"* einen passenden Titel für seinen Artikel gefunden zu haben. Dabei hätte er richtigerweise *"Das Kopfkissen oder der Koffer?"* schreiben müssen. Oder wie denken Sie darüber?"

Ich zog es vor, gar nicht darüber nachzudenken und weiter zu schweigen.

"Ehrlich gesagt, Sie sind wirklich kein besonders dankbarer Zuhörer", beklagte sich Janssen. "Dabei wäre dieser Titel überaus zutreffend gewesen, denn die arme Emma schlief doch so gerne. Eine Folge ihrer Depression und der Medikamente, die sie schlucken mußte. Bei ihrem Interesse an Schlaf ist sie jetzt bestens bedient."

Angesichts meiner Teilnahmslosigkeit konnte er eine gewisse Verärgerung nicht verbergen.

"Sie glauben mir nicht, nicht wahr? Dabei wird es Ihnen nicht schwerfallen, meine Worte zu überprüfen. Am Ostende Langeoogs hat dieser Typ, den sie alle nur den *Insel-Indianer* nennen, weil er nicht mehr alle Tassen im Schrank zu haben scheint und selbst im Winter ohne Strümpfe und Schuhe an den Füßen durch die Gegend läuft, letztes Jahr eine Holzhütte gebaut. Natürlich ohne Erlaubnis des Gemeindedirektors. Ich glaube, der Insel-Indianer hat sie im letzten Sommer genutzt für eine Aktion, die er selbst *Hungerstreik für die Robben* nannte. Weil doch alle Kutterfahrten nach Baltrum gehen, zu den Robben-Bänken, meinte er protestieren zu müssen. Doch niemand nahm Notiz davon. Fahren Sie ruhig rüber nach Langeoog und begeben Sie sich zum Ostende. Dort werden Sie sehen, dass ich Ihnen die Wahrheit erzählt habe."

"In Ordnung, Herr Janssen", sagte ich und erhob mich.

Uwe Janssen aber blieb auf der Couch liegen.

"Vor der Außentreppe ist die Erde unter dem Strand ziemlich bröckelig. Dort habe ich den Beweis für meine Behauptungen verscharrt. Sie brauchen nicht einmal besonders tief zu graben, um..."

Nun ging das schon wieder los. Diesmal durfte ich also sogar an einer Schnitzeljagd teilnehmen, nach einem verborgenen Schatz suchen.

"In Ordnung", wiederholte ich mit fester Stimme.

Schließlich erhob er sich, bezahlte für die Sitzung und verließ mein Sprechzimmer, nachdem er lange Sörensens Bild betrachtet hatte.

Als er gegangen war, dachte ich nach. Natürlich war es unmöglich gewesen, Peters Enthüllungen zu erwähnen. Jedenfalls konnte ich mir schlecht vorstellen, dass ich Uwe Janssen einfach fragen würde, ob er tatsächlich bei Paul in

Behandlung gewesen war und ob er unsere Wagen in der Absicht beschädigt hatte, Paul und mich zu beseitigen.

Nein, es mußte mehr dahinterstecken, und in gewissem Sinne hatte Peer Lübben recht. Meine Beziehungen zu diesem Mann waren unklar. Seine Geschichte hatte mich entsetzt. Dass er Freude daran gehabt und seine sadistischen Triebe dabei befriedigt hatte, stand völlig außer Zweifel, doch was mich am meisten wunderte, war meine unglaubliche Passivität während der Sitzung. Wie gelähmt hatte ich in meinem Sessel gesessen, so als handelte es sich um meine eigene Ermordung, so als stellte Janssen das Böse in mir selbst dar, so als würde ich es genießen, mir diese Abscheulichkeiten anzuhören.

Janssen hatte sich nicht geirrt: meine Gleichgültigkeit war bloßer Schein. In Wirklichkeit war es mir nicht gelungen, mich ihm gegenüber auch nur eine einzige Sekunde lang wie sein Analytiker zu verhalten, nicht einmal, um ihm das Ende der Sitzung anzukündigen. Konnte unter diesen Umständen überhaupt noch von einer Psychoanalyse die Rede sein?

Sollte sich diese Situation jemals wiederholen, so müßten definitiv die nötigen Konsequenzen gezogen werden. Doch einmal mehr hielt ich es für das Vernünftigste, nichts zu überstürzen. Analytiker zu sein, bedeutet auch zu warten, manchmal sogar sehr lange warten zu können, bis sich aus den Worten des Patienten etwas ergibt, an das man anknüpfen kann.

Und im Moment gab es noch nicht viel, an das man anknüpfen konnte.

Am Nachmittag sollte Enno Flörke kommen. Wie gewohnt ließ er auf sich warten. Seine Zeit war schon fast abgelaufen, als er endlich eintraf. Der Unglückliche war ganz außer Atem, so schnell war er gelaufen, um zumindest die letzten Minuten nicht zu verpassen.

Nach Luft ringend erklärte er mir, sein Zug hätte eine halbe Stunde Verspätung gehabt und dann auch noch aus unerklärlichen Gründen auf freier Strecke angehalten. Nächstes Mal würde er sich bereits einen Tag zuvor auf den Weg machen, auch wenn er dann eine Nacht in Wittmund verbringen müßte.

Einen Tag früher losfahren! Die beste Idee, auf die er in den vier Jahren seiner Therapie gekommen war. Blieb nur zu hoffen, dass er diesen ausgezeichneten Vorsatz auch in die Tat umsetzte.

"Gut, Herr Flörke", sagte ich und erhob mich.

Einen Augenblick später stand er vor mir, sah mir in die Augen, verabschiedete sich mit einem etwas weichen Händedruck und verließ meine Praxis.

Anschließend war Monika Bojen an der Reihe. Entgegen ihrer Gewohnheit kam sie einige Minuten zu spät.

"Einfach unmöglich, in dieser verfluchten Innenstadt einen Parkplatz zu finden!" schimpfte sie. "Das letzte Mal habe ich einen Strafzettel über sechzig Mark bekommen. Und dann diese verdammten Politessen, die einfach nichts begreifen wollen! Die Sitzungen bei Ihnen kosten mich ein Vermögen..."
Ich sagte nichts. Noch einige Nörgeleien über den Bürgermeister, das Ordnungsamt und seine Politessen, dann über den Abteilungsleiter, anschließend Beschleunigung des Pulsschlags, schließlich die Sehnsucht nach Wollust.
Diesmal jedoch hielt sie sich nicht strikt an den Ablauf, sondern schloß in ihr Verlangen nach Wollust einige Bedenken bezüglich Klaus ein.
"Warum gibt es zwei Arten von Männern?" begann sie.
Erneutes Schweigen. Möglicherweise wartete sie auf meine Bitte, sich deutlicher auszudrücken.
"Fahren Sie fort", sagte ich.
"Die einen wollen nur mit den Frauen ins Bett, und die anderen lieben und respektieren die Frauen, oder glauben zumindest, sie würden die Frauen respektieren. Erstere liebe ich leidenschaftlich. Sie haben keine Skrupel, keinen Respekt. Sie sind wie echte Bauern, Barbaren, die über den Körper der Frauen herfallen wie über ein erobertes Land."
Sie hielt kurz inne, ehe sie in provozierendem Ton hinzufügte: "Ich wünschte mir so sehr, auch Sie wären einer dieser Barbaren...! Interessiert es Sie zu wissen, dass ich unter meinem Kleid vollkommen nackt bin?"
Bei dieser Frage überkam mich ein plötzliches Verlangen, ich spürte, wie mein Herz schneller zu schlagen begann, und es gelang mir nicht, das Zittern meiner Hände zu unterbinden. Ich dachte an Kathrin, die genauso begehrenswert und aufreizend war, und in diesem Augenblick wäre es mir schwergefallen, mich für eine der beiden Frauen zu entscheiden. Freud hatte recht: von einem vornehmen Wesen, das sich zu seiner Leidenschaft bekennt, geht ein unvergleichlicher Charme aus.
Monika sah mir meine Verwirrung an.
"Wenn Sie wollen, dürfen Sie sich zu mir auf die Couch legen... Soll ich mein Kleid ausziehen?"
Diese Idee brachte sie zum Lachen.
"Wissen Sie, ich wäre Ihnen nicht böse, wenn Sie sich zu mir legen würden. Auch wenn ich mich nach einem anderen Analytiker umsehen müßte..."
Sie zog die Beine hoch und entblößte dabei ihre Schenkel, die ich einfach prachtvoll fand.
Ich wandte den Blick ab und vertiefte mich in die Betrachtung von Sörensens Werk. Es folgten lange Momente, in denen jeder von uns stumm darum

kämpfte, an seinem jeweiligen Platz zu bleiben: sie auf die Couch und ich auf meinen Sessel.

"Selbstverständlich werden Sie das nicht tun", fuhr Monika Bojen mit trauriger Stimme fort, "und deshalb werde ich auch weiterhin zu Ihnen kommen. In dieser Hinsicht sind Sie wie Klaus: ihr gehört beide zu der zweiten Kategorie von Männern, zu jenen, die Achtung vor den Frauen haben und sie nicht ausnutzen..."

Erneutes Schweigen, ehe sie in bitterem Ton meinte: "Es ist also unmöglich, einem Mann zu begegnen, der beides miteinander zu verbinden versteht! Warum kann mich Klaus nicht lieben und gleichzeitig begehren? Ich brauche beides doch so dringend. Aber scheinbar bin ich dazu verdammt, immer nur dem einem oder dem anderen zu begegnen..."

Sie unterdrückte ein Schluchzen und fuhr fort: "Monika, die Besessene, Monika, die Nymphomanin, begegnet einem Mann, der im Bett Skrupel hat! Das paßt nicht zusammmen, das ist es doch, was Sie denken, oder?"

Ich sagte nichts.

"Klaus findet vorehelichen Geschlechtsverkehr unanständig. Lächerlich, nicht wahr? Und ist es nicht der schönste Liebesbeweis gegenüber einem Menschen, sich zu beherrschen? Was hielten Sie davon, wenn ich auf dem Standesamt tatsächlich ja sagen würde? Würden Sie versuchen, mich davon abzubringen? Ein Wort von Ihnen genügt, und ich heirate Klaus nicht."

Ihre Stimme war von großer Trauer erfüllt.

"Doch dieses Wort werden Sie nie sagen. Im Grunde genommen ist es vielleicht auch besser so. Ich habe nämlich großen Respekt vor Klaus, verstehen Sie, es ist das erste Mal, dass ein Mann mich so behandelt. Denn gewöhnlich brauche ich nur die Beine breit zu machen, und schon fällt man über mich her."

Nach kurzer Überlegung verbesserte sie sich: "Nein, eigentlich ist Klaus nicht der erste Mann, der... Mit Ihnen ist es genauso. Sie können sich gar nicht vorstellen, wie sehr Klaus Ihnen ähnlich ist. Sie wehren sich im Namen Ihrer psychoanalytischen Prinzipien und Klaus wehrt sich im Namen seiner religiösen Prinzipien gegen meine Annäherungsversuche. Doch wo liegt da der Unterschied? Darin, dass Sie mir keinen Heiratsantrag machen. Wenn Sie es täten, würde ich Klaus auf der Stelle verlassen."

Diese Worte entmutigten mich. Was sie von mir verlangte, war unmöglich. Andererseits ahnte ich nur zu deutlich, welche Probleme ihr mit Klaus bevorstanden. Wofür wollte sie sich eigentlich bestrafen, indem sie einen Mann heiratete, der viel älter war als sie und den sie offensichtlich überhaupt nicht liebte?

"Ich habe das Gefühl, dass es nie anders war", seufzte Monika, "entweder werde ich gebumst oder geliebt. Das ist doch kein Leben!"

"Glauben Sie wirklich, dass beides unvereinbar ist?"

Keine Antwort. Ich erhob mich aus meinem Sessel.

"Gut, Frau Bojen."

Ein kurzes Zögern, dann schien sie sich an ihren Wagen zu erinnern, den sie sicher wieder irgendwo falsch geparkt hatte, stand unverzüglich auf und verließ meine Praxis.

Ich hatte mich nicht geirrt. Von meinem Fenster aus sah ich, wie sie zu ihrem Auto lief. Wieder stand sie neben dem Springbrunnen. Doch es war zu spät, die Politesse hatte sich bereits an die Arbeit gemacht. "Arme Monika", dachte ich, "es wird sich wohl nie etwas für sie ändern!"

Doch mir blieb keine Zeit, Mitleid zu empfinden, denn schon sah ich Thorsten Klöthen, der auf die Eingangstür meines Hauses zueilte. Er ging an Monika Bojen vorbei, die traurig vor ihrem Wagen stand, hielt kurz inne, um sie anzuschauen, setzte seinen Weg fort und betrat mein Haus.

Kurze Zeit später lag er vor mir auf der Couch.

"Hübsches Ding", begann er. "Bei Ihnen in Behandlung? Ich an Ihrer Stelle würde bestimmt nicht lange auf meinem Sessel sitzenbleiben."

Seufzen.

"Nun, wenn da nicht mein Problem wäre... Aber ich glaube, es ist dabei, sich so langsam zu lösen", verkündete er in zuversichtlichem Ton.

Allerdings fragte ich mich, auf welche Weise das geschehen könnte. Thorsten zögerte, ehe er fortfuhr: "Gestern abend hat es geklappt! Zum ersten Mal seit langem! Es war in einer Peepshow in Oldenburg. Eine Art Striptease, wenn Sie so wollen... Eine Tänzerin zieht sich hinter einem Einwegspiegel aus, nimmt erregende Stellungen ein, und man kann alles ganz genau beobachten, ohne selbst gesehen zu werden. Anfangs stellte ich keine Reaktion an mir fest. Ja, es war fast genauso langweilig wie mit einer Freundin, die irgendwelche Tricks ausprobiert. Aber das Schönste an der Peepshow ist, dass man für denselben Preis einem Paar beim Ficken zuschauen kann. Plötzlich war alles ganz toll. Sowie ich den Kerl sah, wußte ich, dass es jetzt interessant werden würde. Das Mädchen machte an ihm herum. Sie hätten mal sehen sollen, in welche Verfassung sie ihn brachte! Einfach unglaublich! Genau das, was ich mir selbst wünschte. Ich traute meinen Augen nicht. Doch das Unglaublichste war, dass ich... dass ich mich in derselben Verfassung befand."

Er hielt inne, um seine Erinnerung intensiver auszukosten.

"Können Sie sich das vorstellen? Ich... ich war wie er! Ihr Psychologen bezeichnet dieses Phänomen sicher als Identifikation, während ich als Pädagoge eher von einem Beispiel sprechen würde."

Er dachte kurz nach.

"Nehmen wir die Erektion. Dieser Kerl zeigte mir, wie man es machen muß. Etwa so wie in meinen Turnstunden: ich mache meinen Schülern eine Übung vor, und sie machen die Übung nach. Das Außergewöhnlichste an der Sache aber war, dass ich, während ich diesem Kerl beim Abheben zuschaute, selbst abhob. Ja, ich versichere Ihnen, ich habe ganz genau hingeschaut! Als er kam, kam ich ebenfalls. Ach, wie lange hatte ich das nicht mehr erlebt! Ich werde wieder hingehen, und mit ein wenig Übung müßte ich es bald alleine schaffen."

Seine Stimme klang ganz glücklich.

"Ganz alleine?"

Meine Frage setzte seiner Begeisterung ein jähes Ende. Mit unsicherer Stimme erwiderte er: "Nun, ohne ihn... Mit einer Frau."

"Gut, Herr Klöthen", sagte ich und erhob mich.

Auch er erhob sich, war aber ein wenig verwirrt.

"Was meinen Sie, Doktor?" fragte er besorgt, als er mir die Hand zum Abschied reichte. "Bin ich auf dem richtigen Weg?"

Statt zu antworten, drückte ich seine Hand fester und begleitete ihn zur Tür.

An jenem Tag war Thorsten Klöthen mein letzter Patient. Während der Sitzung hatte ich ständig an Lübbens Worte denken müssen: *"Jeder von uns kann sich in jedem Moment als ein ganz anderer Mensch entpuppen."* Im Grunde genommen hatte er recht: der Analytiker führt seinen Patienten lediglich auf eine bestimmte Spur, und sein Schweigen vermag das, was man zu sein glaubt, in Frage zu stellen. Thorsten Klöthen war jedenfalls dabei, sich unmerklich, ohne es zu wissen, jenem Moment anzunähern, in dem seine eigene Wahrheit sich ihm schonungslos zu erkennen geben würde.

Bevor ich die Praxis verließ, warf ich einen flüchtigen Blick auf die Post, die auf meinem Schreibtisch lag, und entdeckte die Einladung zu einem am Abend desselben Tages stattfindenden Vortrag: *Ödipus und die Grenzen der Signifikation. Eine Studie von Paul Bünting, kommentiert von Dr. Anne Kapermann-Göken.*

Ich schmunzelte über dieses Thema. Wenn es um große Worte ging, schreckte Anne in der Tat vor nichts und niemanden zurück. Seit dem Tod von Paul Bünting hielt sie sich für die alleinige Verwalterin seines Werkes, und es verging keine Woche, in der sie nicht an einer Diskussion über den Meister teilnahm. Selbstverständlich erklärte Pauls allgemeine Bekanntheit den Erfolg dieses Vortrags, doch auch das Renommee von Anne spielte eine nicht unwesentliche Rolle.

Ich faltete die Einladung zusammen und steckte sie in meine Jackentasche, ohne zu wissen, ob ich tatsächlich hingehen würde. Meine Gedanken waren anderswo, bei Kathrin oder bei Monika. Ich weiß nicht, ob es an der Hitze oder an der Feststimmung lag, die von der Fußgängerzone bis in meine Praxis hinaufdrang, jedenfalls verspürte ich wahnsinnige Lust, Kathrin wiederzusehen. Ich hatte ihre Telefonnummer und rief sie an, allerdings ohne allzu große Hoffnung. Nach kurzem Klingeln schaltete sich ihr Anrufbeantworter ein, doch ich wußte nicht, welche Nachricht ich ihr hinterlassen sollte.

Nachdem ich, mit ebensowenig Erfolg, bei Peter und einigen anderen Freunden angerufen hatte, fand ich mich schließlich damit ab, den Abend allein zu verbringen. Doch dann quälte mich das Bedürfnis, unter Menschen zu sein, so sehr, dass ich am Ende ein Taxi bestellte und mich einfach mal nach Oldenburg fahren ließ.

Ich konnte mich wirklich nicht beklagen: eine bunte, dichte Menschenmenge drängte sich durch die Innenstadt. Die unterschiedlichsten Leute hatten sich an diesem angenehm warmen Abend versammelt: wohlhabende, nach der neuesten Mode gekleidete junge Leute und die ewig Ausgestoßenen, die, ab und zu auf aggressive Weise, die Hand zum Betteln ausstreckten; Touristen und anonyme, einsame, ein wenig deprimierte Spaziergänger, ebenso wie jene etwas sonderbaren Typen, die gewöhnlich lange an den beleuchteten Fassaden der Sexshops entlang schleichen, bevor sie schließlich heimlich hineingehen. Ich dachte an Thorsten Klöthen, dem ich womöglich vor einer Peepshow begegnen könnte. Aber das war nicht der Fall, und nachdem ich im türkischen *Café Dostlar* etwas getrunken hatte, entschied ich mich für ein Restaurant in der Klarastraße.

Ich saß an einem der Terrassentische. Trotz der vielen Leute, trotz des Lärms, der Passanten und der Musikanten, die ihre Stücke spielten, und dann weiterzogen, war es ein eher trostloses Abendessen, die Mahlzeit eines sich langweilenden Müßiggängers. Die Frauen um mich herum waren schön und begehrenswert, doch das Interesse, das sie in mir weckten, erinnerte mich hartnäckig an Kathrins Abwesenheit, so dass ich mich einmal mehr über mein ungeschicktes Verhalten ihr gegenüber ärgerte.

Dann dachte ich wieder an Uwe Janssen.

Nicht ohne Schaudern erinnerte ich mich an die Geschichte, die er mir am Vormittag erzählt hatte. Gleichzeitig kam mir der Artikel aus der Ostfriesen-Zeitung in den Sinn. Die dort abgedruckte Version der Geschehnisse erschien mir eher glaubhaft. Dennoch überkamen mich Zweifel: Was wäre, wenn es tatsächlich einen Mord gegeben hatte? Ich zuckte die Schultern. Die ganze Geschichte ergab keinen Sinn. Kein Krimineller würde sich jemals eine solche Inszenierung ausdenken, um seine Schuld zu offenbaren. Es war absurd. Ich hielt es für viel wahrscheinlicher, dass Emma Janssen ihren Mann betrogen hatte - was angesichts ihres Altersunterschieds nicht weiter verwunderlich gewesen wäre - und nach einer heftigen Auseinandersetzung mit ihrem Liebhaber von der Insel getürmt war. Das kommt immer wieder vor. Vor allem auf Langeoog, denn für ein Leben auf dieser Insel mußte man geboren sein. Und diesen Umstand hatte Janssen, von seinen sadistischen Trieben angestachelt, zum willkommenen Anlaß genommen, mir alles das zu erzählen, was er seiner Frau gerne angetan hätte. Doch die Tatsache, dass er ein Lügner, ein Perverser und ein Sadist war, reichte noch lange nicht aus, um aus ihm einen Mörder zu machen.

Peters Vermutungen über die Unfälle von Paul und Jörn Lumpe hingegen schienen mir lediglich polizeiliche Wahnvorstellungen zu sein, die in jedem Individuum einen potentiellen Verdächtigen und in jedem Unfall entweder einen Mord oder zumindest einen getarnten Mordversuch sehen. Jedes Jahr gab es unzählige Autofahrer, gerade auf den langen und oft einsamen Straßen Ostfrieslands, die auf die gleiche Art und Weise verunglückten - doch mußte dahinter jedesmal ein unerklärlicher Zusammenhang vermutet werden, nur weil die Opfer einander kannten oder den gleichen Beruf ausübten?

Trotzdem war ich nicht völlig überzeugt. Es gab da so manches, was ich nicht begriff. Hatte es damit zu tun, dass Janssen mir derart genaue Angaben über den Ort, an dem der Beweis seiner Schuld vergraben lag, gemacht hatte? Eine selbst gezimmerte Hütte am Ostende Langeoogs. Ich war überrascht, mich so genau daran erinnern zu können. Kein Zweifel: Wenn ich dorthin fahren würde, würde ich den Beweis, der zur Aufklärung des Falles fehlte, bestimmt finden. Aber dieser Beweis, ganz gleich, ob er nun tatsächlich existierte oder nur erfunden war, ging mich nichts an; der Zwischenfall im Internet-Café durfte sich auf keinen Fall wiederholen! *"Und was werden Sie tun, wenn Ihr Patient behauptet, Ölquellen in Saudi-Arabien zu besitzen?"* hatte Lübben ironisch gefragt: *"Nach Riad fahren, um sich davon zu überzeugen?"*

Er hatte recht: ich durfte mich nicht in die Irre führen lassen. Ich schaute auf meine Uhr, es war kurz vor zehn, mir blieb genug Zeit für einen Kinobesuch.

58

Ich winkte dem Kellner, bezahlte mein Essen und ging anschließend ins Programmkino. Auf dem Plan stand *Marnie* von Alfred Hitchcock. Nach dem Mythomanen war nun die Kleptomanie an der Reihe - ich hatte nichts dagegen.

Als ich nach Hause kam war meine Wohnung von außergewöhnlicher Ruhe erfüllt. Mit einem Mal mußte ich daran denken, dass ich demnächst vielleicht gezwungen sein würde, sie zu verkaufen. Bei dieser Vorstellung wurde ich von heftiger Angst ergriffen, doch die Stille, die in den Zimmern herrschte, ließ mich meine Besorgnis bald wieder vergessen, so dass ich kurz darauf einschlief. Einen Moment noch kreisten meine Gedanken um Uwe Janssen und um die Entscheidung, die ich unmöglich treffen konnte, doch kurze Zeit später fiel ich in einen angenehmen Schlaf.

Es war Abend, ich befand mich im Sekretariat der Ambulanz. Zunächst erkannte ich den Raum nicht wieder; er war geräumiger und heller als gewöhnlich. Die Wände waren weiß und mit Rauhputz beworfen, außerdem hatte man sämtliche Bilder abgehängt. Was mich jedoch am meisten wunderte, waren die Bänke, die an den Wänden entlang aufgestellt waren und den Zimmern den Charakter eines Wartesaals verliehen.

Mir gegenüber, an einem PC, saß Kathrin und wartete darauf, dass ich ihr einen Brief diktierte. Sie trug ein grelles, buntes Kleid mit Knöpfen an der Vorderseite. Ihr Ausschnitt gewährte noch mehr Einblick als gewöhnlich. Es sah aus, als hätte sie das Kleid absichtlich bis zur Taille aufgeknöpft; ihre Brüste waren beinahe vollständig zu sehen. Sie hätte sich nur ein wenig nach vorne beugen müssen, um auch noch die hellroten, aufgerichteten Brustwarzen erkennen zu lassen.

"Interessiert es Sie zu wissen, dass ich unter meinem Kleid vollkommen nackt bin?" fragte sie und schaute mir direkt in die Augen.

Es kam mir vor, als hätte ich diese Frage schon einmal gehört, doch ich konnte mich nicht erinnern, unter welchen Umständen.

Angesichts meines Schweigens fügte sie mit zögernder Stimme hinzu: "Beschäftigen wir uns noch einmal mit dem Fall Kevin?"

Diesmal war die Aufforderung unmißverständlich.

"Ja", erwiderte ich und ging um ihren Schreibtisch herum, "der Richter wartet auf meinen Brief."

Als ich mich zu ihr herabbeugte, berührten sich unsere Lippen. Unverzüglich umschlang Kathrin mich mit beiden Armen und preßte ihre Zunge tief in meinen Mund. Dieser Kuß verriet eine Gier, die mich gleichzeitig überraschte und glücklich machte. Ich erwiderte ihn mit der gleichen Leidenschaft. Unsere

Umarmung dauerte eine ganze Weile, und in dieser Zeit suchten und berührten sich unsere Zungen mit einer Begierde, die sich durch nichts aufhalten ließ. Gleichzeitig glitt meine Hand in ihren Ausschnitt. Kathrins Haut war weich und geschmeidig, und die Berührung ihrer runden, festen Brüste erfüllte mich mit unendlicher Befriedigung. Ich streichelte ihre Brustspitzen, bis sie sich steil aufrichteten.

Dann ließen meine Lippen von Kathrins Mund ab und glitten an ihrem Hals nach unten. Jeder meiner Küsse entlockte ihr ein wollüstiges Seufzen. Ihre Hände krallten sich in meinen Haaren fest, ein verrücktes Verlangen überkam mich. Während ich begierig ihre Brüste küßte, wanderte meine Hand ausgiebig über ihren zarten, festen Bauch. Die Sanftheit dieser Liebkosung führte Kathrin dazu, ihre Schenkel zu öffnen. Doch ich widerstand der Versuchung, meine Finger zwischen die Locken ihrer Scham gleiten zu lassen, die ich mir sehr seidig und warm vorstellte.

Plötzlich stieß sie mich zurück und deutete mit herrischer Geste auf den Bildschirm.

"Der Brief an den Richter!" schrie sie in einem Ton, der jede Widerrede verbot.

Ich wollte protestieren.

"Aber...", sagte ich zögernd.

"Den Brief an den Richter!!" wiederholte sie in demselben autoritären Ton.

In dem Ablagekorb des Druckers lag ein beschriebenes Blatt Papier. Hatte ich diesen Brief diktiert? Ich ging näher heran, und als ich las, spürte ich, wie es mir kalt wurde.

Der Inhalt des Briefes war mir nicht ganz unbekannt. Es war der Artikel aus der Zeitung, doch im Titel und im Text waren einige Veränderungen festzustellen.

Der Revolver oder der Koffer

Zwischen diesen beiden Möglichkeiten hatten die Beamten der Wittmunder Kriminalpolizei zu wählen. Eine Entscheidung, die Henning Göken, einem in Wittmund praktizierenden Psychoanalytiker, beinahe die Freiheit gekostet hätte.

Einige Tage zuvor war er auf dem Kommissariat vorstellig geworden, um einen seiner Patienten als vermißt zu melden: Uwe Janssen. Letzterer hatte mehrere Sitzungen versäumt, und Henning Göken befürchtete, das ihm zu-

stehende Honorar nicht ausbezahlt zu bekommen. Die Polizei befragte die
Nachbarn von Janssen am Melkerpad auf Langeoog und von Göken in der
Drostenstraße. Verschiedenen Zeugenaussagen zufolge war es im Verlauf
einer Sitzung in der Praxis des Psychoanalytikers zu einer heftigen Ausein-
andersetzung gekommen. Einige Nachbarn behaupteten, Herr Janssen hätte
um Hilfe geschrien. Andere wollten Schüsse gehört haben.
Die Polizei wurde mißtrauisch und nahm Herrn Göken in Gewahrsam. Doch
bald schon erwiesen sich ihre Verdächtigungen als unbegründet. Man fand
heraus, dass es sich bei den Schüssen in Wahrheit um geplatzte Autoreifen
gehandelt hatte. Außerdem stellte man einige Tage später auf dem Flugha-
fen Bremen fest, dass ein Flug nach Rio de Janeiro auf den Namen Uwe
Janssen gebucht worden war. Die Stewardeß identifizierte Herrn Janssen
anhand eines Fotos. Ferner erinnerte sie sich, dass er unentwegt gesagt
hatte: "Mit der Analyse ist Schluß, ich fliege nach Rio, mein Psychiater wird
mich niemals wiederfinden." Auch gegenüber dem Zollbeamten - ganz der
pflichtbewußte deutsche Beamte -, der ihn ebenfalls zweifelsfrei wiederer-
kannte, hätte er sich in diesem Sinne geäußert.
Herr Göken wurde also auf freien Fuß gesetzt und die betreffende Akte ge-
schlossen. Wir wünschen Herrn Janssen viel Glück und hoffen, dass Herr
Göken den Polizisten dankbar dafür ist, sich für die Hypothese des Koffers
und nicht für die des Revolvers entschieden zu haben.

In diesem Moment hörte ich, wie ganz in meiner Nähe eine Stimme sagte:
"Man darf nicht alles glauben, was die Journalisten schreiben... Meistens
erzählen sie einfach, was sie wollen."
Ich drehte mich um und stand Uwe Janssen gegenüber. Er trug denselben
dunkelgrauen Anzug wie immer, und in seinem linken Ohr blitzte der Dia-
mant. Doch seine Augen wirkten wie erloschen, beinahe farblos. Wir saßen
auf einer an der Wand stehenden Bank. Alle übrigen Plätze waren von einer
stummen, düsteren, klaglos wartenden Menschenmenge besetzt.
"Lauter Mörder wie wir", erklärte Uwe Janssen mit leiser Stimme. "Sie sind
gekommen, um die Verbrechen zu gestehen, die sie begangen haben."
Dann erwähnte er noch einmal den Zeitungsartikel und meinte in vertraulichem Ton: "In Wahrheit hat der Psychiater seinen Patienten umgebracht."
"Woher wollen Sie das denn wissen?"
Statt mir eine Antwort zu geben, öffnete er seine Jacke und zeigte mir die
beiden Einschußlöcher in seinem blutverschmierten Hemd.
"Ich weiß es, weil... ich das Opfer bin."

Ich war sprachlos, während er traurig den Kopf schüttelte:
"Also wirklich, diese Psychoanalytiker haben schon seltsame Methoden, um sich ihrer Patienten zu entledigen!"
Kathrin saß mir gegenüber und sah mich eindringlich an. Ihre Augen waren voller Tränen, und ich glaubte, einen Vorwurf darin zu erkennen.
"Warum hast du das getan?" schien sie zu fragen.

5. Kapitel

Schweißgebadet und mit fürchterlichen Kopfschmerzen erwachte ich. Mühsam stand ich auf, duschte, rasierte mich und machte mir einen gewohnt starken Kaffee, mit dem ich gleich drei Aspirintabletten hinunterspülte.
Nach einer Weile ließen die Kopfschmerzen nach, und ich fühlte mich ein wenig besser.
Ich zündete mir eine Zigarette an und dachte über meinen Traum nach. Natürlich hatte ich es genossen, dass Kathrin darin vorgekommen war. Mir schien, als hätte auch Monika Bojen in diesem Traum eine Rolle gespielt, was möglicherweise auf die Bänke im Wartezimmer zurückzuführen war, die mich unweigerlich an das Aufgebot ihrer so sehr gefürchteten Heirat erinnerten.
Die Episode mit Uwe Janssen hingegen verunsicherte mich. Sie schien Lübbens Rat, meine eigene Analyse wiederaufzunehmen, zu bestätigen. Ohne eine Erklärung dafür zu haben, war ich sicher, dass dieses Wartezimmer das eines Psychoanalytikers war und das es sich bei den Kriminellen, von denen Uwe Janssen gesprochen hatte, um Patienten handelte, die auf ihre Analysesitzung warteten.
Doch momentan kam es für mich nicht in Frage, mich auf eine Couch zu legen, hauptsächlich wegen meiner finanziellen Probleme. Außerdem hatte ich nicht die Zeit, noch länger über diese Angelegenheit nachzudenken: nach einem Blick auf meine Uhr war mir klar, dass die ersten Patienten bald eintreffen würden.

Ein ganz normaler Vormittag.
Die meisten meiner Patienten - vorwiegend Frauen - kamen seit mehreren Jahren, einige von ihnen standen kurz vor dem Abschluß ihrer Therapie.
Die Gründe, aus denen sie zu mir kamen, waren gleichzeitig entmutigend und banal. Es hatte den Anschein, als sei die Menschheitsgeschichte nichts als ein billiger Kitschroman. Die Frauen kannten als Vorbild des perfekten Liebha-

bers nur ihren eigenen Vater - eine Art Gottheit, die, je nachdem, entweder grenzenlos verehrt oder gehasst wurde und an die kein anderer Mann jemals herankommen konnte. Freud hatte vom "Penisneid" gesprochen, doch was sich diese Frauen alles ausdachten, um sich diesen Wunsch nicht zu erfüllen, war einfach unvorstellbar.

Bei den Männern lagen die Dinge kaum anders.

Eingekeilt zwischen einer Mutter, die sie zu sehr - oder nicht genug - umsorgt hatte, und einem mehr oder weniger vorhandenen Vater, der - oft auf sehr ungeschickte Weise - versucht hatte, sie das Leben zu lehren, waren die Wahlmöglichkeiten äußerst begrenzt: entweder sie schlossen erfolgreich ihr Studium ab, erlangten angesehene Posten, legten sich ein beachtliches Vermögen zu und hatten an jedem Finger zehn Geliebte oder sie verpatzten alles, überhäuften sich und den vom Vater geerbten Hof mit Schulden, verloren ihre Arbeit, zahlten ihre Steuern nicht mehr, ließen sich von ihrer Frau vor die Tür setzen und erlebten immer mehr Groll, immer mehr Enttäuschungen in der Liebe.

Ganz gleich, um welchen Fall es sich handelte, meine Patienten litten alle am Leben.

Uwe Janssen schlich sich erneut in meine Gedanken. Er besaß bereits viel zu viel Platz in meinem Kopf, ein Platz, der ihm nicht zustand.

"Gut, Frau Schäfer", sagte ich und erhob mich aus meinem Sessel.

Diese Unterbrechung ließ meine Patientin, die sich gerade den Ärger mit ihrem Freund von der Seele redete, zusammenzucken. Doch gab es eine bessere Art und Weise, ihr zu verstehen zu geben, dass alles immer wieder von vorne beginnt? Sie wollte ihn heiraten und als Bauersfrau auf seinen Hof nach Holtgast ziehen. Dabei stammte sie selbst aus Utgast, war quasi nur ein Dorf weiter aufgewachsen und schien sich einzureden, der Umzug nach Holtgast wäre vergleichbar mit einem Auslandsaufenthalt. Für manche Ostfriesen war es das bestimmt, wenn sie ihr Dorf verließen.

Leicht betäubt, so als würde sie gerade aus tiefem Schlaf erwachen, stand sie auf, reichte mir die Hand und verließ meine Praxis.

Sie war meine letzte Patientin an diesem Vormittag.

Es war elf Uhr, mir blieb eine knappe halbe Stunde, um in die Ambulanz zu gelangen.

Als erstes begegnete ich dort Kathrin. Sie trug ein helles, vorne geknöpftes Kleid, das, wenn sie die Beine übereinanderschlug, ihre Oberschenkel bis weit nach oben entblößte. Dieses Kleid hatte den alten Börgmann zunächst ziemlich skeptisch gestimmt, doch dann hatte sich sein Gesicht entspannt, und ein warmherziges Lächeln war zum Vorschein gekommen. Bestimmt war er der Meinung, dass dieses Kleid dazu beitrug, die allgemeine Stimmung zu steigern.

Leider blieb mir keine Zeit, Kathrins Beine noch länger zu bewundern. Im Wartezimmer saß ein etwa fünfzigjähriges Ehepaar, das sich bei meinem Anblick sofort erhob und auf mich zukam. Kevins Eltern. Ich bat sie in mein Büro. Nadine, die Sozialarbeiterin, trat ebenfalls ein. Sie hatte die beiden bereits über unsere Kontaktaufnahme mit dem zuständigen Vormundschaftsrichter informiert.

"Kevins Ausreißversuche", erklärte ich ihnen, "sind der Beweis dafür, dass er zu Ihnen zurückkehren möchte. Obwohl er sich bei seiner Pflegefamilie wohl fühlt, möchte er mit Ihnen zusammenleben. Wie denken Sie darüber?"

Sie hatten keine Meinung dazu. Die Frau erkundigte sich lediglich nach den Beihilfen, die sie beziehen würden, wenn Kevin wieder nach Hause käme, während ein Wiedersehen mit seinem Sohn dem Vater offensichtlich völlig gleichgültig war. Nur bei dem Begriff *finanzielle Beihilfen* horchte er kurz auf. Vergeblich versuchten Nadine und ich, ihnen die Probleme ihres Sohnes begreiflich zu machen, doch genausogut hätten wir mit ihnen über den jüngsten Rücktritt eines Ministers oder über den Börsenkrach reden können.

Beim Italiener am alten Sielweg gingen wir zum Mittagessen. Fast das ganze Team hatte sich an einem großen, ovalen Tisch versammelt. Kathrin saß zu meiner Rechten. Doch sie unterhielt sich pausenlos mit einem Erzieher und mit Sybille über einen Film, den sie gesehen hatte, und kehrte mir praktisch den Rücken zu, während ich einen Teil des Essens damit verbrachte, mit Nadine über die Eltern von Kevin zu diskutieren. Immer wieder waren aus der kurzen Entfernung zum Hafen die Signaltöne der an- und ablegenden Fähren Richtung Langeoog zu hören und auf der Hauptstraße drängte sich eine lange Autoschlange. Die Touristen fielen über Bensersiel her und suchten im Schneckentempo den Weg zu ihrer Urlaubsunterkunft. Als Einheimischer konnte es einem wirklich die Stimmung verhageln.

Beim Kaffee gab Börgmann seine Jugendabenteuer zum besten. Er war ein Psychiater der alten Schule, den alle verehrten. Zudem war er ein guter Freund von Peer Lübben und teilte nicht nur dessen Sinn für Höflichkeit und Humor, sondern auch dessen Vorliebe fürs Fliegen. In Harlesiel hatten sie ihre Sportmaschinen stehen. Doch darin erschöpften sich ihre Gemeinsamkeiten. Während Lübbens Interessen an der Psychoanalyse bereits in sehr jungen Jahren derart ausgeprägt war, dass er nach Wien gereist war, um dort Freud kennenzulernen, brachte Börgmann immer wieder seine ablehnende Haltung gegenüber dieser Form von Therapie zum Ausdruck.

"Fauler Zauber", pflegte er zu sagen. "Wie soll man einen kranken Menschen heilen, wenn man ständig nur seinem albernen Gerede zuhört? Verständnis und eine vernünftig eingesetzte Medikamententherapie, darin besteht die Kunst des Psychiaters."

Selbstverständlich kamen Börgmanns Schilderungen seiner Mißgeschicke als junger Assistenzarzt an der Universitätsklinik Düsseldorf sehr gut bei seinen Zuhörern an. Irgendwann fiel meine Serviette zu Boden, und als ich mich bückte, um sie wieder aufzuheben, streifte ich Kathrins Knie. Bei der Berührung ihrer nackten, von keinem Stoff geschützten Haut spürte ich, wie sich meine Kehle zuschnürte. Ohne über mein Vorgehen nachzudenken und anstatt meine Hand zurückzuziehen, ließ ich sie sanft an ihrem Schenkel hinaufgleiten. Ich merkte, wie Kathrin plötzlich erstarrte, ihr Lachen abrupt abbrach, und einen Augenblick lang befürchtete ich, sie würde mich verraten. Doch dem war nicht so. Sie rührte sich nicht, versuchte nicht einmal, mich von sich zu drängen. Es kam mir vor, als hätte die Hand, die sie unter dem Tisch streichelte, sie vollständig versteinern lassen.

Ich wurde immer mutiger. Mein Herz schlug rasend schnell. Ich vergaß das Restaurant, die Leute, die um mich herum saßen und lachten. Der Anlaß ihrer Heiterkeit war mir vollkommen unbekannt, ich fühlte mich Lichtjahre von ihnen entfernt und begriff nichts von dem, was sie sich erzählten. Nichts anderes zählte als die Haut, die unter meinen Fingern zitterte.

Plötzlich packte Kathrin meine Hand. Ich zuckte zusammen, rechnete mit dem Schlimmsten. Doch statt des so gefürchteten Eklats spürte ich, wie sich ihre Fingernägel tief in meine Haut gruben. Der Schmerz war so heftig, dass ich mich zu befreien versuchte, doch sie hielt mich mit einer Kraft fest, die ich ihr niemals zugetraut hätte. Ich rührte mich nicht mehr. Die Zeit schien auf ewig stillzustehen. Dann, so als sei sie meiner Folgsamkeit jetzt gewiß, lockerte Kathrin jetzt ihren Griff und führte meine Hand an die Stelle, an die ich mich niemals von alleine vorgewagt hätte. Ihre Schenkel schlossen sich um meine Hand und hielten sie in einem unglaublich weichen Schraubstock gefangen.

Die Angst, mich zu verraten, lähmte mich. Mir war, als seien sämtliche Blicke auf uns gerichtet, als würde unser Spielchen jeden Moment auffliegen. Doch als ich es schließlich wagte, mich umzuschauen, stellte ich fest, dass man uns keinerlei Beachtung schenkte. Unverzüglich kehrten meine Gedanken unter den Tisch zurück. Ein weiteres Mal lockerte Kathrin ihre Umklammerung, und ich nutzte diese Gelegenheit, um noch weiter vorzudringen. Heimlich schaute ich in ihre Richtung und sah, dass sie sich auf die Lippen biß, um nicht schreien zu müssen. Schließlich ergriff sie mit entschlossener Geste meine Hand und führte sie zurück auf den Tisch. Börgmann erzählte gerade von seinen Enttäuschungen mit einer Krankenschwester in einem psychiatrischen Landeskrankenhaus und legte dabei eine derartige Komik an den Tag, dass seinem Publikum vor lauter Lachen die Tränen kamen.

In diesem Augenblick begriff ich, dass mein Abenteuer nur wenige Sekunden gedauert hatte. Wären nicht die Abdrücke der Fingernägel auf meiner Haut gewesen, ich hätte allen Ernstes an dem, was soeben geschehen war, gezweifelt.

Ich schaute Kathrin an und sah, dass sie mir zulächelte.

Dennoch verlief der Nachmittag nicht nach meinen Erwartungen. Ich fand keine Gelegenheit, um mit Kathrin allein zu sein. Entweder war sie mit einer Therapie beschäftigt, führte ein Gespräch mit Börgmann, empfing eine Familie oder diktierte Sybille einen Brief, so dass alle meine Bemühungen, mich mit ihr zu treffen, scheiterten. Dennoch verging die Zeit: meine letzten Patienten waren nach Hause gegangen, ich war mit sämtlichen Leuten des Teams zusammengekommen, mit denen ich zusammenkommen mußte, und hatte der Sekretärin alle möglichen Briefe diktiert - es gab nun wirklich keinen Grund mehr, mich noch länger in der Ambulanz aufzuhalten. Als letzten Ausweg legte ich noch meine Telefonnummer auf Kathrins Schreibtisch, mit der Bitte, mich am Wochenende anzurufen.

Doch als ich die Ambulanz schließlich verließ, hatte ich das Gefühl, dass sie das nicht tun würde.

Mir blieb noch ein wenig Zeit bis zu meiner Verabredung mit Anne im Residenz-Restaurant. Ich kehrte nach Hause zurück, duschte und zog mich um. Bevor ich mich auf den Weg machte, spielte ich kurz mit dem Gedanken, bei Kathrin anzurufen und eine Nachricht auf ihrem Anrufbeantworter zu hinterlassen, doch am Ende zog ich es vor, sie nicht schon wieder zu bedrängen.

Lange Zeit war das Residenz-Restaurant der Ärzte-Treffpunkt Wittmunds schlechthin gewesen. Das hatte sich inzwischen geändert, doch man traf dort immer noch eine elegante und ein wenig versnobte Kundschaft an, die es schätzte, an diesem Ort gesehen zu werden. Diese Art Kundschaft traf man in jedem feineren Restaurant, in der Residenz trugen jedoch diejenigen die Nase besonders hoch, die man schnell als Zugereiste oder Touristen erkennen konnte. Sie brauchten nur den Mund auf zu machen. Der erste gesprochene Satz verriet sie gleich.

Als ich durch die Tür eintrat, sah ich, dass die Bar wie stets gut besucht war. Das Klavier trug zu jener vornehmen und melancholischen Atmosphäre bei, die ich so sehr mochte.

Anne wartete im Restaurant auf mich. Sie winkte mir zu, und ein Kellner führte mich an ihren Tisch.

Wir hatten uns lange nicht mehr gesehen; ich fand sie immer noch begehrenswert und selbstsicher. Wie gewohnt war sie äußerst elegant gekleidet. Ihr grünes Seidenkostüm, dessen Schick durch einen unauffälligen Diamantclip zusätzlich betont wurde, stand ihr ausgezeichnet und hob ihre Körperformen auf ein wenig aufreizende Weise hervor, was zweifellos so von ihr gewollt war. Dieses Kleid stammte mit Sicherheit nicht aus einem Fachgeschäft für Damenbekleidung in der Umgebung. Ich tippte auf Hamburg, Mönckebergstraße.

Doch obwohl ich sie nach wie vor verführerisch fand, war die Faszination, die sie einst auf mich ausgeübt hatte, erloschen. Schuld daran hatte möglicherweise auch Kathrin, an die ich immerzu denken mußte und die die Distanz zwischen uns noch größer hatte werden lassen.

Ein Kellner brachte uns die Speisekarte. Ich bestellte ein Fischgericht, dazu Wein von der Mosel.

"Es hat mir sehr leid getan, dass du nicht zu meinem Vortrag kommen konntest", sagte sie, als der Kellner wieder gegangen war.

"Ich hatte einfach keine Zeit, und außerdem muß ich gestehen, dass ich momentan nicht in allerbester Verfassung bin."

"Du siehst tatsächlich müde aus", erwiderte Anne und sah mich mit besorgtem Blick an. "Was ist denn los?"

Ich zögerte einen Moment lang.

"Unannehmlichkeiten", gab ich schließlich zu. "Die Bank, ein schwieriger Patient..."

"Wie steht es mit deinem Kredit?"

"Ganz einfach: seit mein Börsenmakler Pleite gemacht hat, schulde ich der Bank dreihunderttausend Mark."

Sie sah mich ungläubig an.

"Dreihunderttausend Mark!" wiederholte sie entsetzt. "Und wo willst du das Geld hernehmen?"

"Keine Ahnung. Ich habe den BMW an jemanden verkauft, der nichts Besseres damit anzufangen wußte, als prompt einen Unfall zu bauen. Falls sich herausstellt, dass der Wagen nicht in ordnungsgemäßen Zustand war, kann es sein, dass ich den Verkaufspreis zurückzahlen muß. Außerdem habe ich ein

Darlehen bei der Ärzteversicherung beantragt. Wenn man es mir gewährt, kann ich vielleicht einen neuen Kredit mit der Bank aushandeln. Wenn nicht, muß ich schnellstens eine reiche Witwe heiraten. Und sollte auch das nicht klappen, rückt mir demnächst mit großer Wahrscheinlichkeit der Gerichtsvollzieher auf den Pelz."

"Das mit den Unterhaltszahlungen für Jonas eilt nicht", begann sie, "und..."

"Das ist sehr lieb von dir", entgegnete ich und nahm ihre Hand, "aber dadurch wird mein Problem auch nicht gelöst. Die Summe, die ich brauche, ist einfach zu groß."

"Du mußt die Wohnung verkaufen", sagte sie. "Andernfalls kommst du, angesichts deines Aktienverlustes, mit diesem Problem nicht zu Rande. Verkauf sie, bevor sie gepfändet wird."

Das wäre in der Tat die vernünftigste Lösung gewesen, doch ich konnte mich einfach nicht dazu entschließen. Ich hatte so viel in diese Wohnung investiert, dass ich ein Stück meines Lebens damit aufgeben würde. Gewiß, diese Fixierung war krankhaft und Grund genug, meine Analyse wiederaufzunehmen.

"Du hast recht, aber es fällt mir unglaublich schwer, mich von der Wohnung zu trennen. Sie ist einfach ein Teil von mir."

Sie warf mir einen sonderbaren Blick zu.

"Das mag stimmen, aber an dem Tag, an dem sie gepfändet wird, mußt du dich trotzdem von ihr trennen, ob sie nun Teil von dir ist oder nicht. Gerade deswegen solltest du es unter günstigen Voraussetzungen tun."

Der Kellner brachte uns den Wein. Nachdem ich ihn gekostet hatte, schenkte er Anne ein. Anschließend bekamen wir die Lachspastete serviert.

"Und deine anderen Probleme?"

"Ach! Eine ziemlich komplizierte Geschichte mit einem Patienten, der behauptet, seine Frau getötet zu haben."

Ich erzählte ihr die ganze Geschichte mit Uwe Janssen, vertraute ihr meine Zweifel und Lübbens Bedenken an. Als ich ihr gestand, dass ich Janssens Behauptungen im Internet-Café überprüft hatte, sah sie mich entsetzt an.

"Bist du übergeschnappt!" sagte sie. "Lübben hat hundertprozentig recht, du mußt unverzüglich damit aufhören!"

Sie hielt kurz inne, bevor sie hinzufügte: "Ich kann einfach nicht verstehen, dass gerade einer wie du, der anderen doch so gerne Lektionen in Psychoanalyse erteilt, sich in eine solche Situation hat hineinmanövrieren lassen. Wie bist du denn überhaupt an einen derart miesen Patienten geraten?"

Diese Bemerkung ärgerte mich. Denn nun fing sie schon wieder an, mich als Besserwisser darzustellen! Doch ich hatte nicht die geringste Lust, den alten

Streit aus der Zeit unserer Ehekonflikte fortzusetzen, und begnügte mich damit, in leicht provozierendem Ton zu antworten: "Es handelt sich um einen ehemaligen Patienten von Bünting."

Sie reagierte sofort.

"Das kann nicht sein!" erwiderte sie empört. "Paul hätte sich niemals auf eine solche Situation eingelassen."

Ihre Entrüstung schien mir der eindeutige Beweis dafür zu sein, dass ihre Beziehung zu Bünting - wie ich übrigens schon längst vermutet hatte - sich keineswegs auf die berufliche Zusammenarbeit beschränkt hatte.

"Ich habe nie behauptet, dass Paul mit derselben Situation konfrontiert war", berichtigte ich, "ich habe lediglich gesagt, dass es sich um einen ehemaligen Patienten von ihm handelt."

"Das glaube ich nicht", sagte sie und schüttelte den Kopf. "Paul sprach mit mir über jeden seiner Patienten, und ich kann mich nicht erinnern, jemals auch nur eine Andeutung über einen solchen Fall von ihm gehört zu haben."

Ich dachte an die Liste, die Peter mir vorgelegt hatte. Auch Annes Behauptungen trugen zu Janssens Entlastung bei. Sie bewiesen, dass er nicht in psychoanalytischer Behandlung bei Bünting gewesen war und folglich auch nicht versucht haben konnte, ihn umzubringen. Allmählich wurde mir klar, dass ich es mit einem Lügner zu tun hatte.

"Bist du ganz sicher?" fragte ich.

"Absolut sicher. Der Kerl führt dich ganz einfach an der Nase herum. Paul war ein Vorwand, um dich davon zu überzeugen, ihn zu behandeln. Bestimmt wußte er, dass ihr miteinander bekannt wart. Du tätest wirklich besser daran, dich von ihm zu trennen..., wie auch von deiner Wohnung."

In diesem Moment brachte der Kellner unsere Forellen nach Müllerinart. Schweigend warteten wir, bis er mit dem Servieren fertig war. Anne wirkte nachdenklich, leicht besorgt.

"Deine Geschichte erinnert mich an etwas", sagte sie, als wir wieder alleine waren. "Und zwar an einen komischen Kerl, einen Insulaner von Langeoog, der letzte Woche zu mir in die Praxis kam. Er schien völlig niedergeschlagen zu sein. Seinen Worten zufolge war sein Leben eine einzige Katastrophe: seine Frau, die ihn nie geliebt und ihn kürzlich verlassen hatte, seine Kinder, die sich mit seinen Ersparnissen aus dem Staub gemacht hatten, die Behörden, die ihm Schwierigkeiten mit seiner Rente machten. Kurzum, die reinste Verzweiflung. Doch ich wußte nicht, was er von mir erwartete. Wollte er sich einer Psychotherapie unterziehen oder zu seiner Familie zurückfinden? In dem Fall hätte er sich an einen anderen wenden müssen. Als ich ihm das sagte, reagierte er auf sehr sonderbare Weise. Er begann nämlich, mir von seiner Kindheit zu erzählen, von inzestuöser Begierde nach seiner Mutter, vom Hass auf seinen Vater. Ödipus hätte es nicht besser tun können. Er schien seine Klassiker zu kennen und sie mir zu zitieren, wie bei einem Examen."

Diese Geschichte erinnerte mich zu sehr an Uwe Janssens Verhalten, um nicht stutzig zu werden.

"Und was hast du getan?"

"Was hätte ich tun sollen? Natürlich habe ich ihn abgewimmelt! Es war offensichtlich, dass der Kerl nicht zu mir gekommen war, um sich behandeln zu lassen. Eigenartigerweise schien er keineswegs beleidigt zu sein. Als ich ihm sagte, dass ich ihn nicht annehmen würde, schien er das völlig normal zu finden."

"Vielleicht wollte er dich auf die Probe stellen."

"Wozu? Ich habe jedenfalls nicht die geringste Ahnung, weshalb er überhaupt zu mir kam. Fest steht nur, dass ich das Gefühl hatte, es mit einem sonderbaren Menschen zu tun zu haben, der zu allem fähig ist."

"Wie sah er aus?"

"Gewöhnlich. Klein, unscheinbar, dunkel gekleidet wie ein mittelmäßiger Beamter, der sich irgendwie verdächtig benimmt. Zweifellos ein Perverser. Doch es gab da noch etwas, was mir ganz und gar erstaunlich vorkam..."

"Und das war?"

"Es war äußerst merkwürdig und paßte überhaupt nicht zu seinem Aussehen... Er trug nämlich einen Diamanten im linken Ohr."

Mir blieb die Luft weg.

"Einen Diamanten? Bist du sicher?"

Meine Reaktion schien sie zu verwirren.

"Natürlich, ich bin doch nicht blind."

Sie sah mich erstaunt, fast mißtrauisch an.

"Wieso stellst du mir diese Frage? Es handelt sich doch wohl nicht um deinen Patienten?"

Es wäre besser gewesen, ihr die Wahrheit zu sagen, doch ohne recht zu wissen, warum, entschied ich mich dafür, es nicht zu tun.

"Nein", antwortete ich nach kurzem Zögern, "es handelt sich nicht um meinem Patienten."

Glaubte ich tatsächlich, sie mit einer derart schäbigen Lüge täuschen zu können? Um sie hinters Licht zu führen, mußte ich mich cleverer anstellen. Sie wirkte ratlos, wußte nicht recht, wie sie sich verhalten sollte, doch schließlich beugte sie sich zu mir herüber und murmelte in vertraulichem Ton: "Es gab noch einen anderen Grund, weshalb ich es ablehnte, dieses Individuum zu therapieren. Ich hatte nämlich das Gefühl, es mit einem sehr gefährlichen Menschen zu tun zu haben."

Ich zuckte zusammen.

"Gefährlich?"

"Ja, zu allem fähig - sogar zu einem Mord."

"Das ist doch lächerlich!" erwiderte ich mit einem Schulterzucken. "Wozu sollte ein solches Individuum dich aufsuchen?"

Trotz meiner Bemühungen gelang es mir nicht, mich so ungezwungen zu geben, wie ich es mir gewünscht hätte. Ihre Worte entsprachen dem, was ich empfand, und das wußte sie ganz genau.

"Es war das erste Mal, dass ich Angst vor einem Patienten hatte", fuhr sie fort. "Dabei habe ich schon so manchen anderen gefährlichem Schwachsinnigen gegenübergestanden. Doch diesmal war es nicht dasselbe, denn dieser Kerl, so sagte ich mir, handelt nicht aus einem plötzlichen Impuls heraus, sondern geht äußerst bedacht und kaltblütig vor. Ich bin sicher, dass er irgendeine Absicht verfolgte, als er zu mir kam. Dann sah er ein, dass sein Plan nicht funktionieren würde, und gab es einfach auf."

"Wenn du dich in Gegenwart dieses Patienten nicht wohlgefühlt hast", sagte ich, "war es tatsächlich besser, ihn nicht anzunehmen."

Sie zuckte die Schultern. Wir fühlten uns beide irgendwie befangen und schwiegen. Ich zog es vor, das Thema zu wechseln.

"Wie geht es Jonas?"

Sie lächelte.

"Sehr gut. Er kann es nicht erwarten, dich morgen zu sehen. Ich hoffe, du hast nicht vergessen, dass es dein Wochenende ist."

"Keine Sorge, ich habe ihm sogar einen neuen Gameboy gekauft, nachdem der letzte auf dem Grund der Nordsee in der Fahrrinne nach Langeoog gelandet ist."

"In diesem Fall wird er geradezu begeistert sein, dich zu sehen", antwortete sie lachend.

Der restliche Abend verlief ziemlich trostlos. In aller Eile verdrückten wir unser Dessert, und entgegen unserer sonstigen Gewohnheit tranken wir nicht einmal mehr einen Kaffee.

Nach dem Verlassen des Restaurants hatte Anne es plötzlich sehr eilig, sich von mir zu verabschieden. Es kam mir vor, als wollte sie sich so schnell wie möglich von mir trennen. Sie gab mir einen flüchtigen Kuß, stieg in ihren Wagen und fuhr davon.

In diesem Moment dachte ich, dass es nicht richtig von mir gewesen war, sie zu belügen.

An jenem Abend konnte ich nicht einschlafen. Annes Enthüllungen über Uwe Janssen - ich zweifelte nicht im geringsten daran, dass es sich um ihn gehandelt hatte - hatten mich ungeheuer verwirrt. Hatte der Zufall ihn zu meiner Exfrau geführt, oder war dieser Schritt sorgfältig geplant gewesen? Oder handelte es sich ganz einfach um einen wohlhabenden Insulaner, der es sich problemlos leisten konnte, sich von mehreren Analytikern gleichzeitig behandeln zu lassen? Und dann war da noch Paul Bünting. War Janssen tatsächlich bei ihm in Behandlung gewesen, oder hatte er diese Geschichte nur erfunden, um mich für sich einzunehmen? Und schließlich diese Autounfälle? So viele Fragen, und auf keine einzige davon wußte ich auch nur die Andeutung einer Antwort.

Einen Augenblick lang überlegte ich, ob ich mit Peter darüber sprechen sollte, doch ich verwarf diese Idee wieder. Mein Mißtrauen gegenüber Janssen sowie Annes Voreingenommenheit hatten in den Augen eines Polizisten nichts zu bedeuten. Falls Janssen ein Verbrecher war, mußte sich die Polizei um ihn kümmern, doch dazu fehlten die Beweise. Falls er aber ein krankhafter Lügner war, müßte ein Psychiater - in diesem Fall ich - sich seiner annehmen.

Es gab keinen Ausweg.

Schließlich faßte ich mich wieder. War es wirklich so wichtig, Antworten auf alle diese Fragen zu finden? Offenbar war Uwe Janssen ein sonderbarer Patient, der bloß seine Zeit damit verbrachte, von einem Psychoanalytiker zum anderen zu rennen. Und nicht nur zu Anne. Doch im Grunde war es sein gutes Recht, bei zwei oder drei Kollegen gleichzeitig in Behandlung zu sein und nichts davon zu verraten. Anne war schlau genug gewesen, nicht auf ihn hereinzufallen. Im Gegensatz zu mir. Und somit war es auch an mir, die Konsequenzen zu tragen. Entweder diese Therapie wurde zu Ende geführt, oder aber es blieb genügend Zeit, um sie vorzeitig abzubrechen. In beiden Fällen war es nötig, Geduld zu haben und vor allem, mehr denn je, Analytiker zu bleiben, weiter nichts als Analytiker.

Mit diesen guten Vorsätzen konnte ich endlich einschlafen.

Am nächsten Morgen, es war Samstag, holte ich Jonas bei Anne ab. Er wartete in seinem Zimmer auf mich, besser gesagt, auf sein neues Elektrospielzeug.

"Genial!" schrie er und entriß mir den Gameboy.

Ohne mich erklären zu lassen, wie das neue Spiel funktionierte, schaltete er es ein und begann eine Partie. Ob ich nun da war oder nicht, spielte überhaupt keine Rolle.

Jonas war ein reizender siebenjähriger Junge mit einem etwas länglichen Gesicht, hellbraunen Haaren und großen, dunklen Augen. Ich mochte sein Kinngrübchen und vor allem seine langen schwarzen Wimpern, die ihn wie einen romantischen jungen Helden aussehen ließen und die seinem Gesicht einen Ausdruck großer Ernsthaftigkeit verliehen, wenn er - was oft vorkam - nachdachte.

"Wo ist deine Mutter?" wagte ich ihn bei seinen elektrischen Spielchen zu unterbrechen.

Ohne den Kopf von seinem Gameboy zu heben, deutete er auf eine der Türen. "Da", antwortete er. "Sie hat sich mit einem Neurotiker eingeschlossen... Draußen im Wartezimmer sitzen noch drei von der Sorte. Ein Glück, dass du mich abholst, denn wenn die Neurotiker da sind, darf ich nicht einmal mehr in der Wohnung rumrennen."

"Kommen oft Neurotiker in die Praxis?"

"Ständig. Manchmal kommt es mir vor, als wäre das hier gar nicht mehr unser Zuhause."

Ich mußte lächeln, zog es jedoch vor, Anne nicht zu stören, und so verließen wir die Wohnung, ohne uns von ihr verabschiedet zu haben.

Der Tag verlief nach dem üblichen Muster. Mittagessen bei *Mac Donald's* in Jever. Jonas war wie versessen auf dieses amerikanische Spezialitätenrestaurant, am liebsten hätte er dort sogar gefrühstückt. Anschließend wollte er ins Kino gehen. Kinderfilme gab es genug. Ich schlug einen Besuch im Schwimmbad vor, doch Jonas ließ sich nicht erweichen. Trotz der zunehmenden Hitze bestand er darauf, sich zum hundertsten Mal *Dornröschen* anzuschauen. Nach langem Hin und Her konnte ich ihn schließlich dazu bewegen, mich in das Dörpmuseum nach Münkeboe begleiten. Ich hatte ihn eher gezwungen als überredet, doch das war die einzige Möglichkeit, mir Gehör zu verschaffen.

Das Wetter war prächtig, unzählige Besucher drängten sich über das Gelände und bestaunten die alten landwirtschaftlichen Fahrzeuge, die nachgebaute Dorfschule, die Bäckerei und den Kaufmannsladen. Nach kurzer Zeit hörte Jonas auf zu schmollen, vergaß seinen Ärger und zeigte große Begeisterung für die Atmosphäre vergangener Zeiten.

Ich war glücklich, denn der Tag fing verheißungsvoll an.

Vor der alten Dorfschule jedoch überkam mich eine Art Unbehagen. Die Touristen drängten sich mit uns durch die engen Bankreihen und Jonas gab den Clown vorne am Lehrerpult, auf dem tatsächlich noch ein alter Rohrstock lag. Schweigend und mit leisem Entsetzen verfolgte das Schauspiel. Ich fühlte mich nicht besonders wohl in diesem Raum. Die Dunkelheit um uns herum, der starke Geruch der Schule, die lauten Stimmen der Touristen, das alles schuf eine etwas bedrückende Atmosphäre. Ich drängte darauf, weiterzugehen.

In diesem Augenblick drehte ich mich um und sah ihn, oder besser, glaubte ihn zu sehen. Uwe Janssen, mit seinem üblichen grauen Anzug bekleidet, stand er vor uns und grinste uns, Jonas und mich, höhnisch an. War er es wirklich, oder handelte es sich bloß um eine durch den Halbschatten bewirkte Halluzination? Ich wollte mir Gewißheit verschaffen, änderte im letzten Moment jedoch meine Meinung: das Mißgeschick im Internet-Café war mir eine Lehre gewesen. Aus Angst, Jonas könnte womöglich etwas zustoßen, stellte ich mich direkt neben meinen Sohn und drückte seine Hand, so fest ich konnte.

Als ich mich umdrehte, war Uwe Janssen verschwunden.

Unverzüglich, und trotz der Proteste von Jonas, der sich nun auch noch die Vorführung in der Bäckerei anschauen wollte, verließen wir das Dörpmuseum.

Am frühen Abend brachte ich Jonas zu Anne zurück. Sie schien überrascht, uns so früh nach Hause kommen zu sehen, sagte jedoch kein Wort.

Erst als ich draußen war, beruhigte ich mich wieder.

Selbstverständlich hatte ich keinerlei Gewißheit, dass es sich tatsächlich um Janssen gehandelt hatte, doch das änderte nichts an meiner Besorgnis.

Ich empfand ein Gefühl ständiger Bedrohung, das so bald nicht von mir weichen würde.

6. Kapitel

Als Uwe Janssen am übernächsten Tag zu mir in die Praxis kam, hatte meine Besorgnis ein wenig nachgelassen.

Es war später Nachmittag. Als ich ihn in seinem üblichen grauen, zu engen Anzug und mit dem *Harlinger Blatt* unter dem Arm aufkreuzen sah, war ich auf einmal überzeugt, dass der Uwe Janssen, den ich im Dörpmuseum wiedererkannt zu haben glaubte, nicht viel mit dem Patienten zu tun hatte, der sich jetzt mit übertrieben würdevoller Miene auf die Couch legte.

Er verschränkte die Hände über seiner Brust und wartete eine Weile, bevor er das Wort ergriff.

"Ich gebe zu", sagte er, "dass ich beim letzten Mal nicht sonderlich überzeugend war."

"Ach ja?" erwiderte ich leise.

Doch er verstand den Sinn meiner Bemerkung falsch und glaubte, ich würde ihm beipflichten.

"Das ist doch auch ihre Meinung, nicht wahr? Wie konnte ich Ihnen nur eine solche Geschichte erzählen, ohne Sie über die näheren Umstände ins Bild zu setzen? Das muß doch, selbst beim besten Willen, ganz und gar unverständlich für Sie gewesen sein. Deshalb ist es jetzt an der Zeit, die zum Verständnis dieser Angelegenheit nötigen Erklärungen nachzuliefern.

Erneut schwieg er, wartete möglicherweise auf eine Ermutigung meinerseits. Da ich jedoch keine Reaktion zeigte, fuhr er fort: "Es ist merkwürdig, dass ein Mörder für eine Inszenierung sorgt, die ihn belastet, nicht wahr? Der Wunsch, meine Frau möge durch ihr Schreien die ganze Straße in Aufregung versetzen, mag seltsam erscheinen, sogar in den Augen eines Analytikers. Dabei war mir daran gelegen, dass die Polizei einige Nachforschungen anstellte. Natürlich nicht die Langeooger Insel-Polizei. Die kennen doch nur Radfahren auf der Hauptstraße und der Barkhausenstraße während der Geschäftszeiten und Fahrraddiebstahl als schwerste Verbrechen, die es auf Langeoog zu vereiteln gilt. Ich wollte kompetente Leute vom Festland."

Er hielt inne, fragte mich: "Erinnern Sie sich an den Artikel in der Ostfriesen-Zeitung?"

Ich hatte kein einziges Wort vergessen: *Doch bald schon stellten sich ihre Verdächtigungen als unbegründet heraus. Emma Janssen war in der Tat beobachtet worden, wie sie ihre Wohnung mit einem Koffer verlassen hatte.*

"Genau!" jubilierte er, als hätte er meine Gedanken gelesen. "Die Verdächtigungen der Polizei stellten sich als unbegründet heraus! Genau das wollte ich erreichen. Zunächst sollte man mich verdächtigen, eine Untersuchung einleiten und dann - entgegen den Behauptungen unserer Nachbarn - feststellen, dass Emma nach wie vor am Leben war. Unschuldiger kann man nicht dastehen, nachdem man zuvor verdächtigt wurde! Vor allem, wenn es die Polizei selbst ist, die einen für unschuldig erklärt."

Dabei stimmen viele Zeugenaussagen darin überein, dass Emma noch am Leben ist, dachte ich.

"Unsinn!" schrie er. "Lauter Unsinn! Die Leute, die behaupten, Emma gesehen zu haben, haben in Wirklichkeit eine Frau gesehen, die ihr ähnelte, die ihre Kleider trug, ihren Reisepaß und ihren Insulaner-Ausweis bei sich hatte, die aber nicht Emma Janssen war."

Dann hielt er kurz inne, zweifellos zufrieden mit sich selbst und die Wirkung auskostend, die er erzielt zu haben glaubte.

"Was hat das zu bedeuten?" fuhr er fort. "Um das zu verstehen, müssen Sie wissen, dass ich Emmas Beseitigung von langer Hand geplant hatte. Warum ich sie mir vom Hals schaffen wollte? Das werden Sie schon noch rechtzeitig erfahren, einstweilen müssen Sie sich nur vor Augen halten, dass ich nie etwas dem Zufall überlasse."

Erneutes Schweigen, dann: "Letztes Mal habe ich Ihnen erklärt, dass ich die Wirklichkeit keineswegs zu meinen Gunsten zu beschönigen versuche, und nun wird Ihnen klar werden, wie nützlich Bescheidenheit manchmal sein kann. Meine Absicht war es, die Nachbarn und folglich auch die Polizei davon zu überzeugen, dass ich nur ein armseliger Rentner bin, der von seiner Frau munter betrogen wird. Ein etwas lächerlicher, komischer Kerl. Die beste Möglichkeit, in Frieden gelassen zu werden. Die Leute grüssen dich mitleidig, machen sich hinter deinem Rücken über dich lustig und halten an dem Bild fest, das sie sich von dir gemacht haben. Selbstverständlich war Emma nicht die Art Frau, die einen Liebhaber hat. Dafür war sie viel zu depressiv. Sie erinnern sich, wieviel Mühe es mich gekostet hatte, sie zum Schreien zu bringen, bevor ich sie tötete. Unter diesen Umständen ist Ehebruch kaum vorstellbar. Wie dem auch sei, das spielte nicht die geringste Rolle. Wichtig war nur, dass sich nach Emmas Tod Leute finden mußten, die glaubhaft bezeugen konnten, dass sie einen Liebhaber gehabt hatte. Um dieses Problem so perfekt wie möglich zu lösen, habe ich keine Mühe gescheut."

Erneute Unterbrechung. Doch da er immer noch keine Reaktion feststellen konnte, fuhr er fort: "Ich suchte also nach einer anderen Emma, genauer gesagt, nach einer Frau, die ihr ähnlich sah. Dieser Plan mag banal klingen, doch ich versichere Ihnen, er erwies sich als äußerst wirkungsvoll. Die eigentliche Schwierigkeit bestand darin, diese Frau zu finden und sie dazu zu überreden, nach Rio zu fliegen. Ich dachte, es wäre am klügsten, mich an eine Prostituierte zu wenden. Wenn man für Geld mit dem erstbesten Mann ins Bett steigt, müßte man im Grunde doch zu allem bereit sein, vorausgesetzt, man wird entsprechend dafür bezahlt. Und so begann ich, in der Umgebung des Oldenburger Bahnhofes, in der Innenstadt und in der Nähe des *Pascha* nach einem seltenen Vogel Ausschau zu halten. Auch die einschlägigen Anzeigen in den Zeitungen habe ich studiert. In Wirklichkeit war der gesuchte Vogel gar nicht so selten: es gab Dutzende von braunhaarigen Frauen, die wie Emma aussahen. Doch eine zu finden, die bereit war, sich auf den Handel einzulassen, den ich ihr vorschlug, war weniger einfach, als ich gedacht hatte. Ach! Sie können sich gar nicht vorstellen, was ich alles mitmachen mußte! Wie oft ich mit einem dieser Mädchen in ein Zimmer hochsteigen mußte! Jedenfalls kann ich nun mit Stolz von mir behaupten, sämtliche Tarife zu kennen, die in Oldenburg üblich sind. Die Preise der Edelnutten mit gewerblichen Appartement und der dreckigsten, drogenabhängigen vom Bahnhof. Doch ganz gleich, wie vornehm oder schäbig sie waren, die Sache lief ständig nach demselben Schema ab: *"Ich tue dies, das kostet soviel; ich tue das, das kostet soviel."* Wenn ich dann erklärte, dass es mir weder um dies noch um das, sondern um einen Hin- und Rückflug nach Brasilien ging, hielten sie mich für einen Schwachkopf und warfen mich hinaus, allerdings nicht ohne mir vorher ihren Anteil abgeknöpft zu haben."

Diese Geschichte erinnerte mich an Thorsten Klöthen und an die Art und Weise, wie er seine Potenzprobleme zu lösen versuchte.

"Hat es Sie nie gereizt, mit einer dieser Frauen zu schlafen?" wagte ich zu fragen.

Er lachte laut auf.

"Sie scherzen wohl, lieber Doktor? Oder haben Sie nichts begriffen. Mir ging es darum, ein Alibi für den Mord an Emma zu finden, und nicht darum, mit einer Nutte ins Bett zu steigen."

Das war eine der ersten Gelegenheiten, bei der das Thema Sex zur Sprache kam. Eigentlich hätte ich dafür sorgen müssen, das Sitzungsgespräch auch weiterhin auf diese Frage zu konzentrieren, doch ich konnte dem Wunsch, die Fortsetzung der Geschichte zu erfahren, nicht widerstehen. In diesem Moment verhielt ich mich nicht wie ein Analytiker, und das war ein Fehler.

"Schließlich verzichtete ich auf die Prostituierten. Bestimmt hinderten ihre Zuhälter und die Tatsache, dass sie der polizeilichen Überwachung unterlagen, die Damen daran, mein Angebot anzunehmen. Nach reiflicher Überlegung entschied ich mich für die Peepshow-Tänzerinnen. Ich sagte mir, dass diese Mädchen, die ihren Körper für ein paar Mark in alle nur erdenklichen Posen zur Schau stellen, auch bereit sein müßten, auf mein Angebot einzugehen. Außerdem dachte ich, zu Recht oder zu Unrecht, dass es bei ihnen kein Problem mit Zuhältern geben würde. Also klapperte ich sämtliche Peepshows ab. Hier mußte ich, hinter Einwegspiegeln stehend, ziemlich unappetitliche Vorführungen über mich ergehen lassen, doch zum Glück dauerte es nicht lange, bis ich die braunhaarige Frau, die ich suchte, schließlich fand. Ihre Ähnlichkeit mit Emma übertraf meine Erwartungen. Sie hieß Nina und trat in einer Peepshow namens *Crazy-Sexy* in der Schifferstraße, nicht weit vom Bahnhof entfernt auf - wo sie übrigens immer noch auftritt. Ich bat sie, mit ihr, als sie den Laden verließ, sprechen zu dürfen. Aufgrund meiner vorangegangenen Erfahrungen war ich fest entschlossen, aufs Ganze zu gehen. Ich bot ihr gleich zwanzigtausend Mark an, Unkosten inbegriffen. Als ich diese Summe nannte, leuchtete in ihren Augen eine Habgier auf, die mir sofort klar machte, dass ich mein Ziel erreicht hatte: sie wäre sogar mit der Hälfte einverstanden gewesen. Was Emmas angeblichen Liebhaber betraf, gab es keinerlei Probleme. Während der Vorstellung vögelte Nina nämlich mit einem Kerl mitten auf der Bühne..."

In leicht angeekelten Ton wiederholte er: "Mitten auf der Bühne, das müssen Sie sich einmal vorstellen. Ich weiß gar nicht, ob so eine Vorstellung überhaupt erlaubt ist...Also, um es kurz zu machen: sie schlug mir ihren... künstlerischen Berater vor. Und das Glück war tatsächlich auf meiner Seite, denn dieser Partner war Brasilianer und wünschte sich nichts sehnlicher, als in sein Heimatland zurück zu kehren. Zu seinem Pech war er völlig pleite. Ich brauchte ihm lediglich das Flugticket nach Rio und zusätzlich ein paar hundert Mark anzubieten. Für ihn war es das große Los. Und für mich ebenfalls. Seine Nationalität machte meine Geschichte nur noch glaubhafter. Die von mir erdachte Eskapade bedeutete die Rückkehr in die Heimat. Alles andere war ein Kinderspiel. Die als Emma verkleidete Nina und ihr Partner trafen sich einige Male auf Langeoog, er nahm einen kurzen Job als Kellner im *Piano*, dieser Pizza-Dicothek, kurz vor dem Sportstrand an, verabredeten sich im Eiscafé *Pinese* an der Barkhausenstraße, sie tuschelten vor unserem Haus, um die Nachbarn davon zu überzeugen, dass meine Frau einen Liebhaber hatte. Schon bald wurde mir klar, dass die Sache funktionieren würde. Das hämische Lächeln, die gezielten Anspielungen der Geschäftsleute, selbst der Servierkräfte vom Café *Leiß* und der Verkäuferinnen bei Fokko Gerdes gaben mir zu verstehen, dass ich zum Gespött der ganzen Insel geworden war. Es schien, als sei die Rolle des Gehörnten mir für alle Ewigkeit auf den Leib geschrieben. Sogar bis zur *Düne 13* sprach sich die Geschichte des armen Opa von Langeoog herum. Die Gäste werden sich auf die braungebrannten Schenkel oder auf die mit Textilien der Firma *Chiemsee* bekleideten Schultern geschlagen haben. Ich richtete es so ein, dass man Emma am Tag nach dem Mord dabei beobachten konnte, wie sie sich, einen Koffer in der Hand, mit ihrem Geliebten traf. Und dann flogen sie nach Rio de Janeiro. Was Ninas

Paß betraf, gab es keinerlei Probleme, denn sie hatte ja den von Emma. Während ihr Liebhaber im Besitz eines echten brasilianischen Passes war. Die Polizei leitete also ihre Ermittlungen ein; die übereinstimmenden Zeugenaussagen der Nachbarn, der Stewardeß und vor allem des Zollbeamten reichten aus, um die These von Emmas Flucht zu untermauern. Einige Tage später kehrte Nina unter ihrem richtigen Namen unbemerkt nach Deutschland zurück, während Emma Janssen offiziell in Brasilien blieb. Man versuchte nicht, mehr darüber in Erfahrung zu bringen. Die Ehekonflikte eines Rentners interessierten niemanden. Man beließ es bei den Ergebnissen der polizeilichen Untersuchung. Überdies gab es ja auch noch den Artikel in der Ostfriesen-Zeitung, der mein Mißgeschick sozusagen öffentlich bestätigte, es in die Rubrik *Vermischtes* einreihte, oder besser gesagt: es in den Rang einer schäbigen Boulevardkomödie erhob. Damit war der Streich zu Ende. Für die Leute bin ich bloß ein friedlicher, lächerlicher und gehörnter Rentner, ein armer Insel-Opa eben. Nur zwei Menschen auf der ganzen Welt kennen die Wahrheit: Sie und ich."

Sie und ich, dachte ich und sagte mir, dass dies der denkbar ungeeignetste Moment wäre, die Sitzung abzubrechen. Dabei hatte sie schon viel zu lange gedauert, mein nächster Patient wartete bestimmt schon.

"Gut, Herr Janssen", sagte ich und erhob mich.

Im Gegensatz zur vorangegangenen Sitzung stand Uwe Janssen diesmal anstandslos von der Couch auf. Bestimmt war er der Meinung, dass das, was er zu sagen hatte, nun gesagt war, während ich plötzlich das sehr unangenehme Gefühl hatte, nicht ich, sondern einmal mehr mein Patient hätte den Verlauf der Sitzung bestimmt.

Er legte sein Geld auf den Schreibtisch, nahm die Zeitung, die er dort abgelegt hatte, und warf wieder einen kurzen Blick auf das Gemälde von Hans-Christian Sörensen. Als er das Zimmer verließ, drehte er sich noch einmal um und sagte leise grinsend: "Wenn Sie auf Herrn Flörke warten, so kann ich Ihnen verraten... dass er nicht kommen wird."

Mein nächster Patient war Thorsten Klöthen, also schenkte ich seiner Bemerkung keine Beachtung.

Wenige Minuten später lag der Sportlehrer auf der Couch und wartete ungeduldig darauf, erneut sein Loblied auf die Peepshows und Sexshops anzustimmen. Doch ich hatte endgültig genug davon. Entgegen allen therapeutischen Gepflogenheiten schickte ich ihn nach den ersten Worten wieder nach Hause. Was Schnellsitzungen anbelangt, hätte Lübben es nicht besser machen können.

Völlig verdutzt stand Thorsten Klöthen auf und verabschiedete sich, ohne zu murren.

Mir blieb nichts anderes übrig, als auf Enno Flörke zu warten.

Da Klöthens Sitzung besonders kurz ausgefallen war, dauerte die Warterei um so länger. Ich dachte an das, was Janssen mir beim Verlassen der Praxis gesagt hatte. Woher hatte er diese Information? Vermutlich wollte er nur bluffen, so wie er mich mit dem Tod seiner Frau geblufft hatte.

Ein Blick auf meine Armbanduhr: Flörkes Sitzung hätte längst beginnen müssen, aber er war immer noch nicht aufgetaucht. Allmählich wurde ich unruhig. In einer der vergangenen Sitzungen hatte Janssen immerhin angedeutet, dass er Enno Flörke kennen würde. Sollte Flörke ihn etwa gebeten haben, mir auszurichten, dass er nicht kommen würde? Diese Erklärung war einfach absurd: Uwe Janssen wäre nie bereit, Nachrichten von anderen Patienten zu übermitteln. Nein, das konnte ich mir beim besten Willen nicht vorstellen.

Die Zeit verging, und ich konnte nichts anderes tun, als zu warten. Ich stand am Fenster, rauchte eine Zigarette nach der anderen, beobachtete die Passanten wie sie die Kirchstraße entlang schlenderten und die in erster Linie auf Touristen ausgerichteten Auslagen und Stände betrachteten. Ich hielt Ausschau nach Enno Flörke, der sich, nervös und mit der unvermeidlichen Schulmappe in der Hand, einen Weg zu meiner Praxis bahnen würde. Diese Verspätung beunruhigte mich um so mehr, da Flörke doch vorgehabt hatte, einen Tag früher nach Wittmund zu kommen, um diesmal seine Sitzung nicht zu verpassen. Möglicherweise, so sagte ich mir, hatte das nicht geklappt, doch auch dieser Gedanke konnte mich nicht recht überzeugen. In diesem Moment wäre die Erleichterung, ihn wiederzusehen, jedenfalls so groß gewesen, dass ich ihn trotz zweistündiger Verspätung empfangen hätte.

Schließlich mußte ich mich den Tatsachen beugen: es hatte keinen Sinn, länger zu warten. Tief betrübt verließ ich meine Praxis und versuchte, nicht mehr an Enno Flörke zu denken.

Am Abend sollte ich an einem von Anne geleiteten Seminar über die *Interpretation der Symptome und die Struktur der Verdrängung* teilnehmen. Doch momentan waren meine Interessen meilenweit von solchen theoretischen Überlegungen entfernt. Trotz meiner Bemühungen, nicht daran zu denken, ging mir Flörke einfach nicht mehr aus dem Sinn, was zweifellos auch damit zusammenhing, dass Janssen mir sein Wegbleiben vorher angekündigt hatte.

Plötzlich fiel mir wieder ein, dass ich am späten Nachmittag mit Peer Lübben verabredet war. Beim Lauern auf Flörke hatte ich meine Kontrollsitzung vollkommen vergessen. Doch dieses Versäumnis ärgerte mich nicht sonderlich.

Was hätte ich dem alten Lübben schon erzählen können? Dass ich trotz meiner guten Vorsätze nicht in der Lage war, Uwe Janssens Analyse durchzuführen? Und dass ich nicht mehr sicher war, ob der Analytikersessel überhaupt noch der richtige Platz für mich war?

Die Antworten, die er mir gegeben hätte, konnte ich mir denken: Nehmen Sie Ihre eigene Analyse wieder auf und Sie werden sich selbst besser verstehen lernen.

Noch war ich nicht bereit, diesen Rat zu befolgen.

Am nächsten Tag fuhr ich am frühen Nachmittag in die Ambulanz.

Nadine teilte mir mit, dass Kevin tatsächlich zu seiner Familie zurückkehren wollte. Doch von seinen Eltern dürfe man nicht zuviel erwarten, sie würden ihr Kind nur wegen der Beihilfen wieder bei sich aufnehmen. Ich hörte ihr nur mit halbem Ohr zu.

"Hören Sie, Nadine", unterbrach ich sie mitten in einem Satz, "könnten Sie mir einen Gefallen tun?"

Überrascht sah sie mich an.

"Welchen Gefallen?"

Ich zog ein Notizbuch aus der Tasche.

"Würden Sie bitte diese Nummer anrufen?"

Diesmal zeigte sich Unverständnis auf ihrem Gesicht.

"Warum rufen Sie nicht selbst dort an?"

"Nun, es ist eine etwas heikle Angelegenheit. Es handelt sich um einen meiner Patienten. Er hätte gestern zu einer Sitzung kommen sollen, doch ich habe vergeblich auf ihn gewartet. Ich wüßte gerne, ob ihm etwas... Unangenehmes passiert ist."

Nadine kannte sich gut genug in Fragen der Psychoanalyse aus, um ganz genau zu wissen, wie unangebracht eine solche Bitte war. Und im ersten Augenblick glaubte ich, sie würde mich prompt auslachen.

"Tun Sie das bei allen Ihren Patienten?" fragte sie scherzend.

"Nadine, die Sache ist ernst. Es kann gut sein, dass er tatsächlich in Schwierigkeiten ist."

"In dem Fall wäre es besser, wenn Sie sich selbst Gewißheit verschaffen würden."

"Es ist mir zu peinlich. Sie täten mir wirklich einen großen Gefallen, wenn Sie anrufen würden."

Angesichts meiner Hartnäckigkeit nahm sie mein Notizbuch und schaute sich die Nummer an. Ich ging ihr merklich auf die Nerven.

"Und was soll ich Ihrem Patienten ausrichten?"

"Irgend etwas... Er ist Philosophielehrer. Erzählen Sie ihm einfach, Sie unterrichten am Gymnasium, Sie benötigen einen Kurs über Platon, und Ihr Direktor hätte Ihnen empfohlen, sich an ihn zu wenden. Es ist völlig unwichtig, was Sie sagen. Ich will bloß wissen, ob er da ist."

Ihrem Blick nach zu urteilen, hätte ich schwören können, dass sie mich für einen dieser Sozialfälle oder Geistesgestörten hielt, um die sie sich gewöhnlich kümmerte. Dennoch wählte sie die angegebene Nummer. Das Telefon klingelte mehrmals, allerdings vergeblich.

"Möchten Sie, dass ich es noch länger klingeln lasse?"

"Nein, es reicht. Vielen Dank, Nadine, das war sehr nett von Ihnen."

"Ach, dafür nicht", murmelte sie und legte wieder auf.

Dann ging sie zur Tür und fügte hinzu: "Ich werde später mit Ihnen über Kevin reden... Sie scheinen heute nicht richtig im Form zu sein. Ich warte lieber, bis Sie wissen, was mit Ihrem Schützling los ist."

"Einverstanden", erwiderte ich, "und nochmals vielen Dank."

Der Rest des Tages war sehr anstrengend.

Da Kathrin anderweitig zu tun hatte, mußte ich mich allein um die Therapien kümmern. Die Kinder merkten sofort, dass mit mir etwas nicht stimmte, und verweigerten jegliche Zusammenarbeit. Die Papierblätter und die Knetmasse, mit deren Hilfe sie ihre Gedanken und Gefühle frei zum Ausdruck bringen sollten, verwandelten sich unverzüglich in Wurfgeschosse, die kreuz und quer durch das Zimmer flogen. Mehr als einmal mußte ich Autorität beweisen, um wieder für Ruhe zu sorgen. Das war aber das Dümmste, was ich tun konnte: meine Rolle bestand nicht darin, den Aufpasser in einem Klassenzimmer zu spielen. Vermutlich war das der Grund, weshalb meine jungen Patienten, die sich plötzlich in die übliche Schulatmosphäre zurückversetzt fühlten, sich so unausstehlich benahmen wie mit ihren Lehrern. Kurzum: das kindliche Unbewußte zeigte sich nicht.

Auch später gelang es mir nicht, mich mit Kathrin zu treffen. Entweder war sie in einer Sitzung mit Börgmann - "der Chef scheint ihre Gesellschaft sehr zu schätzen", meinte lachend eine Erzieherin mir gegenüber - oder sie hatte gerade Sprechstunde. Mit anderen Worten: ich hatte das Gefühl, alles und alle hätten sich gegen mich verschworen.

Um mir über meine Verzweiflung hinwegzuhelfen, bot Sybille mir einen ihrer Beruhigungstees an.

Es war ein Gebräu, das ich, möglicherweise um mich selbst zu kasteien, bis zum letzten Tropfen hinunterwürgte. Darin bestand zwischen mir und meinen

Landsleuten der größte Unterschied: Ich mochte keinen Tee mit Kluntjes. Damit konnte man mich wirklich jagen.

"Ich bin sicher, es ginge auch Ihren Patienten besser, wenn Sie ihnen davon zu trinken geben würden", sagte sie.

Über soviel Naivität konnte ich nur schmunzeln und brachte meine Gesichtszüge wieder in eine normale Position. Der Ekel hatte sich gelegt.

"Sehen Sie!" meinte Sybille triumphierend, "schon geht es Ihnen besser, und Sie haben zu Ihrer guten Laune zurückgefunden."

Was hätte ich dagegen einwenden können? Sybille war gewiß keine überdurchschnittlich intelligente Sekretärin, doch manchmal erwies sie sich als unerwartet geschickte Psychologin. Jedenfalls hatte sich meine Stimmung merklich gebessert, als ich Kathrin endlich in ihrem Büro antraf. Das Kleid, das sie anhatte, erklärte, warum Börgmann so häufig darauf bestand, sich mit ihr zu beraten.

Der Tag war gelaufen, außer uns beide waren längst alle nach Hause gegangen. Doch anstatt mich über diese Situation zu freuen, fühlte ich mich unwohl in meiner Haut. Der Vorfall im Restaurant hatte zu einer außerordentlich verwirrenden Vertrautheit zwischen uns geführt und in mir jede weitere Initiative im Keim erstickt. Ich fühlte mich befangen, war unfähig, ein Gespräch zu beginnen. Kathrin saß an ihrem Schreibtisch und blätterte im *Anzeiger für das Harlingerland*, als ich ihr Büro betrat.

Sie war es, die das Schweigen brach.

"Heute scheint nicht Ihr Tag zu sein."

Diese Bemerkung lockerte ein wenig die angespannte Atmosphäre.

"Das kann man wohl sagen", erwiderte ich und setzte mich ihr gegenüber. "Nichts ist so gelaufen, wie ich es wollte, vor allem mit den Kindern. Die Sitzungen waren wie Schulstunden, und ich spielte die Rolle eines Aufsehers, der sich gegen die randalierenden Schüler durchzusetzen versucht."

"Ich weiß", entgegnete Kathrin lächelnd. "Ich bin ein paar Mal bei an Ihrem Raum vorbeigegangen, und jedes Mal war ein fürchterlicher Radau zu hören..."

"Sie hätten reinkommen sollen, das hätte die Situation beruhigt."

Sie lachte laut auf.

"Damit man auch mir Papierkügelchen an den Kopf wirft? Nein danke! Als Studentin hatte ich oft Aufsicht zu führen, und diese Erfahrungen genügen mir."

"Sie haben recht", sagte ich. "Ich war heute jedenfalls nicht richtig in Form."

"Ich habe hier etwas, das Sie wieder auf die Beine bringt", sagte sie, indem sie zwei Gläser und eine Flasche hervorholte und neben die Zeitung auf den Tisch stellte.

"Oh nein! protestierte ich. "Sie wollen an mir doch wohl nicht auch noch so ein Gebräu ausprobieren wie Sybille!"

Meine Antwort schien sie zu verblüffen.

"Nun!" sagte sie, "wenn Sie sich sogar auf ihre Mittelchen eingelassen haben, muß es Ihnen wirklich mies gegangen sein. Ich wette, Sybille hat es Ihnen auch noch für Ihre Patienten empfohlen."

"Wieso? Haben Sie es etwa auch schon probiert?"

Diese Frage brachte sie erneut zum Lachen.

"Oh nein! Ich werde mich hüten. Ich müßte schon furchtbar deprimiert sein, um mich auf ein solches Abenteuer einzulassen. Aber das, was ich Ihnen anzubieten habe, ist auf eine ganz andere Weise ungemein wirksam...", fügte sie, nun wieder ernsthaft, hinzu. "Küstennebel - wäre Ihnen das recht?"

"Ich wußte gar nicht, dass Sie so gut ausgerüstet sind. Bieten Sie Ihren Patienten auch ab und zu ein Gläschen davon an?"

"Nein, das ist nur für die Therapeutin... und für ihre Freunde", erklärte sie, füllte die beiden Gläser und reichte mir eines davon. "Prösterchen, wie der Rheinländer sagt!"

"Prost", erwiderte ich und leerte mein Glas in einem Zug.

"Sieh an, Sie scheinen Übung darin zu haben... Noch ein Glas?" fragte sie und hielt mir die Flasche hin.

Ich lehnte ab, und erneut kam eine peinliche Stille zwischen uns auf.

Schließlich faßte ich mir ein Herz.

"Warum haben Sie am Wochenende nicht angerufen?"

Allem Anschein nach hatte sie diese Frage erwartet, denn sie zeigte sich keineswegs überrascht.

"Wenn ich Ihnen jetzt sagen würde, ich hätte keine Zeit gehabt, so entspräche das nicht ganz der Wahrheit... Ich habe daran gedacht, aber..., sagen wir..., ich hatte keine Lust, die Dinge zu überstürzen, und..."

Sie brachte ihren Satz nicht zu Ende, sondern betrachtete mit nachdenklicher Miene ihr Glas.

Ich nahm all meinen Mut zusammen.

"Was neulich im Restaurant geschehen ist, hat mir sehr gefallen", murmelte ich mit unsicherer Stimme.

Darauf war sie nicht gefaßt. Mit einer hektischen Bewegung stieß sie ihr Glas auf dem Tisch um und schenkte sich sofort ein neues ein, das sie in einem Zug leerte.

"Mir auch", sagte sie mutig.

Ein weiteres Mal füllte sie ihr Glas und reichte mir die Flasche mit zitternder Hand.

"Ich glaube, Sie haben es genauso nötig wie ich."

Doch ich lehnte ihr Angebot ab, erhob mich und ging um den Schreibtisch herum.

Kathrin bewegte sich nicht. Der Duft ihres Körpers, vermischt mit dem Geruch des Klaren, machte mich ganz schwindelig. Sie wandte mir ihr Gesicht zu, und plötzlich berührten sich unsere Lippen mit der gleichen Heftigkeit wie in meinem Traum. Mir war, als wollte sie mich mit Haut und Haaren verschlingen. Dieses Gefühl brachte mich fast um den Verstand. Ich wollte ihr das Kleid vom Leib reißen, um mich an ihrer Nacktheit zu berauschen, doch sie kam meinem Verlangen zuvor, erhob sich und ließ ihr Kleid mit einer einzigen Bewegung zu Boden gleiten. Eine ganze Weile stand ich da, wie gelähmt, mit wild pochendem Herzen und mit dem Gefühl, von diesem Körper nie genug bekommen zu können. Es gibt Orte an denen man Sex haben kann. Die Ambulanz in Bensersiel gehörte eigentlich nicht dazu.

Ich faßte sie um die Taille und half ihr, sich auf den Schreibtisch zu setzen. Ihre Beine glitten zwischen die meinen, und als sie dort meinen steifen Schwanz berührten, umklammerte sie mich mit einer Leidenschaft, die meine Erregung noch weiter steigerte. Hemmungslos ließ ich meine Hände über ihren Körper wandern. Ihre Haut war so weich und so geschmeidig, wie ich sie mir vorgestellt hatte. Im gleichen Maße entzückte mich ihr Busen. Ich konnte der Einladung ihrer steil aufgerichteten Brustwarzen nicht länger widerstehen. Mit gieriger Lust machte sich mein Mund über sie her. Kathrin rang nach Luft, ich hörte, wie sie stöhnte, mich anflehte, Wörter ausstieß, deren Sinn ich nicht verstand und auf die ich nur mit noch heftigeren Liebkosungen antworten konnte.

Dann ließ ich von ihrem Busen ab und glitt an ihrem Bauch hinunter. Ihre Finger krallten sich in meinen Haaren fest und lenkten und behinderten meine Bewegungen in gleicher Weise. Bald würde ich sie besitzen, und es wurde immer schwieriger, meine Ungeduld zu bändigen.

Seit einer Ewigkeit hatte ich so etwas nicht mehr erlebt. Die ganze Welt war im Begriff unterzugehen, und aus diesem Todeskampf stieg dieser wunderbare Körper auf, der sich an mich preßte und dessen Leidenschaft meiner eigenen entsprach. Mit einem Mal waren alle Enttäuschungen, Ängste und Befürchtungen, die sich in den letzten Wochen in mir angestaut hatten, wie weggeblasen, wie weggefegt von der Wollust, die sich unserer bemächtigt hatte. Einen Augenblick lang dachte ich an Monika Bojen, wie sie mit angezogenen Beinen auf der Couch lag. Sie schien unglaublich weit weg zu sein, und plötzlich verloren ihre Annäherungsversuche jegliche Bedeutung. Dank Kathrin fand ich zu mir selbst und zu einer gesunden Distanz zu meiner Patientin zurück.

Auf dem Höhepunkt der Erregung, als ich mich meiner Kleidung zu entledigen begann, fiel mein Blick plötzlich auf die Zeitung, die auf dem Tisch lag. Mit einem Schlag war ich wie versteinert.

Es kam mir vor, als hätte ein gewaltiger Stromstoß mich gelähmt. Ich traute meinen Augen nicht, doch ein Irrtum war ausgeschlossen: bei dem Foto, das auf der ersten Seite unter dem in fetten Buchstaben gedruckten Titel *DAS RÄTSEL VON OLDENBURG* abgebildet war, handelte es sich tatsächlich um ein Foto von Enno Flörke.

"Was ist los?" fragte Kathrin, als sie sich mit verstörtem Blick aufrichtete.

"Da!" antwortete ich, unfähig, ein weiteres Wort hinzuzufügen.

Möglicherweise rechnete sie damit, eine Maus oder eine Riesenspinne auf dem Tisch zu entdecken, denn sie sprang unverzüglich auf. Als sie jedoch bloß die Zeitung sah, spiegelte sich ein Ausdruck völliger Ungläubigkeit auf ihrem Gesicht.

"Ich verstehe nicht", sagte sie, "ist Ihnen nicht gut?"

Doch ich beachtete ihre Frage nicht.

"Der Dreckskerl!" schrie ich und griff nach der Zeitung. "Er hat ihn umgebracht!"

Der Artikel stand auf der nächsten Seite. Fieberhaft begann ich zu lesen.

Am Sonntag, dem 19. Mai, stürzte gegen acht Uhr abends ein Mann aus dem Zug von Oldenburg nach Wittmund. Obwohl sofort die Notbremse gezogen wurde, schleifte der Zug den Mann noch mehrere hundert Meter mit sich, ehe er zum Stehen kam. Die Angestellten der Deutschen Bahn AG fanden seinen völlig zerfetzten und bis zur Unkenntlichkeit verstümmelten Körper neben den Schienen. Anhand seiner Papiere konnte der Tote als Enno Flörke, vierunddreißig Jahre alt, identifiziert werden.

Bei der unverzüglich eingeleiteten Untersuchung stellte die Polizei fest, dass er alleinstehend war, in Oldenburg lebte und als Philosophielehrer an der Universität tätig war. Selbstverständlich löste sein Tod an seiner Arbeits-

stelle große Betroffenheit aus. Man wußte zwar, dass Enno Flörke unter Depressionen litt, sehr verschlossen war und dazu neigte, sich abzukapseln, doch keiner seiner Kollegen wollte an einen Selbstmord glauben. Der Leiter der Universität schloß diese Möglichkeit kategorisch aus. "Nun ja", räumte er ein, "Flörke war gelegentlich melancholisch, doch wir waren stets da, um ihm beizustehen. Außerdem war er ein sehr gewissenhafter Lehrer, der von seinen Studenten zwar ab und zu ein wenig überfordert wurde, doch stets in deren Interesse handelte. Bei seiner letzten Unterrichtsprüfung bekam er ausgezeichnete Noten. Ein Selbstmord scheint meiner Meinung nach undenkbar zu sein."

Die Polizei wartet auf die Ergebnisse der Untersuchung und der Zeugenanhörung. Selbstmord, Unfall oder Mord? Zur Zeit wird keine dieser Möglichkeiten ausgeschlossen.

Seitens der Studenten war sowohl Trauer wie Erleichterung festzustellen: "Nächste Woche stand eine Prüfung an, und wir hatten überhaupt nichts begriffen. Jetzt haben wir unsere Ruhe."

Nicht für lange, denn schon in wenigen Tagen wird ein Ersatzdozent erwartet.

Ich faltete die Zeitung zusammen und wandte mich an Kathrin.

"Tut mir leid", sagte ich leise und ging zur Tür, "ich muß weg... du mußt mich entschuldigen, aber ich habe keine andere Wahl... Und auch keine Zeit mehr, dir das alles zu erklären."

Sie antwortete nicht. Während ich den Zeitungsartikel gelesen hatte, hatte sie sich wieder angezogen, und jetzt schaute sie mich mit Tränen in den Augen an.

Genau wie in meinem Traum.

7. Kapitel

Ich lief zum Kurmittelhaus in der Schulstraße, fand dort ein Taxi und ließ mich nach Wittmund fahren. Mir schwirrte der Kopf. Dass Janssen ein Mörder war, daran bestand jetzt kein Zweifel mehr. Und die Polizei müßte davon so schnell wie möglich in Kenntnis gesetzt werden.

Aus meiner Wohnung rief ich unverzüglich Peter an. Einer seiner Kollegen teilte mir mit, Kommissar Brodersen sei im Moment nicht da, würde jedoch gegen Abend in sein Büro zurückkehren.

"Richten Sie ihm bitte aus, Henning Göken hätte versucht, ihn zu erreichen", antwortete ich, "er kennt mich."

Ich stellte mich ans Fenster und zündete mir eine Zigarette an. Flörkes Tod war ein harter Schlag für mich, ich fühlte mich so wackelig auf den Beinen wie Axel Schulz nach seinem letzten K.O. Anne hatte recht, Uwe Janssen war ein gefährlicher Mann, ein eiskalter, zu allem entschlossener Sadist, der um so bedrohlicher war, als er nicht aus einem plötzlichen Impuls heraus handelte.

Ich hatte meine Zigarette noch nicht zu Ende geraucht, da zündete ich mir mit dem Stummel bereits eine neue an, doch der Rauch, der sich nach tiefen Zügen in meinen Lungen ausbreitete, konnte mich nicht beruhigen.

Bald darauf erschien es mir sinnlos, auf einen möglichen Rückruf von Peter zu warten. Sein Kollege hatte mir nicht einmal sagen können, wann genau er zurückkommen würde. Er war dienstlich unterwegs und konnte sofort oder auch um zwei Uhr nachts wieder in seinem Büro eintreffen. Ich schaltete den Anrufbeantworter ein, verließ die Wohnung, kaufte mir einen Weser-Kurier und ging ins Eiscafé *Venezia*, um sie zu lesen. Ich erfuhr nicht mehr, als ich aus dem *Anzeiger für das Harlingerland* bereits wußte.

Die Ermittlungen waren noch nicht weit genug vorangekommen, um mit Sicherheit sagen zu können, ob Enno Flörke aus dem Zug gefallen war oder ob man ihn hinausgestoßen hatte. Der Möglichkeit eines Selbstmordes schienen die Untersuchungsbeamten jedenfalls keine besondere Bedeutung beizumessen. Auch mir kam diese Hypothese nicht sonderlich glaubwürdig vor. Ich konnte mir schlecht vorstellen, dass jemand sich vor seiner Analysesitzung selbst umbringt. Schließlich gehen die meisten Patienten in der Hoffnung zum Psychiater, dass diese Sitzung die letzte ist, dass die Wahrheit sie dort erwartet und dass diese Erkenntnis den Mißgeschicken, die ihre Existenz zur Qual machen, ein für allemal ein Ende setzt. Eine unglaublich illusorische Hoffnung, die sich dennoch als so beharrlich erwies, dass sogar ich manchmal glaubte, die Analyse sei letztlich nichts anderes als eine Frage der nächsten Sitzung.

Nach meinem ersten Kaffee bestellte ich einen Whisky. Die Zeitungslektüre, die Atmosphäre im Café, das Brennen des Alkohols in meinem Hals sowie mein maßloser Zigarettenkonsum trugen allesamt dazu bei, mich ein wenig zu entspannen.

Einen Augenblick lang überlegte ich, dass Janssen aus der Zeitung von Flörkes Tod erfahren haben konnte. Er war mit dem Anzeiger in der Tasche zu mir in die Praxis gekommen. Eine bessere Gelegenheit, sich der Verantwortung für diesen Tod zu bezichtigen, hätte er wahrlich nicht finden können.

Doch gleich verwarf ich diese These wieder: die Nachricht von Enno Flörkes Tod war erst heute, am Dienstag, den 21. Mai veröffentlicht worden, und Uwe Janssen hatte mir Flörkes Wegbleiben bereits gestern angekündigt. Er konnte es also nicht aus der Zeitung erfahren haben.

Ich mußte mir Gewißheit verschaffen. Worauf wollte Janssen hinaus? Ging es ihm darum, die Verantwortung für Verbrechen zu übernehmen und mich anschließend die Beweise seiner Unschuld entdecken lassen, so wie es bei Emma Janssen der Fall gewesen war? Oder legte er es, im Gegenteil, darauf an, mich von seiner Schuld zu überzeugen, indem er mir immer neue Beweise vorlegte, die noch eindeutiger waren als die vorangegangenen? Ich verlor mich in meinen Überlegungen und wechselte unaufhörlich von einer Hypothese zur anderen über, ohne eine zufriedenstellende Lösung zu finden. Schließlich traf ich eine Entscheidung. Es war anzunehmen, dass ich erneut einen Fehler beging, doch mein Nichtstun wurde mir immer unerträglicher, ich mußte unbedingt handeln. Ich winkte der Bedienung, bezahlte meine Getränke und verließ das Café.

Es war kurz nach elf. Ich hatte die ganze Nacht vor mir, um meinen Plan in die Tat umzusetzen. Die erste Fähre nach Langeoog fuhr um 6 Uhr.

Trotz der frühen Morgenstunde waren viele Autos unterwegs in Richtung Bensersiel. Vollgestopft wie sie waren, hatten sie nur das eine Ziel: den Fähranleger am Hafen. Das Auto parkte ich direkt am Hafen, zog einen Parkschein für den ganzen Tag aus dem Automat und reihte mich an der Fahrkartenausgabe in die lange Menschschlange ein. Ich zahlte 32 Mark für einen Hin- und Rückfahrt am gleichen Tag und bekam die Langeoog-Card für Tagesgäste ausgehändigt. Die Fähre war schnell mit Touristen bevölkert und angesichts des zwar frischen, aber sonnigen Wetters waren die Plätze auf dem Freideck schnell vergeben. Die Fähre legte pünktlich ab, das Signalhorn ertönte und eine Gruppe Kurkinder drängte sich zwischen die Erwachsenen. Es war Niedrigwasser und nur langsam bewegte sich die Fähre durch die Fahrrinne. Später kamen wir gut voran und schnell kam der Langeooger Wasserturm in Sicht. Wir legten an und ich wurde zu einem Teil des langen Touristenstroms, der die bunte Insel-Bahn in Sekundenschnelle eroberte. Ich blieb auf der Plattform des gelben Waggons stehen, um selbst während der kurzen Fahrt rauchen zu können und sah zur Teestube hinüber. Mir war etwas übel, denn ich hatte in der Nacht außer Kaffee und Nikotin nichts zu mir genommen und an Bord der Fähre gleich zwei Bockwürste verdrückt. Kinder schoben sich mit ihren Eltern in die Bahn und Rentner drängten sich ohne Ende auf die

Sitzplätze. Eine ältere Frau schlug mir mit voller Wucht ihren Koffer gegen die Kniescheibe, den sie anscheinend mit ALDI-Konserven gefüllt hatte, um die hohen Lebensmittel-Preise auf der Insel zu umgehen. Trotzdem es mich ziemlich schmerzte dachte ich, dass es eigentlich keine schlechte Idee war, sich auf diese Weise für ein paar Tage auf Langeoog zu versorgen, denn die Inselpreise hatten in sich in jedem Fall gewaschen.

Vorbei ging es an der typischen Langeooger Landschaft, zunächst am Wäldchen. Doch Entfernungen sind auf der Nordseeinsel sehr relativ und schon nach wenigen Minuten kamen wir am ersten Haus vorbei, dort, wo ich früher mit Anne Minigolf gespielt hatte, damals, als noch alles gut gewesen war. Vor dem Langeooger Bahnhof standen die Kutschen der Firmen Kuper, Vogel und Eser in einer Reihe und weil doch die meisten Urlauber den Weg zu ihrer Unterkunft zu Fuß zurücklegten, sprachen die ansonsten so wortkargen Kutscher die ankommenden Gäste an. Mir war alles gleichgültig. Ich ging raschen Schrittes die Hauptstraße entlang, war mir aber bewußt, dass ich mit meinen Kräften haushalten mußte, weil vor mir noch einiges an körperlicher Anstrengung lag, ganz abgesehen davon, was mich tatsächlich am Ostende erwarten würde. Am Deutschen Haus bog ich rechts in die Barkhausenstraße ein und wäre doch gerne zum Wasserturm gegangen, natürlich mit einem Abstecher in die nahegelegene Buchhandlung. Vor dem Eiscafé saßen Touristen in der Sonne und ohne große Überraschung nahm ich wahr, dass Rita, die kleine Kellnerin mit den flinken Beinen noch immer beim *Pinesen* arbeitete. Sie war vor zehn Jahren für eine Saison nach Langeoog gekommen und hier einfach hängen geblieben. An der Willrath-Dreesen-Straße lieh ich mir ein Fahrrad und fuhr - natürlich gegen den Wind - durch das geöffnete Schleusentor in Richtung Pirolertal. Der Gegenwind raubte mir den Atem. Ich war schon durchgeschwitzt, als ich mich auf Höhe der Melkhorn-Düne, der höchsten Erhebung Langeoogs, befand und hatte dabei noch nicht einmal die Hälfte des Wegs geschafft. Später, kurz nach der Vogelkolonie mit ihrem Wärterhaus, schoben sich für einige Minuten dunkle Wolken vor die Sonne und mein Blick fiel auf das Watt, durch das der Wattführer gerade ein Gruppe Urlauber führte, alle mit Gummistiefeln bekleidet. Ich kannte den Wattführer, waren Anne und ich doch auch einmal mit ihm gelaufen und irgendwie hatte ich diesen Mann, der im Winter als Tischler sein Geld verdient, bewundert. Stets war er mit seiner ostfriesischen Freundlichkeit für die Touristen da, tat in der Hauptsaison jeden Tag die gleiche Arbeit, setzte seinen Spaten immer wieder auf die gleiche Weise in den Schlick, um den Wattwurm zu präsentieren und blieb doch stets bei guter Laune. Die Beine schmerzen mir nicht erst auf Höhe der Meierei, bekannt und beliebt für sein Sanddorn-Müsli und immer einen Ausflug wert. Nach dem Lokal hieß es nur noch durchhalten und am Ostende warf ich das Fahrrad einfach in den feinen Sand, der sich vor mir ausbreitete und alleine schon durch seinen Anblick wie eine Belohnung für meine Mühe wirkte. Ich war am Ostende Langeoogs angekommen. Kein Mensch war weit und breit zu sehen. Nur der Wind hatte zugenommen, wirbelte das Dünengras durcheinander und ich konnte durch die Klarheit des Tages die Häuser auf der Nachbarinsel Spiekeroog gut und klar erkennen. Ich setzte mich erleichtert in den Sand und versuchte wieder zu normalem Atem zu kommen. Als ich mich beruhigt hatte, rauchte ich erst einmal eine Zigarette, die aber vor den Wohlgefühlen einen heftigen Hustenanfall bei mir auslöste.

Dann sah ich die zweistöckige Holzhütte, eine Bruchbude aus wurmstichigem und feuchtem Holz, noch düsterer als ein Friedhof. Gruselige Gefühle kamen in mir hoch.

Langsam trat ich näher. Janssens Angaben stimmten: vor dem Eingang gab es eine Art Holztreppe, und um die Treppe herum schien die Erde unter dem Strand ziemlich bröckelig zu sein. Die Tür war nur angelehnt. Aus Angst, es könnte sich jemand im Haus aufhalten, stieß ich sie äußerst vorsichtig auf. Eine ganze Weile blieb ich auf der Schwelle stehen, hielt den Atem an und traute mich nicht, weiter vorzudringen. Doch es tat sich nichts, und nach und nach begannen meine Augen, sich an die Dunkelheit zu gewöhnen. Offensichtlich bestand die Bruchbude aus einem einzigen Zimmer, in dessen Mitte ein riesiger Tisch stand. An den Wänden entlang waren unzählige, verschiedenartige Gegenstände aufgereiht, die ich nicht genau erkennen konnte. Ich faßte mir ein Herz, knipste meine Taschenlampe an und trat ein. Hinter dem Tisch, genau gegenüber der Tür, befand sich ein Stuhl. Andere Möbel waren nicht vorhanden. Der Boden lag voller Zigarettenstummel, und auf dem Tisch standen mehrere bis zum Rand gefüllte Aschenbecher, die, zusammen mit einem in der Ecke liegenden, halb zusammengefalteten alten Schlafsack, die einzigen Hinweise auf menschliche Präsenz waren. Das Haus mußte regelmäßig von jemanden aufgesucht werden. Ich brauchte also nur noch herauszufinden, ob es Uwe Janssen war, der Insel-Indianer oder vielleicht Jugendliche, die sich gerne einmal aus der äußerlichen Ordnung der Insel zurückziehen, um sich ihren - manchmal verbotenen - Interessen hinzugeben. Bei diesem Gedanken wurde ich plötzlich sehr unruhig. Die Zeit verging, und ich hatte nicht die geringste Lust, an diesem Ort von jemandem überrascht zu werden.

Als ich wieder hinausgehen wollte, hielt ich plötzlich wie erstarrt inne. Ich traute meinen Augen nicht: an der Wand neben der Tür standen eine Schaufel und eine Hacke, die eigens für mich bestimmt zu sein schienen. Es dauerte einige Augenblicke, bis ich meinen Schrecken überwunden hatte. Uwe Janssen hatte gewußt, dass ich kommen würde. Und in seiner Gewißheit hatte er erstaunlicherweise sogar vorausgesehen, dass ich vergessen würde, das nötige Grabungswerkzeug mitzubringen. Unter diesen Bedingungen war es schwierig, nicht an Manipulation zu denken. Ich fragte mich, was Lübben denken würde, wenn er mich hier sehen könnte. Vielleicht wäre es besser, nichts anzurühren und unverzüglich nach Wittmund zurückzufahren? Doch so, wie die Dinge lagen, wäre es noch dümmer, so zu tun, als sei ich gar nicht dagewesen. Die Erde am Fuß der Treppe war vor kurzem umgegraben worden. Wenn Janssen mir die Stelle zeigen wollte, an der ich graben mußte, so war dies ein eindeutiger Hinweis. Jedenfalls hatte ich nicht vor, die ganze Nacht damit zu verbringen, in der Erde rund um diese Hütte zu wühlen. Entschlossen biß ich die Zähne zusammen, ergriff die Schaufel und machte mich an die Arbeit.

Bald merkte ich, dass die Erde nur an der Oberfläche bröckelig war. Je tiefer ich grub, um so fester wurde sie, und ich war gezwungen, auch die Hacke zu Hilfe zu nehmen. Als die Schaufel endlich gegen einen metallenen Gegenstand stieß, war ich schweißgebadet. Doch Janssen hatte mir die Aufgabe nicht gerade leicht gemacht. An dieser Stelle war die Erde merkwürdigerweise hart wie Stein, und ich mußte noch fast eine Stunde weitergraben, ehe ich eine viereckige Eisenkiste freigelegt hatte. Unverzüglich legte ich das Werkzeug aus der Hand und trug die Kiste in die Deckung des hohen Dünengrases.

Sie enthielt ein altes, völlig zerrissenes Kleid. Nach der Leichtigkeit des Stoffes zu urteilen, handelte es sich um ein Sommerkleid. Aller Wahrscheinlichkeit nach hatte es Emma Janssen gehört. Vor ihrer Abreise nach Rio ausgezogen oder nach ihrem Tod auf Langeoog? Das war natürlich die entscheidende Frage.

Ich untersuchte das Kleid von allen Seiten und war gespannt, welche neuen Erkenntnisse es mir bieten würde. Zunächst fielen mir die Farbunterschiede - genauer gesagt: die unterschiedlichen Farbtöne - sowie die Beschaffenheit einzelner Teile des Kleides auf. An bestimmten Stellen war der Stoff hellgelb, an anderen dunkel und klebrig, so als handle es sich um Blutspuren. Dabei hatte Janssen doch behauptet, seine Frau erstickt zu haben. Plötzlich jedoch begriff ich. Was ich für Blut gehalten hatte, war in Wirklichkeit das Öl, das er Emma Janssen über den Rücken geschüttet hatte. Das Kleid in dieser Kiste sollte als Beweis seiner Aussagen dienen.

Doch anstatt mir Gewißheit zu geben, machte diese Entdeckung mich nur noch ratloser. Janssen hatte mir einen Beleg für die Geschichte vom Mord an seiner Frau geliefert, doch dieser Beleg reichte nicht aus, um seine Schuld zu beweisen. Es war nämlich durchaus möglich, dass er ein altes Kleid seiner Frau genommen hatte. Sein Sinn für Inszenierungen war ausgeprägt genug, um ihn auch auf diese Idee zu bringen.

Ich fuhr schleunigst mit der nächsten Fähre um 14 Uhr 30 zurück. Seltsamerweise verspürte ich eine Art Erleichterung. Nicht weil irgend etwas in dieser ganzen Angelegenheit klarer geworden wäre, sondern weil ich endlich mit mir selbst ins reine gekommen war und mich, was noch wichtiger war, von Uwe Janssen befreit hatte. Sein Fall überstieg meine Kompetenzen, und unter diesen Umständen war es besser, mich von ihm zu trennen. Ich konnte nicht sein Therapeut sein und mich gleichzeitig derart willkürlich von ihm manipulieren lassen. Die Erklärung für meinen Ausflug nach Langeoog lag auf der Hand: es ging mir weniger darum, ihn zu behandeln, als vielmehr herauszufinden, ob er ein Mörder war oder nicht. Und deshalb war ich jetzt fest entschlossen, auch seine Peepshow-Geschichte zu überprüfen, obwohl ich mir über den Zweck dieses Unterfangens keinerlei falsche Hoffnungen machte. Sollte ich dabei einen Beweis seiner Schuld entdecken, würde ich zur Polizei gehen, wenn nicht, würde er sich einen anderen Psychiater suchen müssen. Mit mir durfte er jedenfalls nicht mehr rechnen.

Das war die vernünftigste Lösung, und als ich wieder in Wittmund war, fühlte ich mich beinahe erleichtert.

Mein Anrufbeantworter hatte jede Menge Nachrichten aufgezeichnet. Die meisten stammten von Kollegen, die mich auf bevorstehende Arbeitsgruppen hinwiesen. Einige fragten mich, warum ich nicht an den letzten Versammlungen teilgenommen hatte, doch mir war momentan nicht nach theoretischen Überlegungen zumute. Ein Anruf von Peter ließ mich aufhorchen: er bestellte mich so schnell wie möglich in sein Büro. Auch die Bank hatte angerufen und mich aufgefordert, mich unverzüglich zu melden. Dieser Anruf beunruhigte mich, denn immerhin hatte man mir zwei Wochen Zeit gegeben, um das nötige Geld für neue Verhandlungen aufzutreiben. Sollte man es sich in meiner Bank etwa anders überlegt haben?

Als ich am Bandende angekommen zu sein glaubte, erkannte ich plötzlich Uwe Janssens Stimme wieder. Er teilte mir mit, dass er nicht zur Sitzung am nächsten Tag kommen könne, und entschuldigte sich dafür, mir erst in letzter Minute Bescheid zu geben. Diese Nachricht ärgerte mich, da ich mich nun noch einige Tage gedulden mußte, bevor ich endlich mit ihm Schluß machen konnte. Doch vor allem hatte ich das Gefühl, dass er meine Rückkehr von

Langeoog abgewartet hatte, um mich zu benachrichtigen. Vermutlich wußte er, dass ich hingefahren war, vielleicht war er mir sogar gefolgt.

Ich konnte lange nicht einschlafen. Ich dachte an Kathrin und hatte den Eindruck, eine ganz außergewöhnliche Gelegenheit verpaßt zu haben.

"Ich nehme an, dein Anruf hatte mit dem Tod von Enno Flörke zu tun", sagte Peter und bot mir eine Zigarette an, die er mit seinem Feuerzeug anzündete.

"Genau."

"Warum hast du dich nicht schon früher gemeldet?"

Mit dieser Frage hatte ich nun wirklich nicht gerechnet.

"Ich verstehe nicht! Wo hätte ich mich denn melden sollen?"

"Wir haben Flörkes Terminkalender gefunden. Darin sind zahlreiche Termine mit dir notiert. Als ich übrigens erfuhr, dass er einer deiner Patienten war, habe ich den Fall selbst übernommen. Laut seinem Notizbuch sollte er am Montagnachmittag zu dir kommen. Stimmt das?"

"Ganz richtig."

"Er ist also nicht zur Sitzung erschienen. Warum hast du das nicht der Polizei gemeldet?"

Ich verstand nicht, worauf er hinauswollte.

"Was willst du damit sagen? Ich habe dich angerufen, als ich die Nachricht in der Zeitung gelesen hatte. Ich muß doch nicht jedes Mal die Polizei benachrichtigen, wenn einer meiner Patienten eine Sitzung verpaßt."

Er sah mich seltsam an.

"Zum Zeitpunkt der Sitzung wußtest du also noch gar nicht, dass er tot war?"

Natürlich, es gab da Janssens Hinweis, doch ich zog es vor, ihn vorerst nicht zu erwähnen.

"Nein", sagte ich mit unsicherer Stimme.

Er hielt mir das *Harlinger Blatt* hin.

"Dann hast du die Nachricht nicht von hier?"

"Nein, nicht aus dieser Zeitung."

"Schade, denn in dem Fall hättest du dir das Warten ersparen können... Es ist nämlich die kostenlose Werbezeitung vom Montag, den 20. Mai."

Ich schaute sie mir an. In einer Kurzmeldung wurde über Flörkes Tod berichtet. Sie begann mit denselben Worten wie der Artikel in den anderen Zeitungen

Am Sonntag, dem 19. Mai, stürzte ein Mann gegen 20 Uhr aus einem Zug. Er war auf der Stelle tot. Bei dem Toten handelt es sich um Enno Flörke,

94

vierunddreißig Jahre alt, wohnhaft in Oldenburg. Die für die Ermittlung zuständigen Polizeibeamten konnten bislang noch nicht feststellen, ob ein Mord, ein Selbstmord oder ein Unfall vorliegt.

Ich sah Peter an, ohne meine Verblüffung zu verbergen.

"Diese Zeitung ist am Montag erschienen?"

"Um die Mittagszeit, um ganz genau zu sein. Was ist daran so verwunderlich?"

Nichts war daran verwunderlich, im Gegenteil, mit einem Mal wurde alles völlig klar. Uwe Janssen hatte Flörkes Unfall einfach aus der Werbezeitung, nicht aus der Tageszeitung, erfahren. Und er hatte sofort von dieser Gelegenheit profitiert, um mich ins Zweifeln zu bringen. Was ihm perfekt gelungen war. Ich hatte jedenfalls gut daran getan, Peter nichts davon zu erzählen.

"Wenn ich diese Zeitung gelesen hätte, hätte ich gewußt, warum der arme Enno Flörke nicht zu seiner Sitzung kommen konnte. Ich habe erst am nächsten Tag im *Anzeiger für das Harlingerland* von seinem Unfall erfahren."

Peter nickte zustimmend.

"Das ist richtig, denn außer in diesem Wochenblatt war die Meldung an jenem Montag in keiner anderen Zeitung zu lesen... Ich habe das überprüft."

"Wie konnte das denn nur passieren? Flörke ist doch nicht etwa umgebracht worden?"

"Nein, diese Hypothese kann ausgeschlossen werden. Mehrere Zeugen haben gesehen, wie er sich an der Zugtür zu schaffen machte und aufgrund der Geschwindigkeit des Zuges, wie ich annehme, sofort nach draußen gerissen wurde. Die Zeugenaussagen stimmen eindeutig überein, und auch wir haben keinerlei Hinweise auf einen Kampf gefunden, die auf Mord schließen lassen könnten. Die Kripo in Oldenburg konnte weder einen Feind noch eine Frau noch eine Geliebte ausfindig machen. Ein hoffnungslos einsamer Mensch. Außer einigen entfernten Cousins, die sich kaum an ihn erinnern können, hatte er keine Verwandten. Unter diesen Umständen kann ich mir nicht vorstellen, dass jemand es auf ihn abgesehen hatte."

"Und was erwartest du dann von mir?"

"Dass du mir begreifen hilfst, was passiert ist. Allem Anschein nach litt er unter Depressionen, was erklärt, warum er zu dir kam."

Er hielt inne und sog mit nachdenklicher Miene an seiner Zigarette.

"Was meinst du: war es Selbstmord oder ein Unfall?"

"Das spielt doch jetzt keine Rolle mehr! Er ist tot, und niemand macht sich mehr Gedanken um ihn, nicht einmal seine Kollegen, nicht einmal seine Studenten an der Universität."

"Irrtum, die Polizei macht sich Gedanken um ihn... Um den Fall zu den Akten legen zu können, müssen wir eine Erklärung für einen Tod finden, auch wenn das niemanden interessiert. Also, würdest du eher von einem Selbstmord ausgehen?"

"Es sieht ganz so aus, aber ich glaube nicht daran... Aus dem einfachen Grund, weil er in psychiatrischer Behandlung war. Das bedeutet nämlich, dass er seine Probleme überwinden wollte."

"Und du glaubst wirklich nicht, dass jemand Selbstmord begehen kann, der in psychiatrischer Behandlung ist?" fragte er spöttisch. "Beispielsweise wenn die Behandlung nicht zum erhofften Erfolg führt?"

Ich merkte, dass die alte Diskussion, in der wir uns nicht einigen konnten, von neuem zu beginnen drohte.

"Unmöglich ist das nicht, aber es kommt äußerst selten vor. Jedenfalls entspricht es nicht dem, was ich über Enno Flörke weiß. Er hatte wirklich den Wunsch, seine Probleme zu überwinden, und dann passierte es, als er auf dem Weg zu einer Analysesitzung war. Die Erfahrung lehrt uns, dass jeder Patient hofft, die nächste Sitzung möge die entscheidende sein. Wer sich umbringen will, tut das eher nach einer Sitzung, wenn er glaubt, herausgefunden zu haben, dass alles unerträglich geworden ist und nichts mehr einen Sinn hat."

Peter öffnete eine Schublade seines Schreibtisches und zog eine Ausgabe der Zeitschrift *Psychologie heute* hervor.

"Ich weiß, ich habe es in einem deiner Artikel gelesen: *"Über die Psychoanalyse als Begleitsystem"*. Soweit ich begriffen habe, kann man, so lange man zu einem Psychiater geht, sicher sein, am Leben zu bleiben."

Ich sah ihn erstaunt an.

"Seit wann interessierst du dich für diese theoretischen Fragen?"

"Ab und zu kommt es eben vor, selbst bei einem ostfriesischen Kripobeamten, doch laß uns noch einmal von deiner Hypothese reden, die ich übrigens für ziemlich gewagt halte. Wieso kannst du behaupten, dass es ein Unfall war? Es ist nicht leicht, während der Fahrt eine Zugtür zu öffnen. Und selbst wenn man es nur aus Versehen tut, bleibt einem immer noch Zeit, sich seines Irrtums bewußt zu werden."

"So eindeutig sind die Dinge nun mal nicht. Ich glaube nicht, dass Flörke seinem Leben absichtlich ein Ende gesetzt hat. Er litt unter Schlaflosigkeit, und trotz meiner wiederholten Warnungen schluckte er übermäßig viele

Schlafmittel. Es kann sein, dass er unter der Einwirkung eines Narkotikums nicht merkte, dass er sich in der Tür geirrt hatte. Eine Autopsie könnte Gewißheit darüber geben."

Diese Erklärung paßte Peter ausgezeichnet.

"Die Ergebnisse der Autopsie bestätigen das, was du sagst. Man hat große Mengen Valium im Körper von Enno Flörke gefunden. Außerdem scheint er, den Aussagen seiner Mitreisenden zufolge, nicht in normalem Zustand gewesen zu sein. Einige meinen, er hätte vielleicht unter Drogen gestanden."

"Warum alle diese Fragen, wenn du ja schon alles weißt?"

Er lachte.

"Du kennst doch die Polizisten... Um die Wahrheit herauszufinden, verbreiten sie Lügen."

"Und sie belügen sogar ihre Freunde?"

"Sie belügen jeden. Das ist ihre Arbeitsmethode. Eine letzte Frage: Hast du ihm die Schlafmittel verordnet?"

"Nein, Analytiker verschreiben keine Medikamente. Das habe ich ausführlich in einem anderen Artikel in *Psychologie heute* dargelegt. Falls dir die betreffende Ausgabe nicht vorliegt, kann ich sie dir besorgen", fügte ich hinterlistig hinzu. "Jedenfalls mußte Enno Flörke sich deswegen an einen Arzt in Oldenburg wenden."

"Gut, damit scheint der Fall klar zu sein. Demnächst können wir die Akte also schließen. Gehen wir zusammen essen?"

"Nein, heute nicht", sagte ich und schaute auf meine Uhr. "Ich komme sonst zu spät in die Praxis, die ersten Patienten werden bald eintreffen. Du möchtest doch wohl nicht, dass einer von ihnen Selbstmord begeht, nur weil ich nicht rechtzeitig da war?"

Er lächelte.

"Stimmt, wir haben auch so schon genug Arbeit. Es tut mir leid, dass ich dich in dieser Angelegenheit belästigen mußte", entschuldigte er sich, als er mich hinausbegleitete, "aber du weißt, als Polizist kann man auf niemanden Rücksicht nehmen. Wir sehen uns ein andermal, rufst du mich an?"

"Einverstanden", sagte ich und gab ihm die Hand.

In Wahrheit hätte ich durchaus Zeit gehabt, mit Peter zu Mittag zu essen, doch ich wollte unbedingt allein sein, um in aller Ruhe über das nachzudenken, was ich soeben erfahren hatte. Ich ging geradewegs in die Drostenstraße zurück und nahm dort im Eiscafé *Venezia* gleich neben dem SPD-Büro und gegenüber dem Büro der Kirchengemeinde Platz. Der Kellner, der mich kannte, brachte mir einen Kaffee und ein Bier vom Fass.

Peters Auskünfte entlasteten Uwe Janssen. Die wahrscheinlichste Ursache für Flörkes Tod war ein Unfall. Ich aber dachte eher an eine durch Schlafmittelmißbrauch begünstigte Fehlhandlung. Gewiß hatte er seinem Leben nicht vorsätzlich ein Ende gesetzt, doch möglicherweise war unter dem Einfluß eines Beruhigungsmittels ein Todestrieb in ihm freigesetzt worden, gegen den er sich nicht wehren konnte. Das war übrigens auch der Grund, weshalb er zu mir gekommen war. Und in dieser Hinsicht mußte ich mir, nicht ohne Betrübnis, eingestehen, dass die Analyse gescheitert war.

Janssen war jedenfalls unschuldig. Alle äußeren Umstände sprachen für ihn. Doch aller Wahrscheinlichkeit zum Trotz war ich noch immer nicht von seiner Unschuld überzeugt. Hatte er nicht gerade von sich behauptet, ein *Mann des Scheins* zu sein? Natürlich war es klüger gewesen, Peter dies zu verschweigen. Es fehlte mir an Beweisen, mit denen sich meine Verdächtigungen untermauern ließen, und im Falle einer Anklage hätte Janssen es bestimmt nicht versäumt, die ihn entlastende Zeitung vorzuzeigen. Doch das genügte mir nicht, und so beschloß ich, soviel wie nur irgendwie möglich über diesen Mann in Erfahrung zu bringen.

Ich schaute auf meine Uhr. Es war Zeit, in meine Praxis zu gehen. Ganz gleich, wie groß der Kummer war, den Enno Flörkes Tod mir bereitete, ich konnte mich nicht noch länger damit abgeben. Mein erster Patient wäre eben Uwe Janssen gewesen.

Ich zündete mir eine Zigarette an, stellte mich ans Fenster und wartete auf ihn. Zwar hatte er mich wissen lassen, dass er nicht kommen würde, doch es war trotzdem meine Pflicht, dazusein. Die Besonderheit der Psychoanalyse besteht nämlich darin, dass jede Sitzung, auch wenn sie nicht stattfindet, bezahlt werden muß. Im Moment gilt es noch, aber mit Sicherheit ist es nur noch eine Frage der Zeit, bis diese Regelung durch die Interessenvertreter der Krankenkassen gekappt wird. Für Janssen galt es aber in jedem Fall: er bezahlte seine Sitzungen selbst. Diese Regel gilt für alle Beteiligten. Ein Patient hat das Recht, sich abzumelden und dennoch zur Sitzung zu erscheinen. Nichts hindert ihn daran, seine Meinung zu ändern, denn bezahlen muß er sowieso. Freud spricht in diesem Zusammenhang von einer "Couchvermietung". Dieser etwas sonderbare Ausdruck trifft die Sache genau. Die Couch steht dem Patienten für eine bestimmte Zeit zur Verfügung, und er nimmt dieses Recht entweder durch die Freiheit seiner Worte oder durch seine Abwesenheit in Anspruch.

Ich hatte meine Zigarette fast zu Ende geraucht, und er war immer noch nicht aufgetaucht. Draußen war es wieder um einige Grade wärmer geworden, die Mittagssonne tauchte die Kirchstraße in grelles Licht. In der Fußgängerzone herrschte Hochbetrieb. Mehrfach glaubte ich, Uwe Janssen inmitten der Passanten vor dem Kaufhaus Weichers, erkannt zu haben. Doch es war jedes Mal ein Irrtum. Ich seufzte mißmutig. Sein Wegbleiben ärgerte mich. Solange die Dinge nicht geklärt waren, blieb Janssen mein Patient, auch wenn er nicht zu seiner Sitzung erschien.

Plötzlich klingelte es. Ich zog meine Jacke wieder an, drückte die Zigarette aus und öffnete die Tür.

Es war Monika Bojen.

Um ein Haar hätte ich sie nicht wiedererkannt.

Die Frau, die vor mir stand, sah der Monika Bojen, die mir vertraut war, nur sehr entfernt ähnlich. Sie war innerhalb kürzester Zeit um mehrere Jahre gealtert. Ihr Aussehen, ihre Haltung, ihre Kleidung hatten sich grundlegend geändert. Jegliche Phantasie, jegliche Gefallsucht schienen von ihr gewichen zu sein. Das dunkle Kostüm in tadellos klassischem Schnitt, die flachen Schuhe und die blonden, zu einem straffen Knoten zusammengefaßten Haare gaben ihr das Aussehen einer puritanischen und strengen alten Jungfer. Wie Fräulein Rottenmeier aus *Heidi*. Innerhalb weniger Tage hatte sie sich in das Gegenteil ihrer selbst verwandelt.

Ich weiß nicht, ob sie meine Reaktion bemerkte; sie ließ sich jedenfalls nichts anmerken und ging mir voran ins Sprechzimmer, ohne ein Wort zu sagen.

"Sie sind überrascht, nicht wahr?" fragte sie, als sie auf der Couch lag. "Sie sind nicht der erste, der auf diese Weise reagiert. Meine Arbeitskollegen konnten es gar nicht fassen. Monika, die Hysterische, die Nymphomanin, die sich dem erstbesten Kerl, der ihr über den Weg läuft, in die Arme wirft, hat sich in eine prüde alte Schachtel verwandelt..."

Sie hielt inne und stieß einen lauten Seufzer aus. Es kam mir vor, als schwinge in ihrer Stimme eine große Traurigkeit mit.

"Was ist denn passiert?" fragte ich.

"Etwas sehr Erfreuliches", antwortete sie. "Ich habe Klaus geheiratet."

"Wie bitte?"

Die Frage war beinahe gegen meinen Willen über meine Lippen gekommen.

Ein leises, bitteres Lachen.

"Was ist daran so komisch?" erwiderte sie. "Ich hatte Ihnen doch erzählt, dass das Aufgebot bestellt war, oder? Und dieses dunkle Kostüm, über das Sie sich so wundern, ist mein Hochzeitskleid. Seit zwei Tagen heiße ich Frau Meyer. Was beweist, dass man niemals nie sagen soll, nicht wahr."

Nach kurzer Pause fuhr sie mit betont überzeugend klingender Stimme fort: "Sie werden es nicht glauben, aber ich bin überglücklich. Ich habe das Glück entdeckt, und das habe ich Klaus zu verdanken. Er hat mir beigebracht, was Liebe ist. Lange Zeit hatte ich geglaubt, Liebe hätte nur mit fleischlicher Begierde zu tun, doch nun habe ich begriffen, wie sehr ich bei meiner Suche nach dem Abstoßenden vom rechten Weg abgekommen war."

"Nach dem Abstoßenden?"

"Ach, tun Sie doch nicht so unschuldig! Sie wissen ganz genau, wovon ich rede. Vorher dachte ich immer nur ans..."

Offensichtlich bereitete die Fortsetzung ihr Mühe.

"Reden Sie weiter."

"Nur ans... Bumsen! So, jetzt hab ich's gesagt. Sind Sie nun zufrieden?"

An der Art und Weise, wie sie dieses Wort ausgesprochen hatte, erkannte ich die Monika Bojen von früher wieder. Es war ihr mit einer derartigen Lust über die Lippen gekommen, dass mir sofort klar wurde, wie sehr ihre Verwandlung vorgetäuscht war.

"Lange Zeit war ich geradezu gierig auf diese Schändlichkeiten", fuhr sie in wehmütig klingendem Ton fort. "In Wirklichkeit wollte ich geliebt werden. Außer Klaus ist das bislang niemandem gelungen. Nur er hat mir verständlich machen können, dass fleischliche Liebe wertlos und vergänglich ist. Lieben heißt, seinen Körper geben, nicht sein... Herz."

"Wie bitte?"

"Sie haben ganz richtig verstanden!" entgegnete sie nervös. "Ich wollte sagen: sein Herz geben, nicht seinen Körper. Ihr Analytiker müßt aber auch immer ein Haar in der Suppe finden! Schämen Sie sich! Wie schäbige Buchhalter seid ihr, bei denen bis auf den letzten Pfennig alles stimmen muß. Manchmal frage ich mich, warum ich überhaupt noch zu Ihnen komme."

"Und, wissen Sie eine Antwort auf diese Frage?"

"Es mag Ihnen seltsam vorkommen, aber ich glaube, dass die Analyse mir trotz allem gut tut und dass Sie, zum Teil wenigstens, für diese Veränderung verantwortlich sind. Das ist auch Klaus' Meinung. Er ist der Ansicht, dass ich ohne diese Vorarbeit mit Ihnen niemals zu wirklicher Liebe fähig gewesen wäre, zu jener Liebe, bei der Fleisch keine Rolle spielt. Deshalb, so meint er, habe ich Ihnen viel zu verdanken. Es stimmt, dass es mir schwerfiel, mich von meinen fleischlichen Gelüsten zu befreien. Ohne Sie hätte ich es wahrscheinlich nicht geschafft. Sie können sich gar nicht vorstellen, wie wichtig es war, dass Sie sich meinen Avancen widersetzt haben. Ich war unersättlich. Ich wollte es mit allen Männern treiben. Heute sehe ich ein, wie tyrannisch ich war. Für Klaus, der die geistige Liebe über alles andere stellt, muß es ein wahres Martyrium gewesen sein, meine fleischlichen Bedürfnisse befriedigen zu müssen! Und das alles nur wegen mir, wegen meines egoistischen Vergnügens! Ihm verdanke ich es, dass ich begriffen habe, was Opferbereitschaft und wirkliche Liebe bedeuten: in erster Linie Nächstenliebe und Selbstaufgabe. Seitdem verabscheue ich das Fleisch und will nicht mehr, dass er mich berührt."

Davon wird er begeistert sein, dachte ich.

"Haben Sie nach Ihrer Hochzeit miteinander geschlafen?"

Meine Frage empörte sie.

"Sie denken wirklich immer nur an das eine! Ihre Freudschen Theorien sind lediglich ein Vorwand, um Fragen zu stellen, die Sie erregen! Aber darauf werde ich nicht hereinfallen, ja, je länger ich mich Ihrer Neugier widersetze, um so stärker werde ich."

Sich widersetzen. Freud hätte es nicht besser ausdrücken können.

Dieser Moment der Entrüstung erlaubte ihr, zu ihrer Gelassenheit zurückzufinden. Mit beinahe ruhiger Stimme fuhr sie fort: "Liebe macht man nicht, Liebe empfindet man. Das ist Klaus' und auch meine Meinung. Folglich hielten wir es nicht für nötig, miteinander zu schlafen, wie Sie es nannten... Ich bin noch nie zu ihm in sein Haus am Melkerpad auf Langeoog gegangen und er ist noch nie zu mir gekommen... Die wenigen Male, wenn... wenn... es ihm recht war..., trafen wir uns im Hotel oder in einer kleinen Pension, mal in Esens und mal hier in Wittmund. Nun weiß ich, wie schändlich mein früheres Verhalten war, und mache mir selbst schreckliche Vorwürfe, so etwas von ihm verlangt zu haben. Doch Klaus zufolge ist das ein Fehler. Man darf die körperliche Liebe nicht verabscheuen. Außerdem ist auch Hass eine Form von Abhängigkeit. Ich bin lange genug in psychoanalytischer Behandlung, um das zu wissen. Vollkommene Erfüllung werde ich erst erlangen, wenn das Fleisch mir gleichgültig ist. Von der Analyse erwarte ich, dass sie mir hilft, mich von meinen sexuellen Obsessionen zu befreien, und mir ermöglicht, zu einem hohen Maß an Spiritualität zu finden."

Die Psychoanalyse als Verdrängungsmechanismus! Es schien mir dringend nötig, einige Dinge zurechtzurücken.

"Sind Sie sicher, dass darin das Ziel der Analyse besteht?"

Mit dieser Frage hatte sie nicht gerechnet. Sie suchte nach einer Antwort, und da sie keine fand, hüllte sie sich in eine Art eigensinniges Schweigen.

"Gut", sagte ich und erhob mich.

Sie stand ebenfalls auf und verließ meine Praxis, ohne ein Wort zu sagen.

Von meinem Fenster aus sah ich, wie sie die Drostenstraße in Richtung Markt verließ. Anstatt ihren Wagen wie gewöhnlich im Halteverbot neben dem Springbrunnen abzustellen, ging sie möglicherweise zur Bushaltestelle. Trieb ihre Selbstdemütigung sie so weit, dass sie nun sogar öffentliche Verkehrsmittel benutzte? Ihr Verlangen nach Spiritualität ersparte ihr zumindest weitere Strafzettel.

Als ich sie so sah, überkam mich ein Gefühl großer Trauer. Zwar war Monika Bojen, beziehungsweise Meyer, wie sie seit zwei Tagen hieß, hysterisch ausreichend ausgeprägt, um auch vor den ausgefallensten Verrücktheiten nicht zurückzuschrecken, doch dass es so schlimm werden würde! Gewiß, wenn ich ihren Annäherungsversuchen nachgegeben hätte, hätten wir die Analyse nicht fortsetzen können, aber vielleicht wäre sie dann zumindest von dieser unsinnigen Heirat verschont geblieben? Was war von der bezaubernden jungen Frau, die mich einst so geschickt zu becircen verstand, jetzt übriggeblieben? Allein schon diese niederträchtige Frömmelei. War Klaus Meyer katholisch? Ich konnte mich gegen eine gewisse Eifersucht nicht wehren: auf Klaus, aber vor allem auf den Einfluß, den er auf die junge Frau ausübte. Ich hatte das Gefühl, dass er sie mir weggenommen hatte, und dafür hasste ich ihn.

Ich sah ihr vom Fenster aus nach und Monika Bojen verschwand - ein schwarzer Fleck inmitten einer sommerlich gekleideten, bunten Menschenmenge.

Ich schloß das Fenster. Wer weiß, vielleicht war doch noch nicht alles verloren. Die Analyse könnte ihr helfen, auch diese Krise zu überwinden und zu einer normaleren Situation zurückzufinden.

Der nächste Patient war ein fünfundzwanzigjähriger Mann, dessen Therapie so gut wie abgeschlossen war. Im gegenseitigen Einverständnis hatten wir beschlossen, den zeitlichen Abstand zwischen den einzelnen Sitzungen zu vergrössern, doch auch das hinderte ihn nicht daran, sie immer häufiger zu versäumen. Auch er war ein Direktzahler, ohne den Umweg der Krankenkasse. Es war klar, dass das für ihn Wesentliche sich anderswo abspielte. Er kam nur noch, um sein Gewissen zu beruhigen, weil er sich noch nicht zum entscheidenden Schritt durchringen konnte und weil sein letztes Stückchen Nabelschnur ihn nach wie vor mit der Couch verband. Bei ihm handelte es sich um einen Jungbauern aus Altfunnixsiel, der anfangs sehr unter der Dominanz seiner Mutter, die zwar schon auf dem Altenteil war, aber noch immer das Zepter auf dem Hof schwang, gelitten hatte.

Mehrere Sitzungen waren vergangen, ohne dass ich ihn zu Gesicht bekommen hatte. Manchmal machte er sich die Mühe, mich zuvor über sein Nichterscheinen zu informieren, doch meistens hielt er nicht einmal das für nötig. Er klingelte mit einigen Minuten Verspätung. Ich machte auf, und unverzüglich legte er sich auf die Couch. Zunächst hatte er gewisse Schwierigkeiten, die ersten Worte zu finden.

"Wir sehen uns heute zum letzten Mal", sagte er leise, jedes seiner Worte sorgsam abwägend. "Ich glaube, es wird allmählich Zeit, meine Analyse zu beenden."

"Dafür haben Sie ohne Zweifel ausgezeichnete Gründe", entgegnete ich.

Er schwieg lange, bevor er erwiderte:

"Vielleicht... Auf alle Fälle muß ich endlich lernen, ohne Sie zu leben."

"Gut, mein Herr."

Er erhob sich, bezahlte die Sitzungen, die er mir noch schuldig war, und wir verabschiedeten uns mit einem Händedruck, der kaum energischer war als die vorangegangenen.

Anschließend schaute ich in meinen Terminkalender. Normalerweise hätte Enno Flörke kommen müssen. Er wäre der letzte Patient an diesem Tag gewesen. Ich schaltete den Anrufbeantworter ein und verließ die Praxis.

Als ich in meiner Wohnung war, machte ich mir einen gewohnt starken Kaffee, den ich in aller Ruhe zu Vivaldis *Stabat Mater* genoß. Die Altstimme, die von einer langsamen und würdevollen Musik begleitet wurde, paßte ausgezeichnet zu meiner geistigen Verfassung und drückte das, was ich empfand, viel besser aus, als ich es selbst jemals gekonnt hätte. Mir war, als hätte ich im Verlauf des Nachmittags ein eigenartiges analytisches Ballett erlebt: auf der einen Seite tanzte Uwe Janssen, den ich mir nicht vom Hals schaffen konnte, auf der anderen Seite ein Patient, der sich von mir trennte, und zwischen den beiden Monika Bojen, die nicht in der Lage war, ihren Wünschen gemäß zu handeln, sowie Enno Flörke, dem es gelungen war, endgültig alle seine Sitzungen zu verpassen.

Ich goß mir einen weiteren Kaffee ein, legte mich auf das Sofa und gab mich der wunderbaren Altstimme hin. Zweifellos war es diese Musik, die mich plötzlich an Kathrin denken ließ. Ich sah ihren Körper vor mir und unter dem Einfluß des starken Coffeins glaubte ich sogar, den Taumel, der uns in ihrem Büro erfaßt hatte, in seiner ganzen Intensität wiederzuerleben. An der Wand gegenüber hing der wertvolle Spiegel, den ich so gerne mochte. Meine Kehle war wie zugeschnürt, und mich überkam eine wahnsinnige Lust, uns in diesem Spiegel bei der Liebe zu beobachten.

An jenem Tag war ich drauf und dran gewesen, sie in der Ambulanz anzurufen. Doch immer wieder hatte ich es mir anders überlegt, aus Angst, sie könnte sich weigern, mit mir zu sprechen, und zwischen uns wäre definitiv alles vorbei.

Doch jetzt, da die Ruhe in meiner Wohnung und die Musik von Vivaldi mich beruhigten, spürte ich, wie auch meine Ängste allmählich verflogen. Die sanfte, reine Stimme des Sängers hob an und erlangte an manchen Stellen einen unglaublich weiblichen Klang. Diese gemächliche, feierliche Musik schien mir, mehr als jede andere, wie geschaffen für die Liebe. Sie steigerte in mir das Verlangen, mit Kathrin zusammenzusein und sie auf meinem Sofa zu lieben, ohne von diesen törichten Mißgeschicken gestört zu werden, die unsere Umarmungen - sowohl in meinen Träumen als auch in der Wirklichkeit - unterbrochen hatten.

Die außergewöhnliche Schönheit der Musik und der Coffeinrausch ermutigten mich, das Telefon zu nehmen und Kathrin anzurufen.

Mehrmals klingelte es, dann war ein Klicken zu hören, und schließlich ließ ihr Anrufbeantworter mich wissen, dass ich eine Nachricht hinterlassen könnte und sie mich nach ihrer Rückkehr sofort zurückrufen würde. Trotz der Belanglosigkeit ihrer Worte klang Kathrins Stimme warm und sinnlich, ihr etwas rauher Ton paßte wunderbar zu dem der Altstimme, mit der sie sich zu einem harmonischen Liebespaar vereinte. Als mich das Tonzeichen daran erinnerte, dass es nun an mir war, etwas auf das Band zu sprechen, wollte ich in meiner Panik bereits einhängen, doch dann besann ich mich anders und sagte mit einer etwas belegt klingenden Stimme: "Ich... ich habe Sehnsucht nach dir..., ich... ich liebe dich. Henning."

Rasch legte ich den Hörer auf und genehmigte mir anschließend einen Whisky.

Es dauerte eine Weile, bis ich mich von meiner Erregung erholt hatte. Nach und nach ließ mein berauschter Zustand nach. Ich schaute auf die Uhr, es war kurz nach elf. Wollte ich meine Pläne nicht gefährden, durfte ich nicht noch länger warten.

Ich schaltete die Stereoanlage aus, nahm zweitausend Mark aus meinem Tresor, überlegte dabei, dass sie mir bei meinen Verhandlungen mit der Bank fehlen würden, steckte sie dennoch in die Innentasche meiner Jacke und verließ leise die Wohnung.

Kurze Zeit später setzte mich ein Taxi Ecke Schiffer- und Huntestraße in Oldenburg ab.

Uwe Janssens Angaben zufolge lag hier das *Crazy-Sexy*.

8. Kapitel

Schon nach kurzer Zeit fand ich das *Crazy-Sexy*, das durch eine grell leuchtende Reklametafel gekennzeichnet und nicht besonders schwierig auszumachen war.

In dem Laden blätterten einige Neugierige in den ausliegenden Pornoheften. Von Zeit zu Zeit hob ein hinter der Computerkasse sitzender fettleibiger Mann sein breites, glänzendes Gesicht und warf einen gelangweilten Blick in ihre Richtung, um sich anschließend erneut in die Lektüre eines Magazins zu vertiefen.

Die Peepshow befand sich im hinteren Teil des Ladens und bestand aus kreisförmig angeordneten und mit Nummern versehenen Kabinen, die unweigerlich an die Umkleideräume in einem Schwimmbad oder in einer Sporthalle erinnerten. An einer der Wände hingen Fotos der Tänzerinnen.

Ich trat näher heran und erkannte Nina sofort. Ihre Ähnlichkeit mit Emma Janssen war verblüffend. Natürlich war sie hier in einer anderen Pose abgebildet als auf dem Foto in der Ostfriesen-Zeitung, doch ein Irrtum war ausgeschlossen. Dieselbe Gesichtsform, dieselbe Haarfarbe, derselbe, irgendwie leere Blick und, vor allem, dasselbe ein wenig traurige Lächeln. Uwe Janssen hatte verdammt Glück gehabt, denn es war äußerst schwierig, sie von der wahren Emma zu unterscheiden.

Unruhe überkam mich. Endlich war ich auf dem richtigen Weg, und wenn ich mich Nina gegenüber geschickt anstellen würde, könnte ich möglicherweise die wahren Hintergründe dieser Geschichte erfahren.

Ich wandte mich an den Mann hinter der Computerkasse. Er war klein und fett, und der ganze Laden roch nach seinem Schweiß.

"Könnte ich mit Nina sprechen?" fragte ich.

"Sie müssen warten, sie ist gerade beschäftigt."

"Beschäftigt?"

"Nun, sagen wir lieber, der Kerl im Salon ist gerade mit ihr beschäftigt", kicherte er.

"Dauert's noch länger?"

Die Frage ließ ihn glauben, er hätte es mit einem ernsthaft interessierten Kunden zu tun. Also legte er sein Magazin zur Seite und musterte mich eingehend.

"Nein, er müßte bald fertig sein. Die beiden sind bereits seit einer Viertelstunde zusammen. Möchten Sie ebenfalls ein Weilchen mit Nina verbringen?"

"Ja."

"Und was soll's denn sein?"

"Wie bitte?"

Er zeigte mir eine Preisliste.

"Wenn Sie sich für den Spezialsalon entscheiden, dürfen Sie zwanzig Minuten mit ihr alleine sein. Sie können sich miteinander unterhalten, dann zieht sie sich aus und tut alles, was Sie von ihr verlangen."

"Zwanzig Minuten!" erwiderte ich erstaunt.

Da er hinter meinen Worten Zustimmung vermutete, präsentierte er mir weitere Einzelheiten.

"Es lohnt sich, zumal der Spezialsalon derzeit im Sonderangebot ist... hundertfünfzig statt zweihundert Mark. Zu dem Preis kriegen Sie hier im ganzen Viertel kein solches Mädchen.

"Ich würde gerne länger mit ihr zusammensein."

Dieser Einwand steigerte mein Ansehen bei ihm beträchtlich.

"Und wie lange möchten Sie gern?"

"Ich weiß nicht... eine Stunde, vielleicht auch noch länger, oder eben nur fünf Minuten... das hängt davon ab. Wäre es nicht möglich, im vorhinein einen... einen Pauschalpreis zu vereinbaren?"

Offensichtlich war ich in seiner Wertschätzung gestiegen.

"Sie müssen verstehen", sagte er, "es gibt diese Tarife, und wir müssen uns daran halten. Aber ich werde versuchen, Sie zufriedenzustellen. Sind Sie etwa an einer lesbischen Show interessiert? Nina und eine zweite Tänzerin..., unsere Kunden sind ganz versessen darauf."

"Nein, ich möchte ganz einfach nur mit ihr alleine sein, aber so lange ich will."

"In diesem Fall müssen Sie das große Angebot nehmen."

"Das große Angebot?"

"Ja, sie tritt mit einem Vibrator in jeder Hand auf und führt Ihnen eine orale, eine anale und eine vaginale Penetration vor. Das alles für sechshundert Mark - wäre das Ihnen recht?"

"Muß sie das alles wirklich tun?"

Scheinbar glaubte er, ich wollte über den Preis diskutieren, so dass ich die Achtung, die ich eben gewonnen hatte, sofort wieder verlor.

"Tut mir leid, aber um so lange mit Nina zusammen zu sein, wie Sie möchten, müssen Sie die Darbietung mit dem Vibrator wählen."

"Wäre es möglich, Nina zusammen mit einem Mann zu sehen?"

Wahrscheinlich dachte er, ich hätte es mir anders überlegt, denn nun vertiefte er sich erneut in seine Zeitschrift.

"Nein", antwortete er schroff, "sie macht nur lesbische Shows. Ich habe es Ihnen bereits angeboten, aber sie wollten ja nicht."

"Mir wurde gesagt, sie würde es auf der Bühne auch mit Männern treiben. Eine Zeitlang soll sie sogar mit Leandro aufgetreten sein."

Als er diesen Namen hörte, hob er abrupt den Kopf.

"Wo, um Himmels willen, kommen Sie denn her? Schon seit einigen Monaten arbeitet sie nicht mehr mit Leandro zusammen!"

"Ach, so ist das. Ich bin nämlich vor einigen Monaten aus Oldenburg weggegangen", log ich, „und hatte ihre Vorstellung noch in sehr guter Erinnerung. Ich dachte, ich könnte sie noch einmal sehen, aber wenn das nicht mehr geht..."

Meine Enttäuschung rührte ihn herzlich wenig.

"Na, haben Sie sich endlich entschieden? Nehmen Sie jetzt den Spezialsalon oder nicht?"

"Selbstverständlich nehme ich ihn", antwortete ich wie ein alter Puff-Profi und zog die gebündelten zweitausend Mark aus der Tasche.

Als er die Scheine sah, leuchteten Habgier in seinen Augen auf, und im Nu hatte ich seine Gunst wiedergewonnen. Wenn alle auf diese Weise reagierten, dürfte es Janssen nicht schwergefallen sein, sich das zu beschaffen, was er suchte.

Ich legte sechs Hundertmarkscheine auf den Tresen.

"Das ist für das Mädchen."

Dann, nachdem ich so getan hatte, als würde ich zögern, zog ich einen weiteren Schein hervor.

"Und das ist für Sie, als Dank für Ihre freundliche Beratung und für Ihre Zuvorkommenheit."

Ich glaubte, er würde aufspringen und mir um den Hals fallen, um mir zu danken oder um mich zu erwürgen. Statt dessen nahm er die Geldscheine mit einer Schnelligkeit an sich, die mich überraschte, ließ sie in seiner Jackentasche verschwinden und schaute gelangweilt auf seine Uhr.

"Hören Sie", sagte er, "Nina ist noch mit einem Kunden im Salon, aber es dauert bestimmt nicht mehr lange."

Sein Wunsch, mir eine Freude zu bereiten, war so groß, dass ich vermutete, er würde im nächsten Moment in den Salon rennen und den Eindringling hinauswerfen.

Ich legte mein freundlichstes Lächeln auf.

"Das ist nicht schlimm, ich kann warten."

Er wußte nicht, was er tun sollte, um sich mir gefällig zu erweisen. Seinem Berufsethos zufolge verdiente ein Kunde, dem das Geld derart locker aus der Tasche zu holen war, alle erdenkliche Aufmerksamkeit.

Plötzlich hatte er eine Idee.

"Da, nehmen Sie", sagte er und hielt mir einige Münzen hin, "sehen Sie sich die Vorführung in der Peepshow an, auf Kosten des Hauses natürlich. Die Mädchen sind prachtvoll, bestimmt ist eines dabei, mit dem Sie nächstes Mal zusammensein wollen."

Ohne die geringste Widerrede meinerseits zuzulassen, packte er mich am Arm und zerrte mich zu einer freien Kabine. Wenn er einen roten Teppich zur Hand gehabt hätte, um ihn vor mir auszubreiten, so hätte er das mit Sicherheit getan.

"Und was ist aus Leandro geworden?" fragte ich, bevor ich die Kabine betrat.

"Keine Ahnung. Meiner Meinung nach treibt er sich in Hamburg herum. Er hatte schon immer was vom Transvestiten, wenn Sie verstehen, was ich meine?"

Verächtlich verzog er den Mund.

"Transvestit in Hamburg, so eine Spinnerei! Das bringt zwar jede Menge Geld, ist aber verdammt gefährlich. Also, wenn er mich gefragt hätte, ich hätte ihm davon abgeraten. Er hatte es doch gut hier, einen sicheren Arbeitsplatz. Nina war sehr unglücklich, als er wegging, und wollte mit keinem anderen Partner mehr auftreten."

Dann zeigte er auf seine Kasse und erklärte mir, dass er mich nun leider alleinlassen müßte.

"Sobald Nina frei ist, sage ich Ihnen Bescheid, ich muß jetzt an meine Kasse zurück. Die Kerle, die sich hier herumtreiben, darf man keine Sekunde aus den Augen lassen, verstehen Sie?"

Die Kabine, in der ich anschließend hockte, ähnelte einer Toilette, und in gewissem Sinne erfüllte sie auch intime Funktionen. Vor einem von einem roten Vorhang verdeckten Fenster stand ein Stuhl. Darunter, ein Vorrat an Papiertaschentüchern. Daneben ein randvoll gefüllter Abfalleimer. Darin waren die Erregungszustände meiner Vorgänger versammelt.

Der Raum strahlte eine widerliche Intimität aus.

Ich warf eine Münze in den Schlitz, und langsam öffnete sich der rote Vorhang.

Auf einer von Einwegspiegeln umgebenen Bühne führte eine Tänzerin den in ihren Zellen kauernden Voyeuren immer neue Stellungen vor, die erotisch wirken sollten, doch auf mich wirkte die Vorstellung platt und einfallslos. Die Spiegel vervielfältigten ihren Körper ins Unendliche und schufen so die Illusion eines gigantischen Universums der Pornographie. Und die Bühne, die sich langsam im Kreis drehte, zwang die Frau, an jeder Kabine vorbeizugleiten. Vor den einzelnen Fenstern hielt sie inne und zeigte in Großaufnahme anstößige Details ihrer intimen Anatomie. Nicht die Details an sich waren anstößig, sondern das, wie sie mit ihnen umging.

Die Nummer wurde äußerst gewissenhaft durchgeführt. Keine Sinnlichkeitspose fehlte, und kein Freizügigkeitsfanatiker hätte etwas einwenden können. Trotzdem haftete der Tänzerin eine gewisse berufliche Routine an. Ihr Blick war leer, oder genauer gesagt: ihr Blick schweifte ab, und so sehr sie sich auch in den Hüften wiegte, so kraftvoll sie sich die Brüste knetete und so weit sie auch ihre Schenkel spreizte, das einzige, was sie zu bieten hatte, war ihre Langeweile.

Diese Darbietung erinnerte mich an einen meiner Artikel, der den Titel trug: *Exhibition und Kastrationsangst*. Bald begann ich mich zu sehr zu langweilen und zog es vor, draußen auf Nina zu warten.

Als der Mann an der Kasse mich sah, verzog er das Gesicht zu einer freundlich gemeinten Grimasse.

"Alles klar", sagte er. "Nina ist bereit, Kabine Nummer sechs. Sie kommt sofort."

Die Kabine Nummer sechs war ähnlich ausgestattet wie die Peepshow-Kabine, doch anstelle eines Einwegspiegels trennte ein Gitter den Raum von der Bühne. Auf diese Weise konnte man einander zwar sehen und miteinander sprechen, doch man blieb voneinander getrennt. Das Besondere am Spezialsalon waren ein paar Kissen und ein Hocker, das Ganze in gedämpftes Licht getaucht, das irgendwie Atmosphäre schaffen sollte.

Kurze Zeit später tauchte Nina in ihrer Arbeitskleidung auf. Braunhaarig, übermäßig geschminkt, im Minislip und in durchsichtiger Bluse - das perfekt vorgefertigte Phantasieprodukt. Offensichtlich hatte der Kassierer sie informiert, denn sie scheute keine Mühe, um freundlich zu mir zu sein. Sie schenkte mir ein verführerisches Lächeln und begann, sich vor mir hin und her zu bewegen.

"Das ist nicht, was mich interessiert", sagte ich.

Sie sah mich ein wenig beunruhigt an.

"Was dann?"

"Ich möchte mich ganz einfach mit Ihnen unterhalten."

Dieser Wunsch schien sie zu irritieren.

"Pornographische Dialoge sind nicht meine Spezialität", sagte sie und deutete auf die auf einem Kissen liegenden künstlichen Penisse. "Ich kann Ihnen zwar eine Menge bieten, aber keine erotische Unterhaltung."

"Ich erwarte auch keine erotische Unterhaltung, sondern ein ganz normales Gespräch."

"Ach so!" erwiderte sie erstaunt. "nun, wenn es das ist, was Sie wollen, ich habe nichts dagegen."

Sie setzte sich auf den Hocker und wartete. Glaubte sie etwa, ich würde mich mit ihr über das Wetter unterhalten wollen?

Ich wußte nicht recht, womit ich anfangen sollte. Schließlich fragte ich sie ohne Umschweife: "Was halten Sie von zwanzigtausend Mark für eine Reise nach Rio?"

"Was?"

Sie sprang so abrupt auf, dass der Hocker umfiel. Mit so einer heftigen Reaktion hatte ich nicht gerechnet. Meine Frage hatte sie in panische Angst versetzt, und ich glaubte zunächst, sie würde weglaufen.

"Was sagen Sie da?" schrie sie und sah mich mit weit aufgerissenen Augen an.

Ich wiederholte meine Frage.

"Sie machen sich wohl über mich lustig! Was soll ich denn in Rio?"

"Sie waren doch schon einmal dort. Warum sollten Sie für die gleiche Summe nicht ein zweites Mal hinfliegen?"

Sie stellte den Hocker wieder auf, nahm darauf Platz und warf mir einen eisigen, beinahe feindseligen Blick zu. Obwohl sie sich, wenigstens teilweise, wieder unter Kontrolle hatte, zitterten ihre Hände.

"Sind Sie von der Polizei?"

"Nein."

"Was wollen Sie dann? Sind Sie ein Freund von Uwe, diesem Dreckskerl?"

Ihre Gefühle für ihn waren eindeutig.

Ich beruhigte sie.

"Ich bin weder Polizist noch ein Freund von Uwe. Ich bin aus rein persönlichen Gründen an ihm interessiert, vor allem an der Zeit, als er Sie nach Rio schickte."

Um ihr Vertrauen zu gewinnen, zog ich vier Hunderter aus der Tasche.

Natürlich, Geld war an diesem Ort Trumpf. Entweder löste es totale Hysterie aus, oder aber es zeigte die Wirkung eines starken Betäubungsmittels. Als Nina die Scheine sah, war sie im Nu beruhigt.

"Was wollen Sie wissen?" fragte sie. "Wenn es um Janssens Frau geht, bin ich sicher, dass er sie umgebracht hat."

"Hat er Ihnen das erzählt?"

"Oh nein! Er ist viel zu schlau, um sich bloßzustellen. Aber ich bin sicher, dass er sie umgebracht hat. Deswegen hat er mich ja mit Emmas Reisepaß nach Rio geschickt."

"Das heißt, er hat Ihnen zwanzigtausend Mark angeboten, um sein Verbrechen zu tarnen?"

"Zwanzigtausend Mark?" fragte sie entrüstet. "Hat dieses Schwein das behauptet? Ja, versprochen hatte er mir diese Summe, aber sein Wort halten, das ist eine ganz andere Geschichte! Zehntausend bekam ich vor dem Abflug. Den Rest sollte ich angeblich nach meiner Rückkehr aus Rio kriegen. Ich warte heute noch darauf. Dabei habe ich seinetwegen alle Risiken auf mich genommen..."

"Erzählen Sie mir, wie die Sache gelaufen ist."

"Was genau wollen Sie denn wissen? Er kam hierher und bot mir zwanzigtausend Mark, damit ich mich als seine Frau ausgebe. Ich mußte mich in Begleitung eines Mannes auf Langeoog sehen lassen, damit sich alle davon überzeugen konnten, dass seine Frau ihn betrog. Ich schlug ihm meinen Bühnenpartner vor. Ich war es gewohnt, bei unseren Vorstellungen mit ihm zu bumsen, verstehen Sie, und das wirkte dann ziemlich echt."

"Und was ist aus Ihrem Partner geworden?"

"Leandro? Wir sind zusammen nach Rio geflogen, und er ist dageblieben. Brasilien ist sein Heimatland, er wollte schon lange dorthin zurück. Als dieser Dreckskerl von Uwe uns sein Angebot machte, war Leandro außer sich vor Freude und begnügte sich mit dem Flugticket."

"Ich verstehe", sagte ich, "und dann?"

"Nun, später kam ich allein und unter meinem richtigen Namen mit meinem eigenen Reisepaß nach Oldenburg zurück. Alle sollten glauben, seine Frau sei in Brasilien geblieben. Anschließend traf ich mich noch einmal mit Uwe in Esens, um ihm Emmas Reisepaß zurückzugeben und dafür die restlichen zehntausend Mark zu kassieren."

Sie hielt kurz inne, um sich in ihrer Wut zu bremsen.

"Doch anstatt mir die zehntausend Mark zu geben, zog er plötzlich eine Pistole. Ich sah ihm sofort an, dass er nicht zögern würde, abzudrücken. Ich weiß nicht, ob Sie schon einmal einem bewaffneten Kerl gegenübergestanden haben, aber ich kann Ihnen versichern, in dem Moment spürt man ganz genau, ob er schießen wird oder nicht. Bei Uwe hatte ich jedenfalls nicht den geringsten Zweifel. Er konnte es kaum erwarten, endlich abzudrücken. Ich hatte Angst und gab ihm den Reisepaß zurück."

Diese Geschichte machte mich völlig ratlos.

"Wären Sie bereit, diese Geschichte der Polizei zu erzählen?"

Verdutzt sah sie mich an.

"Der Polizei? Sie sind wohl verrückt! Die Polizei habe ich doch ständig am Hals. In ihren Augen ist das, was ich mache, ungesetzlich, so dass sie andauernd in meinen Angelegenheiten rumschnüffeln. Und nun soll ich denen erzählen, dass ich unter falschem Namen für einen Kerl unterwegs war, der mit Sicherheit ein Mörder ist? Zugegeben, Uwe ist ein Dreckstyp, aber deswegen gleich ins Gefängnis wandern...? Wenn Sie ihn festnageln wollen, müssen Sie sich schon etwas anderes einfallen lassen. Wenn Sie verstehen, was ich meine."

Die Heftigkeit ihrer Reaktion ließ keinen Zweifel zu: mit ihrer Hilfe war nicht zu rechnen. Selbstverständlich könnte ich Peter einschalten, doch es war ganz klar, dass auch er nichts aus ihr herausbekommen würde.

Als hätte sie meine Gedanken lesen können, fügte sie hinzu: "Es hat keinen Sinn, die Polizei einzuschalten, ich werde nichts sagen. Sie wissen jetzt, was mich interessiert, also rücken Sie das Geld raus und verschwinden Sie."

Ich erinnerte mich an Janssens Taktik: aufs Ganze gehen. Das Herz tat mir weh, als ich an das Geld aus dem Verkauf meines BMW dachte, doch vielleicht würde sich der Einsatz lohnen.

"Schade, dass Sie nicht zur Zusammenarbeit bereit sind", sagte ich und hielt ihr das Geldbündel hin, "dieses Geld sollte lediglich ein Vorschuß sein."

Beim Wort *Vorschuß* jedoch änderte Nina prompt ihre Meinung.

"Wieviel?"

"Sie sagten, Uwe Janssen hätte Sie um zehntausend Mark betrogen. Ich bin bereit, Ihnen genau die gleiche Summe zu bieten."

"Sie bieten mir zehntausend Mark, damit ich Ihnen helfe, Uwe Janssen hinter Schloß und Riegel zu bringen?"

"Ja... Kann ich mich auf Sie verlassen?"

Sie überlegte einen Moment lang.

"Ich habe den Beweis, dass Uwe Emma Janssen umbringen wollte."

Mein Herz pochte heftig.

"Der Beweis, dass er sie töten wollte oder dass er sie tatsächlich umgebracht hat?"

"Dass er sie umbringen wollte. Einstweilen müssen Sie sich damit begnügen. Doch keine Sorge, was ich Ihnen anzubieten habe, genügt mit Sicherheit, um eine Untersuchung der Polizei einzuleiten. Wenn dieser Schweinehund seine Frau tatsächlich umgebracht hat, entkommt er dann nicht mehr."

"Und was ist das für ein Beweis?"

"Ein Brief von Emma Janssen... Damit die Sache glaubhafter aussah, wollte Uwe, dass ich in Emmas Kleidern und mit ihrem Koffer verreise. Wir hatten ungefähr die gleiche Körpergröße, so dass das kein Problem war. Doch dieser Dreckskerl, der sonst immer an alles dachte, hatte vergessen, die Sachen seiner Frau zu kontrollieren, ehe er sie mir übergab. So fand ich in der Tasche eines Kleides diesen Brief."

"Und was steht drin?"

"Emma ahnte die Pläne ihres Mannes. Sie wußte, dass er sie umbringen wollte. Sie sah sich bereits in der Nordsee ertränkt oder vom Wasserturm gestoßen. Was sie über ihn herausgefunden hatte, war eindeutig. Doch es war ihr egal, ob sie sterben würde, sie wollte nur, dass er bestraft wird. Ich nehme an, sie hatte vor, der Polizei diesen Brief zu geben, doch dazu kam sie dann nicht mehr."

"Und was hatte sie über Janssen herausgefunden?"

"Um das zu erfahren, müssen Sie den Brief kaufen."

"Warum haben Sie ihn nicht der Polizei gegeben? Das hätte Sie doch nicht in Gefahr gebracht, oder?"

Sie begann zu lachen.

"Ich dachte, dieser Brief sei eine Menge Geld wird. Was ja auch stimmt, wie sich jetzt herausstellt... Doch mit zehntausend Mark gebe ich mich nicht zufrieden."

Ich spürte, wie sich meine Kehle zuschnürte.

"Wieviel?"

"Zwanzigtausend!"

"Unmöglich. Soviel habe ich nicht."

"Ihr Pech."

"Eher Ihr Pech", entgegnete ich und erhob mich. "Denn es würde mich sehr wundern, wenn Sie einen anderen Käufer dafür finden würden."

"Warten Sie!"

Sobald es um Geld ging, war man in diesem Etablissement zu unglaublich schnellen Reaktionen fähig. Im Nu hatte Nina begriffen, dass zehntausend Mark immer noch besser waren als gar nichts.

"Fünfzehntausend", schlug sie vor.

"Ich kann Ihnen nur zehntausend Mark bieten... Entweder Sie nehmen dieses Angebot an oder wir vergessen es."

"Gut, einverstanden", sagte sie schließlich, "zehntausend Mark. In bar selbstverständlich."

Ich setzte mich wieder hin.

"Wo und wann?"

"Bei mir, am kommenden Freitag, gegen vierzehn Uhr."

"Wieso erst übermorgen?"

"Weil ich morgen den ganzen Tag arbeite und keine Lust habe, hier mit all dem Geld herumzulaufen. Ich wohne in der Osterstraße 10. Das ist in dem neuen Appartementhaus, im fünften Stock. Es ist hier ganz in der Nähe, wirklich leicht zu finden."

Diese Erklärung überzeugte mich nicht. Dass sie mich so lange warten ließ, um mir den Brief zu geben, paßte überhaupt nicht zu ihrem Wunsch, so schnell wie möglich in den Besitz dieses Geldes zu kommen.

"Sind Sie sicher, dass wir uns nicht früher treffen können?"

"Wenn ich Ihnen doch sage, dass das unmöglich ist. Sie glauben doch nicht etwa, es würde mir Spaß machen, bis Freitag zu warten, um endlich Ihre zehntausend Mark zu kassieren!"

Es hatte keinen Sinn, sie noch länger zu bedrängen. Wenn es einen Haken an der Sache gab, würde ich das schon noch merken.

"Einverstanden", sagte ich und ging zur Kabinentür. "Ich werde pünktlich da sein."

"Vergessen Sie das Geld nicht!"

"Keine Sorge."

Dann verließ ich den Spezialsalon.

Der Kassierer schien auf mich gewartet zu haben. Als er mich sah, legte er sein Heft zur Seite und schenkte mir sein herzlichstes Lächeln.

"Alles in Ordnung?"

"Tadellos. Besser noch, als ich es mir vorgestellt hatte."

Diese Antwort freute ihn.

"Kommen Sie wieder, wann immer Sie Lust haben. Und fühlen Sie sich hier wie zu Hause."

Er verbeugte sich so tief, dass er mit der Stirn fast auf die Theke geschlagen wäre.

In diesem Augenblick kam ein Mann aus der Peepshow und rempelte mich an. Ich drehte mich um und stand Thorsten Klöthen gegenüber.

Als er mich sah, hielt er völlig verblüfft inne.

"Sie...? Sie auch...? stammelte er schließlich.

Mir stieg die Röte ins Gesicht, Schweißperlen traten auf meine Stirn. Ich antwortete mit keinem Wort, drehte mich um und marschierte so schnell wie möglich zum Ausgang.

Am nächsten Morgen klingelte mich ein Anruf von Anne aus dem Bett. Zunächst hatte ich einige Mühe, ihre Stimme wiederzuerkennen. Sie schien äußerst aufgeregt zu sein, was mich beunruhigte, denn ich war es nicht von ihr gewohnt, dass sie die Beherrschung verlor.

"Was ist los?" fragte ich mit schlaftrunkener Stimme.

"Ich muß mit dir reden", sagte sie und bemühte sich, Ruhe zu bewahren.

"Hast du Zeit, jetzt gleich?"

"Nein, nicht jetzt. Ich habe Sprechstunde. Aber heute nachmittag, wenn du willst, nach meinem Dienst in der Ambulanz."

"Um wieviel Uhr?"

"Halb fünf, wenn dir das recht ist?"

"Zu spät, ich muß dich eher sehen."

Ohne mich zu Wort kommen zu lassen, fügte sie hinzu: "Um vierzehn Uhr im *Residenz-Restaurant*."

Ich überlegte eine Weile, bevor ich eine Entscheidung traf. Nun denn, schade um die Ambulanz.

"Gut, ich werde dort sein. Willst du mir nicht wenigstens sagen, um was es geht?"

"Nicht am Telefon."

Sie hängte ein und überließ mich meiner Ratlosigkeit.

Ich machte mir einen Kaffee, duschte und zog mich an. Die ganze Zeit über wurde ich meine Unruhe nicht los. Wenn Anne sich so verhielt, mußte schon etwas Schlimmes passiert sein. Zweifellos hätte ich mich sofort mit ihr treffen müssen! Da aber Uwe Janssen für diesen Vormittag angemeldet war und ich großen Wert darauf legte, ihm so bald wie möglich das Ende seiner Analyse bekanntzugeben...

Als ersten Patienten erwartete ich eigentlich Thorsten Klöthen, doch nach unserer Begegnung im *Crazy-Sexy* bezweifelte ich sehr, dass er kommen würde.

Etwas Schlimmeres kann einem Analytiker gar nicht passieren: einem seiner Patienten am selben Ort der Sexualität zu begegnen und ihm damit den Eindruck einer Gemeinsamkeit zu vermitteln.

Ich irrte mich nicht: die Zeit seiner Sitzung ging vorüber, ohne dass er sich blicken ließ. Ich nutzte die Pause, um in der Ambulanz anzurufen und mich abzumelden. Kathrin war durchaus in der Lage, sich ohne mich um die Kinder zu kümmern, die wir eigentlich zusammen betreuen sollten. Bestimmt war sie über mein Verhalten nicht sonderlich erfreut, doch ich hatte keine andere Wahl. Sybille nahm meine Abmeldung zur Kenntnis, dann hängte ich ein. Mittlerweile war Klöthens Zeit längst vorbei. Vermutlich würde ich ihn niemals wiedersehen. Was ich bedauerte, denn seine Analyse machte erstaunliche Fortschritte. Wegen dieser dummen Begegnung in der Peepshow hatte ich nun das Gefühl, ihn auf halber Strecke im Stich zu lassen.

Anschließend war die Reihe an Monika Bojen. Doch auch sie erschien nicht in meiner Praxis. Ihr Wegbleiben erstaunte mich. Sollte ihre Bekehrung sie etwa davon abgebracht haben, ihre Behandlung fortzusetzen? Ich wußte nicht, was ich davon halten sollte, und wartete weiter. Mir war, als würde ich einen freien Tag verbringen, in dessen Verlauf meine Patienten sich einer nach dem anderen aus dem Staub machten.

Als die Zeit von Monika Bojens Sitzung zu Ende war, tauchte auch Uwe Janssen nicht auf. Allmählich begann ich zu befürchten, dass er mich ebenfalls sitzenlassen würde.

Doch dann klingelte es.

Er stand vor der Tür, wie eh und je mit seinem dunklen Anzug bekleidet und mit feierlicher Miene.

Wie gewohnt begrüßte er mich mit einem weichen Händedruck, ging ins Sprechzimmer und legte sich hin.

"Sie können gleich wieder aufstehen."

Er sah mich mit einem ironischen Lächeln an.

"Haben Sie beschlossen, nur noch Schnellsitzungen durchzuführen?"

"Es wird überhaupt keine Sitzung stattfinden", erklärte ich und deutete auf den Stuhl neben dem Schreibtisch.

Entgegen meiner Befürchtungen stand er anstandslos von der Couch auf.

"Was ist los?" fragte er und nahm mir gegenüber Platz.

Ich ließ mir mit meiner Antwort Zeit, denn ich mußte unbedingt die richtigen Worte finden.

"Was sich zwischen uns abspielt, hat mit einer Psychoanalyse nichts zu tun. Daher ziehe ich es vor, die Behandlung hiermit zu beenden."

Meine Worte schienen ihn kaum zu überraschen.

"Sie haben aber lange gebraucht, um das herauszufinden", sagte er, erhob sich, zog seine Brieftasche hervor und legte dreihundert Mark auf meinen Schreibtisch.

Diese Reaktion, mit der ich nun wirklich nicht gerechnet hatte, verunsicherte mich. Janssen war im Begriff, sich auf meine Kosten einen glänzenden Abgang zu verschaffen, während ich in meinem Sessel festsaß und mich bemühte, mit vorgetäuschtem Gleichmut den Schein zu wahren. Natürlich wußte er das ganz genau, doch es war ihm so gleichgültig, dass er es nicht einmal für nötig hielt, es mir zu verstehen zu geben.

"Sie brauchen nichts zu bezahlen", sagte ich, "denn es hat gar keine Sitzung gegeben."

"Aber Sie haben doch gestern auf mich gewartet, und die Sitzung bin ich Ihnen noch schuldig..."

Und spöttisch fügte er hinzu: "Das war eine der besten Sitzungen überhaupt."

Beim Verlassen meiner Praxis blieb er plötzlich in der Tür stehen, drehte sich um und schaute mir direkt in die Augen.

"Glauben Sie nur nicht, dass Sie mich jetzt losgeworden sind."

In diesen Worten lag keinerlei Wut, doch sie kamen mir um so bedrohlicher vor, weil er sie völlig gelassen ausgesprochen hatte.

Dann verloren sich seine Schritte im Flur, und ich hörte, wie er die Tür zum Treppenhaus leise hinter sich zuzog.

Er hatte recht, ich war noch längst nicht mit ihm fertig. Und ich hatte soeben eine falsche Heilmaßnahme ergriffen. Ein Wettlauf hatte zwischen uns begonnen, und auch wenn ich nicht wußte, was er beabsichtigte, so schien es mir doch unbedingt nötig, ihn so bald wie möglich unschädlich zu machen.

Punkt zwei betrat Anne das *Residenz-Restaurant*. Sie nahm mir gegenüber Platz und bestellte einen Schnaps. Offensichtlich war sie ziemlich nervös. Ich hatte sie noch nie in einer solchen Verfassung gesehen, doch andererseits kam es mir vor, als hätte sie sich im Vergleich zum Morgen zumindest ein wenig beruhigt.

"Was ist los?" fragte ich.

"Ich möchte wissen, wie es um deinen Patienten steht, von dem du mir letztes Mal erzählt hast."

"Wie bitte?" fragte ich verblüfft.

"Komm, erzähl mir doch keine Geschichten. Der Mann mit dem Ohrring, der neulich wegen einer idiotischen Analyse zu mir kam, ist genau derselbe Typ, mit dem du Schwierigkeiten hast. Du weißt das ganz genau, da bin ich mir ganz sicher."

Es war das zweite Mal innerhalb weniger Stunden, dass ich mich ertappen ließ. Zuerst von Janssen und nun von Anne. Es schien mir sinnlos, weiterhin zu schwindeln.

"Na, was ist?" beharrte Anne.

"Ich habe ihm heute morgen erklärt, dass ich ihn nicht länger behandeln werde."

"Was ist passiert?"

Ich erzählte ihr alles: meine Zweifel an Janssen, den peinlichen Zwischenfall im Internet-Café, von meinem BMW, an dem vermutlich jemand herumgefummelt hatte, von meinem Ausflug nach Langeoog, vom Tod Enno Flörkes und zuletzt von meiner Begegnung mit Nina. Ich vergaß nichts, nicht einmal das unangenehme Gefühl, mich beobachtet zu fühlen, wie neulich, als ich mit Jonas im Dörpmuseum war.

Sie hörte meiner Geschichte zu, ohne mich zu unterbrechen, doch als ich fertig war, konnte sie sich nicht länger beherrschen.

"Du bist verrückt! Du bist vollkommen verrückt!" schrie sie derart laut, dass die Leute von den Nachbartischen zu uns herüberschielten. "Wie konntest du dich nur auf eine solche Situation einlassen?"

Ich packte sie am Handgelenk und bat sie, doch bitte etwas leiser zu sprechen. "Es stimmt, ich habe mich in eine unmögliche Geschichte verwickeln lassen, aber deswegen brauchst du doch nicht gleich das ganze Restaurant in Aufruhr zu versetzen. Und Vorwürfe habe ich mir selbst schon genug gemacht, das kannst du mir ruhig glauben."

"Warum gehst du nicht zur Polizei? Sprich mit Peter und erzähl ihm alles."

"Morgen wird mir ein Brief von Emma Janssen ausgehändigt; dann bin ich endlich in der Lage, einen Beweis für meine Beschuldigungen vorzulegen. Und dieser Beweis wird genügen, um unverzüglich eine Untersuchung einzuleiten."

Fassungslos sah sie mich an.

"Weißt du eigentlich, was du da tust? Du bist Psychoanalytiker und nicht Privatdetektiv. Aus welchen Gründen suchst du nach Beweisen, die dazu dienen sollen, diesen Kerl zu überführen? Ich weiß nicht, was zwischen euch vorgefallen ist, aber offensichtlich geht es dir nicht darum, die Polizei, sondern dich selbst zu überzeugen."

"Kann sein... Doch das erklärt immer noch nicht, weshalb du so dringend mit mir sprechen wolltest."

"Weil deine Geschichte nicht vollständig ist, weil noch einige Einzelheiten fehlen. Die Tatsache beispielsweise, dass dieser Kerl dauernd bei mir anruft, um einen Termin zu bekommen."

"Was?"

Ungläubig starrte ich sie an. Es schien mir unvorstellbar, dass auch Anne in diese Geschichte verwickelt sein könnte.

"Dass er nicht aufhört, mich zu bedrängen, und dass er dauernd vorgibt, es ginge ihm schlecht und ich sei die einzige Analytikerin in ganz Ostfriesland, die ihm helfen könnte. Doch es kommt noch schlimmer. Er... er..."

Sie hielt inne, und ein Ausdruck des Entsetzens zeigte sich auf ihrem Gesicht.

"Was denn?" fragte ich und legte meine Hand auf die ihre.

Sofort zog sie ihre Hand zurück.

"Auch Jonas läßt er nicht in Ruhe", antwortete sie in einem Atemzug.

"Jonas?"

"Ja, kürzlich, als ich Jonas von der Grundschule abholen wollte, hatte ich mich verspätet. Normalerweise wartet er vor dem Gebäude auf mich. Dort war unser Sohn aber nirgendwo zu sehen. Statt dessen begegnete ich ihm auf dem Nachhauseweg, Hand in Hand mit diesem Kerl. Als er mich sah, grüßte er äußerst freundlich und erklärte, er habe Jonas alleine vor der Schule stehen sehen und es für richtig gehalten, ihn nach Hause zu begleiten. Mir kam das sehr verdächtig vor. Ich verbot ihm, das noch einmal zu tun, und befahl Jonas, nie wieder mit einem Fremden mitzugehen. Doch seitdem wartet der Kerl fast täglich vor der Schule in der Lessingstraße. Sobald er uns sieht, folgt er uns in sicherer Entfernung."

Ich erinnerte mich an den Vorfall im Dörpmuseum Münkeboe. Nach allem, was Anne mir eben erzählt hatte, war es durchaus möglich, dass Janssen uns auch damals gefolgt war.

Nun konnte ich ihr die gleiche Frage stellen: "Warum gehst du nicht zur Polizei?"

Sie zuckte mit den Schultern.

"Und was soll ich ihr erzählen? Dass ein Irrer ständig anruft, um psychoanalytisch behandelt zu werden? Oder dass er eines Tages, als ich mich verspätet hatte, meinen Sohn nach Hause bringen wollte? Was soll die Polizei denn deiner Meinung nach unternehmen?"

"Sag ihr, dass er Jonas und dich jeden Tag verfolgt."

"Er ist doch viel zu schlau, um sich erwischen zu lassen. Sobald ich mich umdrehe, ist er verschwunden. Es ist jedes Mal bloß ein flüchtiger Eindruck, und ich bin nie sicher, ob ich in Wirklichkeit nicht geträumt habe. Wie auch immer, es ist unerträglich."

Sie war den Tränen nahe, und als sie einen erneuten Schnaps an ihre Lippen führte, zitterte ihre Hand. Doch es gelang ihr, sich wieder zu beruhigen.

"Das kann nicht so weitergehen. Ich habe meinen Patienten gesagt, dass ich einige Tage abwesend sein werde. Jonas werde ich zu meinem Bruder ins Alte Land bringen. Nachher fahren wir los. Dort wird er in Sicherheit sein."

Was sich erst noch zeigen mußte. Immerhin hatte Janssen behauptet, Flörke im Zug begegnet zu sein. Und als sich später herausstellte, was dem unglücklichen Dozenten zugestoßen war, gab es noch immer keinen Grund, beruhigt zu sein. Allerdings zog ich es vor, meine Zweifel für mich zu behalten.

"Hör zu", sagte ich, "morgen bekomme ich den Beweis, der mir noch fehlt. Dann gehe ich zur Polizei, und alles wird gut."

"Deine Geschichten interessieren mich nicht mehr", entgegnete sie schroff. "Dieser Typ ist dabei, dich ein weiteres Mal auf den Arm zu nehmen. Im Moment habe ich keine Zeit, mich selbst darum zu kümmern, doch wenn die Polizei nach meiner Rückkehr aus dem Alten Land immer noch nicht eingeschaltet ist, gehe ich höchstpersönlich zu Peter und werde ihm alles erzählen."

Ich enthielt mich jeglichen Kommentars. Es war richtig von ihr, dass sie Jonas beschützen wollte, und ich teilte ihre Besorgnis. Doch diese Geschichte kam mir höchst unwahrscheinlich vor, ich begriff weder, worauf Janssen hinaus wollte, noch wieso er es auf meinen Sohn abgesehen hatte.

"In Ordnung", sagte ich, "tu, was du für richtig hältst. Ich kann dich jedenfalls nicht daran hindern. Allerdings hoffe ich, dass ich diesen Dreckskerl bis dahin hinter Gitter bringen kann."

Anne wollte bereits gehen, doch ich hielt sie zurück.

"Es gibt da noch etwas, was ich von dir erfahren möchte."

"Und das wäre?"

"Bist du sicher, dass dieser Kerl nicht bei Paul in Behandlung war?"

"Absolut sicher."

"Vielleicht wollte er nicht darüber sprechen? Du weißt selbst, dass die Menschen nicht immer der Vorstellung entsprechen, die wir uns von ihnen machen."

Diese Worte machten sie wütend.

"Ich bitte dich, erspare mir deine pseudo-schlauen Kommentare! Wenn du es genau wissen willst: Paul verheimlichte mir nichts von dem, was mit seiner therapeutischen Arbeit zusammenhing. Selbstverständlich verriet er mir nicht die Namen seiner Patienten, doch er hat mir nie einen Fall beschrieben, der auch nur im entferntesten mit dem zu vergleichen wäre, von dem du mir erzählt hast. So, genügt dir das?"

Nein, es genügte mir, ehrlich gesagt, nicht ganz.

"Und er ist dir nie verängstigt oder niedergeschlagen vorgekommen."

Mit feindseligem Blick sah sie mich an.

"Was soll ich dir darauf antworten? Dass Paul mit einer ähnlichen Situation konfrontiert war, wie du es im Moment bist, und mir nichts davon erzählt hat?"

"Ist das wirklich so unvorstellbar?"

Ich hatte den Eindruck, dass sie mich in diesem Augenblick hasste.

"Ja, das ist in der Tat unvorstellbar. Ich kann nur wiederholen, dass Paul sich niemals auf eine solche Situation eingelassen hätte. Und wenn er hin und wieder überspannt zu sein schien, so nur, weil seine wissenschaftlichen Arbeiten ihn enorm beschäftigten. Und jetzt muß ich los, wenn du nichts dagegen hast, ich habe noch wichtigere Dinge zu erledigen."

Es hatte keinen Sinn, Anne noch länger zu bedrängen. Ich kannte sie gut genug um zu wissen, dass ich nichts mehr aus ihr herausbekommen würde und dass sie es um jeden Preis verhindern würde, das Bild, das sie sich von Paul Bünting bewahrt hatte, zu trüben.

"Sehr gut, bring Jonas aus Ostfriesland weg. Du wirst sehen, bei deiner Rückkehr ist alles in Ordnung."

"Das wäre auch besser", sagte sie, erhob sich und ging davon.

Ich schaute ihr hinterher.

Auf meiner Uhr war es kurz nach drei.

Die Vorstellung, bis zum Nachmittag des nächsten Tages auf Nina warten zu müssen, war mir unerträglich. Ich spürte, wie ich immer ungeduldiger wurde. Ich war drauf und dran, zu ihr zu fahren. Doch ich beherrschte mich. Es wäre ein Fehler gewesen, so schnell wieder bei ihr in Oldenburg auf der Matte zu stehen. Bestenfalls liefe ich Gefahr, sie gar nicht anzutreffen, und schlimmstenfalls, sie gegen mich aufzubringen.

Doch je länger ich nachdachte, um so unerklärlicher kam mir Ninas Idee vor, mich so lange auf diesen Brief warten zu lassen. "Dieser Kerl nimmt dich ein weiteres Mal auf den Arm", hatte Anne gesagt. Janssen war es, der mir von Nina erzählt hatte. Wer weiß, ob die beiden nicht sogar unter einer Decke steckten und mich absichtlich in die Irre führten? Doch in welcher Absicht?

Ich hatte keinen Grund, mich sicher zu fühlen. Ich hatte geglaubt, Janssen endlich los zu sein, doch kaum hatte ich mich von ihm getrennt, tauchte er erneut auf und wirkte auf mich noch beunruhigender, noch unbegreiflicher.

Er erinnerte mich an eine Spinne, die in der Dunkelheit ihre Netze spannte, während ich in einer unbeweglichen Zeit gefangen war und meinen Ärger immer wieder hinunterschluckte.

9. Kapitel

Am nächsten Morgen mußte ich in die Ambulanz. Seit meinem Mißgeschick mit Kathrin war ich nicht mehr dort gewesen. Es gab wichtige Arbeiten zu erledigen.

In meinem Briefkasten lag, außer Werbung und der üblichen beruflichen Korrespondenz, ein Brief von meiner Bank, die mir in wenig freundlichen Worten mitteilte:

Sehr geehrter Herr Göken,
mehrmals haben wir leider vergeblich versucht, Sie telefonisch zu erreichen, um Sie zu bitten, bei uns einen weiteren persönlichen Termin zu vereinbaren.
In der Tat müssen noch einige wichtige Fragen bezüglich der Sicherheiten des Darlehens, das wir Ihnen für Ihre Wohnung gewährt haben, sowie der momentanen Überziehung Ihres Kontos so schnell wie möglich geklärt werden.
Wir möchten Sie daran erinnern, dass diese Sicherheit die Summe von DM 310.865,88 ersetzen muß, um weiterhin Gültigkeit zu behalten. Außerdem beläuft sich das Soll Ihres Kontos derzeit auf DM 12.563,67.
Wir bitten Sie, sich nach Erhalt dieses Briefes unverzüglich mit uns in Verbindung zu setzen.

Offensichtlich war meine Bank nicht zu Zugeständnissen bereit. Sollte man sich tatsächlich nicht mit einer ersten Einzahlung begnügen, so konnte ich mir nicht vorstellen, wie und wo ich das nötige Geld auftreiben sollte. Die Ärzteversicherung hatte auf meinen Antrag auf ein Darlehen immer noch nicht reagiert, und von dem Geld aus dem Verkauf des BMW würde nach Ninas Bezahlung nicht mehr viel übrigbleiben. Wie es momentan aussah, würde ich wirklich meine Wohnung verkaufen müssen.

In der Ambulanz begegnete ich Kathrin.
Sie war so bezaubernd und begehrenswert wie eh und je, und mir wurde klar, wie sehr ich sie vermißt hatte.
Allerdings wirkte sie nicht sonderlich begeistert, mich wiederzusehen. Sie verhielt sich mir gegenüber kühl und distanziert. Sie strengte sich an, mich nicht zu beachten, antwortete kaum, wenn ich sie etwas fragte, und wandte

sich jedes Mal unmißverständlich ab, wenn unsere Blicke sich trafen. Im weiteren Verlauf des Vormittags verschlimmerte sich die Situation sogar noch. Auf unserem Arbeitsprogramm standen Kindergruppen, um die wir uns gemeinsam kümmern sollten. Die Sitzungen verliefen in einer sonderbaren Atmosphäre, zum Schaden der Kinder, die natürlich nicht begriffen, was los war. Überdies gelang es mir nicht, mich auf meine Arbeit zu konzentrieren, was unserer Beziehung auch nicht gerade zuträglich war. Kathrin war die ganze Zeit damit beschäftigt, meine unpassenden Bemerkungen und Fehlinterpretationen zurechtzurücken. Doch trotz ihrer Bemühungen, den Kindern die ihnen zustehende Aufmerksamkeit zuteil werden zu lassen, gelang es ihr nicht, ihren Ärger auf mich zu verbergen.

Gegen Mittag ging unsere Arbeit in einer äußerst angespannten Atmosphäre zu Ende.

Als das letzte Kind gegangen war, ließ Kathrin mich wortlos stehen. Ihr Büro lag gleich neben meinem, und so konnte ich hören, wie sie, bevor sie zu den anderen ins Restaurant gehen wollte, nervös ihre Sachen zusammenpackte. Ich hielt es für unbedingt nötig, miteinander zu sprechen, zumindest über die Art und Weise, wie wir am Vormittag zusammengearbeitet hatten.

Kathrin kam mir zuvor.

"Könnte ich kurz mit dir sprechen", sagte sie, als sie mein Büro betrat.

Ich bot ihr einen Stuhl an, doch sie blieb stehen.

"So kann das nicht weitergehen", begann sie, "Neulich gab es zwischen uns dieses private Mißverständnis, doch es darf nicht sein, dass sich das auf unsere beruflichen Verpflichtungen auswirkt. Entweder erreiche ich es, dass ich in Zukunft mit einem anderen Kollegen zusammenarbeiten kann, oder ich kündige. Ich möchte nicht, dass sich diese Art der Zusammenarbeit noch länger fortsetzt."

"Es gab gar kein privates Mißverständnis", erklärte ich klopfenden Herzens. "In Wahrheit begehre ich dich... so wie ich in meinem Leben bisher nur wenige Frauen begehrt habe."

"Ach ja!" erwiderte sie ironisch. "Ein Glück, dass es scheinbar nur wenige waren...! Und bestimmt haben die es nicht sehr komisch gefunden, wenn du die Flucht ergriffen hast, nachdem sie dir an die Wäsche wollten."

"Mach dich doch bitte nicht lustig über mich. Ich gebe zu, dass ich mich daneben benommen habe und dir zumindest eine Erklärung schuldig bin."

"In der Tat."

Ich deutete auf die in einem der Regale liegenden *Anzeiger für das Harlingerland*.

"Das ist die Zeitung, die auf deinem Schreibtisch lag, als.. ich weg mußte. Erinnerst du dich?"

"Ich glaube schon."

"Lies diesen Artikel", sagte ich und reichte ihr die Zeitung.

Erstaunt sah sie mich an.

"Und warum soll ich das lesen?"

"Lies, dann wirst du es begreifen."

"Na und?" fragte sie, als sie fertig war. "Was gibt es da zu begreifen? War dieser Enno Flörke ein Verwandter von dir?"

"Er war einer meiner Patienten. Am Tag vor seinem Tod war er nicht zu seiner Sitzung gekommen, und ich hatte gute Gründe, mir Sorgen um ihn zu machen."

"Jetzt erinnere ich mich!" sagte sie. "Nadine hat mir erzählt, dass du sie gebeten hattest, einen Philosophielehrer in Oldenburg anzurufen. War er das?"

"Ja, es mag sonderbar klingen, aber ich hatte allen Grund anzunehmen, dass er umgebracht worden war."

Verblüfft sah sie mich an.

"Ermordet?"

"Es würde zu weit führen, dir jetzt alle Einzelheiten zu erklären, aber ich hatte starke Befürchtungen in diese Richtung. Zum Glück lag ich falsch. Der Polizei zufolge handelte es sich um einen Unfall. Laut Zeugenaussagen hatte Enno Flörke sich in der Zugtür geirrt. Doch als ich diesen Artikel in der Zeitung sah, war ich völlig erschüttert."

Kathrin beruhigte sich.

"Warum hast du mir nichts davon gesagt? Anstatt einfach wegzulaufen... Ich glaubte, du wärst verrückt geworden oder würdest dich über mich lustig machen... Ich... ich fühlte mich gedemütigt."

Ich ging zu ihr und streichelte ihr sanft über das Haar. Sie versuchte nicht, sich meiner Berührung zu entziehen, doch für Entspannung war kein Platz.

"Ich versichere dir, dass keine böse Absicht dahintersteckte... Hast du meine Nachricht auf deinem Anrufbeantworter nicht gehört?"

"Doch", murmelte sie leise.

"Hör zu, Kathrin, ich muß unentwegt an dich denken. Glaube mir... ständig denke ich an dich, an deine Hände, an deinen Mund, an deinen Körper... Du kannst dir gar nicht vorstellen, wie sehr ich dich begehre."

Sichtlich verstört wich sie zur Tür zurück.

"Ich bitte dich. Laß mich... Ich muß zu den anderen."

Doch ich folgte ihr in ihr Büro.

"Ich wünschte mir nur, dass du mir glaubst."

"Ich... ich weiß nicht. Laß mir Zeit."

"Versprich mir, dass du es mich wissen läßt, wenn du mir glaubst."

"Ich kann dir nichts versprechen", sagte sie und wich mir aus. "Und jetzt entschuldige mich."

Sie flüchtete geradezu aus ihrem Büro. Die Tür schlug hinter ihr zu, und ich blieb allein in der Ambulanz zurück. Das ganze Team saß bereits im Restaurant. Bald würde sich auch Kathrin zu ihnen setzen. Ich brauchte eine Weile, um zu mir zu kommen. Ich rang nach Luft, war krank vor lauter Begierde. Doch die Zeit blieb nicht stehen, ich mußte an meine Verabredung mit Nina denken.

In der Innentasche meiner Jacke steckten die für sie bestimmten zehntausend Mark. Wenn sie Wort halten würde, wäre ich in weniger als zwei Stunden in der Lage, Uwe Janssen zu überführen oder zumindest eine polizeiliche Untersuchung gegen ihn auf den Weg zu bringen.

Osterstraße 10 hatte Nina gesagt.

Nach kurzer Zeit hatte ich diese Adresse gefunden. Es war eine normale Straße in der Innenstadt, ziemlich angedreckt und ganz in der Nähe des Viertels, in dem sich die Peepshow befand.

Ich weiß nicht, ob es der Zustand der Häuser oder der wenig einladende Anblick dieser Gegend war, der mich vor dem Betreten besagter Straße einen Moment lang zögern ließ. Plötzliche Unruhe ergriff mich, und mit einem Mal ahnte ich, dass in dieser Straße ein großes Unglück auf mich wartete.

Im selben Augenblick sah ich, dass sich auf Höhe der Hausnummer 10 etliche Leute versammelt hatten. Mit pochendem Herzen eilte ich hin. Vor der Eingangstür wurde heftig diskutiert.

"Von da oben ist sie runtergesprungen", sagte ein großer Kerl in blauer Arbeitskleidung und deutete auf eines der Fenster. "Aus dem zweiten von links, im fünften Stock."

Mehrere Köpfe starrten in die angegebene Richtung. Wie eine Gruppe von Touristen, die an einer Stadtführung teilnehmen, standen sie da.

"Ich habe es genau gesehen", fuhr der Mann fort. "Sie kletterte auf den Fenstersims und starrte lange bewegungslos in die Tiefe."

"Ein Jammer", bemerkte einer der Schaulustigen, "so ein hübsches Mädchen..."

"Schade", meinte ein anderer, "sie hatte doch bestimmt Besseres mit ihrem Leben anfangen können, als in die Tiefe zu springen."

"Das geschieht ihr recht, dieser Nutte", erwiderte eine kleine, schwarzgekleidete Alte schroff. "Sie kam zu den unmöglichsten Zeiten nach Hause. Alle Nutten enden auf diese Weise. Kein Wunder, bei dem Leben, das sie führen... Eines schönen Tages... hopp... der große Sprung! Man kann sagen, was man will, aber es gibt doch noch eine Gerechtigkeit auf dieser Welt."

"Trotzdem komisch", sagte erneut der junge Mann, der alles gesehen hatte. "Ich hatte das Gefühl, dass sie gegen ihren Willen runtersprang, dass sie eher herunterstürzte, als sie sich am Fenstersims festhalten wollte..."

"Und wenn sie jemand gestoßen hat?" fragte ein anderer.

"Unmöglich. Es ist sofort jemand nach oben gerannt, doch es war niemand in ihrer Wohnung, und auch niemand im Treppenhaus. Sie ist ganz von alleine gesprungen, so eine seltsame Art von Gleitflug. Und dort ist sie gelandet."

Ich folgte ihm mit meinem Blick zur angegebenen Stelle.

Kein Zweifel: dieser völlig nackte, verrenkte und in einer grotesken Stellung auf dem Pflaster erstarrte Körper war der von Nina. Mit weit gespreizten Armen und Beinen lag sie da, wie bei einer letzten Peepshow-Vorführung, und das Blut, das sich um sie herum ausgebreitet hatte, bildete einen dunklen Fleck und sah aus wie Wimperntusche, die sich von ihrem Gesicht gelöst hatte.

"Nichts anfassen", sagte jemand, der hier das Kommando übernommen zu haben schien. "Man hat die Polizei benachrichtigt. Sie wird gleich hier sein."

In der Tat waren bereits die ersten Sirenen zu hören.

In diesem Augenblick hob ich den Kopf und stand dem fetten Mann aus der Peepshow gegenüber.

Er erkannte mich sofort wieder.

"Sie!" schrie er und zeigte mit ungläubiger Geste auf mich.

Ich trat einige Schritte zurück, doch er folgte mir. Offenbar kam ihm meine Anwesenheit an diesem Ort verdächtig vor, mit anklagendem Blick starrte er mich an.

"Sie da!" wiederholte er, ganz so, als sei ich Ninas Mörder.

Und bevor ich reagieren konnte, packte er mich am Jackenkragen. Jetzt mußte es schnell gehen, denn jeden Moment konnte die Polizei eintreffen. Niemand achtete auf uns, und davon mußte ich profitieren.

Trotz seiner Stärke war er mir nicht gewachsen. Mit einer heftigen Bewegung stieß ich ihn von mir. Er verlor das Gleichgewicht, klammerte sich an einen der Schaulustigen, und riß ihn mit sich zu Boden.

Ich hingegen machte mich schleunigst aus dem Staub und rannte so schnell wie möglich Richtung Bahnhof.

"He, Sie!" schrie er mir hinterher.

Doch ich drehte mich nicht mehr um und ließ das Appartementhaus sowie den vernichtenden Blick des Kassierers hinter mir.

"Ich verstehe nicht, wieso Sie gerade zu mir gekommen sind, Henning. An die Polizei hätten Sie sich wenden müssen."

Peer Lübben, mein Kontroll-Analytiker, war nicht sonderlich erfreut über meinen Besuch.

Nachdem ich die Osterstraße und das Appartementhaus hinter mir gelassen und den Bahnhof erreicht hatte, hatte ich mir ein Taxi geschnappt und mich quer durch Ostfriesland zu dem alten Analytiker fahren lassen. Merkwürdig, dass ich Lübben und nicht sofort die Polizei aufgesucht hatte.

"Sie haben recht", erwiderte ich. "Doch als ich Ninas Leiche sah und dieser Kerl mich dann auch noch beschuldigte, ihr Mörder zu sein, geriet ich in Panik und verspürte das Bedürfnis, mich bei jemandem... das heißt, mich bei Ihnen auszusprechen."

"Ich verstehe", antwortete er mißmutig. "Aber sind Sie sicher, dass Sie sich nicht die falsche Person ausgesucht haben? Was erwarten Sie eigentlich von mir?"

Eindeutiger konnte seine Frage nicht sein. Wenn ich tatsächlich einen Analytiker brauchte, so war nicht er derjenige, an den ich mich wenden mußte.

Da er keine Antwort von mir erhielt, fuhr er fort: "Sie sind völlig verwirrt, Henning. Gut, Sie haben Ihren Patienten abgewiesen, doch das hat nichts mit einer therapeutischen Haltung zu tun. Sie haben sich ihn ganz einfach vom Hals geschafft, weil er Ihnen lästig war. Und das ist, wie Sie selbst eingestehen, alles andere als ein Erfolg."

Erneutes Schweigen, ehe er fortfuhr: "Zudem haben Sie Ihre Kontrollsitzungen vergessen, und nun plötzlich tauchen Sie wieder auf - um mir was zu erzählen? Dass Sie dieser Patient an der Nase herumgeführt hat, dass es ihm gelungen ist, Sie zuerst nach Langeoog und dann in eine Peepshow nach Oldenburg zu locken! Ich hatte Ihnen vorausgesagt, dass er Sie eines Tages bis nach Riad schicken wird, um dort seine Ölquellen zu zählen, aber das war weit gefehlt... Statt dessen sind Sie jetzt mehr oder weniger in einen Mordfall verwickelt!"

"Sie glauben, ich mache mich lächerlich, nicht wahr?"

Er zuckte mit den Schultern.

"Es geht hier nicht um Ihren Narzißmus. Wenn Sie sich so verhalten, sind Sie kein Analytiker mehr. Worum geht es Ihrer Meinung nach in unserem Beruf?

Es handelt sich nicht nur um diese Geschichte, Ihre Tätigkeit beschränkt sich nicht bloß auf diesen einen Patienten... Doch über alles andere schweigen Sie. Kein Wort über Ihre Arbeit in der Ambulanz, über die hysterische junge Frau, die einen Fundamentalisten geheiratet hat, oder über den Mann, der sich nicht zu seiner Homosexualität bekennt. Das reinste Debakel. Sie sind unfähig, über sich selbst zu reden, über Ihre Praxis, über die anderen. Erinnern Sie sich noch an das, was ich Ihnen einmal gesagt habe? Nichts ist auf ewig endgültig, jederzeit kann man sich als das Gegenteil dessen entpuppen, was man zu sein glaubt. Ist es nicht genau das, was zur Zeit mit Ihnen geschieht?"

Diese Frage verwirrte mich.

"Ich weiß überhaupt nicht mehr, was mit mir los ist", sagte ich schließlich. "Aber Sie haben recht, nichts geht mehr. Vielleicht hat die Begegnung mit diesem Patienten etwas zum Vorschein gebracht, von dem ich überhaupt keine Ahnung hatte. Allerdings stimmt es, dass die Dinge eine Wendung genommen haben, die mir nicht nur in beruflicher Hinsicht mißfällt. Mein Leben ist dabei, komplett aus den Fugen zu geraten. Ich habe ernsthafte finanzielle Probleme, Anne ist mit Jonas weggefahren, ich liebe eine Frau, bei der ich mich unglaublich blöd anstelle, während ich für meine Patienten nicht die geringste Hilfe darstelle. Ich bin bloß ein passiver Zeuge, oder besser gesagt: der nachsichtige Zuhörer ihrer Mißgeschicke, der dem, was sie erzählen, völlig machtlos gegenübersteht..."

"Eine peinliche Situation."

"In der Tat."

Erneutes, mir endlos erscheinendes Schweigen. Lübben saß hinter seinem Schreibtisch, hatte das Kinn auf seine Fäuste gestützt und schaute gedankenverloren zum Fenster hinaus.

"Fest steht, dass Sie, Henning, nicht mehr so recht wissen, weshalb Sie eigentlich in Ihrem Sessel sitzen. Es genügt nicht, darin Platz zu nehmen und dem Patienten zuzuhören, um anschließend zu glauben, was passiert ist. Aber das brauche ich Ihnen wohl nicht erklären. Es gibt so viele Analytiker, die sich in sich selbst und in der Psychoanalyse täuschen. Sie halten sich für große Gelehrte, wenn sie von Inzestwunsch oder Kastrationsangst sprechen, dann glauben sie, damit alles gesagt zu haben. Um noch einmal auf unseren Fall zurückzukommen: seit dieser Patient bei Ihnen in Behandlung ist, sind Sie nicht mehr derselbe. Diese Geschichte hat Sie offensichtlich sehr verstört. Sie hat, wie Sie selbst sagen, etwas zum Vorschein gebracht, von dem Sie nicht die geringste Ahnung hatten. Eine Analyse würde Ihnen helfen, diesen Nebel zu lüften."

"Glauben Sie nicht, dass nun alles in Ordnung kommen wird? Gewiß, Ninas Tod bringt mich um die Beweise, die zu einer Untersuchung führen könnten, doch zumindest habe ich mich von diesem lästigen Patienten befreit, auch wenn es sich dabei nicht um eine therapeutische Vorgehensweise handelt. Wir haben uns nichts mehr zu sagen und nichts mehr miteinander zu tun."

Mein Einwand ärgerte ihn erheblich.

"In Ordnung kommen? Das kann doch wohl nicht Ihr Ernst sein, Henning! Sie wollen sich doch nur selbst etwas vormachen! Und außerdem wissen Sie ganz genau, dass Sie sich keineswegs von dieser Person befreit haben."

Angesichts meiner besorgten Miene wurde er noch deutlicher: "Er hat Sie mit einer sehr deutlichen Drohung verlassen. Das haben Sie mir doch selbst gesagt, oder? Er hat Ihnen versprochen, dass Sie schon bald wieder von ihm hören werden. Und er scheint Wort zu halten. Ich an Ihrer Stelle würde diese Drohungen nicht auf die leichte Schulter nehmen. Solche Menschen handeln nur selten aus einem plötzlichen Impuls heraus, dafür haben sie ihre Gefühle zu gut unter Kontrolle. Wenn er Ihnen zu verstehen gab, dass er sich bald wieder bei Ihnen melden wird, dann glauben Sie ihm. Bestimmt verfolgt er damit eindeutige Absichten. Mich würde es jedenfalls nicht wundern, wenn Sie demnächst, so oder so, erneut von ihm hören würden."

"Wenn ich Sie richtig verstehe, raten Sie mir, zur Polizei zu gehen."

Peer Lübben sah mich eindringlich an.

"Es ist besser, ich sage Ihnen die Wahrheit, Henning... Ich habe nämlich Anne gesprochen, bevor sie wegfuhr."

Erstaunt sah ich ihn an.

"Sie haben mit Anne gesprochen?"

"Ja, Sie sollen ruhig wissen, dass wir vorgestern zusammen zu Abend gegessen haben."

"Hat sie Sie über die Gründe ihrer Abreise ins Bild gesetzt?"

"Ja, und ich kann sie sehr gut verstehen... Hören Sie, Henning, ich spreche jetzt nicht mehr als Analytiker zu Ihnen, sondern als Freund. Dieser Mann ist gefährlich, das steht eindeutig fest. Dass er Ihre Exfrau aufgesucht hat, war kein Zufall, und noch weniger, dass er anschließend vor der Schule auf Ihren Sohn gewartet hat. Sie selbst waren davon überzeugt, dass er Ihnen ins Dörpmuseum gefolgt war. Dieser Mann hat Sie in seiner Gewalt. Verständigen Sie die Polizei, und seien Sie unbesorgt, diese Vorsichtsmaßnahme hat nichts mit Psychoanalyse oder ärztlicher Schweigepflicht zu tun."

"Die Polizei verständigen - aber mit welchen Beweisen? Ich glaubte, er hätte Enno Flörke getötet, doch es handelte sich um einen Unfall. Dann glaubte ich, er hätte an Büntings Wagen herummanipuliert, doch er war nie bei Paul in Behandlung. Anne hat es mir bestätigt. Die mit Öl befleckten Kleidung, die ich am Ostende auf Langeoog gefunden habe, beweist gar nichts, denn es kann ganz einfach ein Trick gewesen sein, um seine Mordgeschichte zu bekräftigen. Was Nina angeht, so gibt es keinerlei Beweise dafür, dass sie aus dem Fenster gestoßen wurde, auch wenn vieles auf einen Mord hindeutet. Laut Zeugenaussagen handelte es sich eher um Selbstmord. Man sagt, sie sei von ganz alleine gesprungen. Ich bin mir bewußt, dass eine Kette unerklärlicher Zufälle vorliegt, doch sie reichen nicht aus für einen stichhaltigen Beweis."

"Und was haben Sie damit zu tun? Ist es an Ihnen zu entscheiden, was ein Beweis ist und was nicht? Sie sind in eine üble Geschichte hineingeschlittert, Henning, aber Ihre einzige Pflicht ist es, die Polizei zu benachrichtigen. Sie müssen darüber entscheiden, wie es weitergehen soll. Warum beschränken Sie sich nicht auf die Rolle, die Sie zu spielen haben? Oder wollen Sie diesen Kerl etwa in Schutz nehmen?"

Ohne mir die Gelegenheit zu einer Antwort zu geben, erhob er sich und gab mir damit zu verstehen, dass unser Gespräch beendet war. Ich erhob mich ebenfalls.

"Wenn ich mich recht erinnere", sagte er, als er mich zur Tür begleitete, "haben Sie einen Freund bei der Polizei. Sie sollten mit ihm reden. Erzählen Sie ihm alles, was Sie über diesen Mann und diese Tänzerin aus der Peepshow wissen. Für den Rest sind Sie nicht mehr zuständig."

Er gab mir die Hand und zögerte kurz, ehe er hinzufügte: "Ich glaube, wir sollten es dabei belassen, Henning... Ich kann Ihnen nicht mehr weiterhelfen."

Verdutzt sah ich ihn an.

"Was wollen Sie damit sagen?"

"Dass Sie nicht mehr auf mich zählen dürfen. Meine Rolle beschränkt sich darauf, die Analysen meiner Kollegen zu überwachen. Das hier geht weit über diese Kontrollen hinaus. Wir kennen uns zu gut, ich kann Sie nicht behandeln. Ich würde mir ziemlich lächerlich vorkommen, wenn ich mir Ihre Obsessionen anhören müßte. Außerdem wissen Sie, dass ich demnächst in Pension gehe und nicht die Absicht habe, neue Patienten aufzunehmen."

Ich wollte protestieren, doch mir fielen keine Argumente ein.

"Lassen wir es dabei bewenden, Henning", wiederholte er und drückte mir die Hand. "Mir bleibt nur noch, Ihnen viel Glück zu wünschen... In der Situation, in der Sie momentan stecken, haben Sie das zweifellos bitter nötig."

Sanft öffnete er die Tür, und im nächsten Moment stand ich beinahe wie gelähmt auf der Straße. Die Tür, die sich nun hinter mir geschlossen hatte, trennte mich definitiv von einem bedeutenden Teil meines bisherigen Lebens. Noch lange blieb ich auf der obersten Stufe des Treppenaufgangs sitzen und war unfähig, eine Entscheidung zu treffen und mich aus dem Halbdunkel dieses Ortes zu lösen. In meinem Kopf machten sich heftige Schmerzen bemerkbar. Erst als ich hörte, dass sich Schritte näherten, beschloß ich, Peer Lübbens Straße zu verlassen, auf Zehenspitzen wie ein Dieb.

Allein auf der Straße bekam ich plötzlich große Angst.

Das grelle Licht und die bleierne, erdrückende, für Ostfriesland durchaus untypische Hitze kamen mir sofort feindselig vor. Im sonnenüberfluteten Ortskern war weit und breit kaum etwas von den Menschenmassen zu sehen, die sich hier gewöhnlich aufhielten, nur ein paar Touristen, die seltsam unentschlossen wirkten, irrten ziellos umher. In einiger Entfernung hockten einige zerlumpte Kreaturen im Schatten und schienen auf Temperaturen zu warten, die besser zum Betteln geeignet waren.

Vorsichtig, so als würde ich eine ferne, mir unbekannte Welt entdecken, machte ich einige Schritte durch dieses Licht. Trotz der Hitze war mir kalt wie im Winter. Ich kam von einem anderen Planeten. Vom Planeten der Psychoanalyse, von dem man mich eben verbannt hatte.

Natürlich hätte ich Vernunft annehmen müssen. Denn im Grunde genommen war es übertrieben, von einer Verbannung zu sprechen. Peer Lübben hatte keineswegs Berufsverbot über mich verhängt, und nichts hinderte mich daran, zu einem anderen Kontrollanalytiker zu gehen... oder zu gar keinem. Schließlich war ich Psychiater mit Universitätsdiplom und hatte somit das Recht, die Patienten zu behandeln, die ich behandeln wollte. Aber - und darin stimmte ich mit Lübben überein - darum geht es bei der Psychoanalyse nicht. Für mich bedeutete die Tatsache, Analytiker zu sein, zunächst einmal, mich auf eine bestimmte Art und Weise zu verhalten, nachzudenken und, mehr noch, eine bestimmte Auffassung von der Welt und vom Leben zu haben. Also eine Art Weisheit zu besitzen, die man weder an der Universität noch aus Büchern lernt. Dafür gab es kein Diplom. Lübben hatte recht: Man heilt mit dem, was man ist, und nicht mit dem, was man weiß. In dieser Hinsicht kann man durchaus von einer Erleuchtung sprechen, die sich manchmal während einer persönlichen Analyse offenbart, aber die nie erlernt werden kann. Diese These hatte ich in mehreren Artikeln und Vorträgen vertreten, doch derzeit hatte das alles keine Bedeutung mehr. Indem Lübben mir seine Kontrolle verweigerte, schloß er mich aus dem Freudschen Kreis aus. Gewiß, kein Mensch ist unfehlbar, auch kein Psychoanalytiker. Aber um diesen Beruf auszuüben, muß man seine Grenzen kennen. Anne hatte Uwe Janssen gegenüber viel klüger gehandelt als ich. Ich hätte mich wie sie verhalten müssen, doch ich hatte es nicht getan. Und aus diesem Grund fühlte ich mich nun alleingelassen, weit entfernt von der Couch.

Meine Begegnung mit Lübben hatte mich buchstäblich gelähmt, und die Kopfschmerzen, die immer stärker wurden, steigerten zusätzlich meine Verwirrung. Ich weiß nicht, wie lange ich auf diese Weise umherirrte. Als ich mir meiner wieder bewußt wurde, machte ich mich schleunigst auf und davon. Ich wollte nur noch nach Hause.

Zurück in Wittmund sprach mich ein Mann an. Zunächst dachte ich, er suche Streit, doch er wollte lediglich wissen, wie spät es war. Es war kurz nach sechs, und in diesem Augenblick erinnerte ich mich, dass meine Patienten, allen voran Monika Bojen, bald eintreffen würden.

Ich hatte nicht die geringste Lust, mir ihre Geschichten anzuhören, vor allem nicht die von Monika und ihrem Mann. Aber so sehr ich mich auch dagegen sträubte, ich war ihnen zumindest meine Anwesenheit schuldig. Vielleicht würde Monika Bojen noch nicht einmal kommen. Allerdings war nicht sicher, ob ihr Fernbleiben von neulich sich diesmal wiederholen würde. Wie auch immer, ich durfte sie nicht einfach vor der Tür stehen lassen.

Kaum war ich angekommen, klingelte es.

Es war tatsächlich Monika Bojen.

Als ich sie sah, bekam ich erneut einen Schock. Sie war genauso streng gekleidet wie beim letzten Mal, doch sie schien erneut um mehrere Jahre gealtert und völlig in sich zusammengesunken, ja, zusammengeschrumpft zu sein. Ihre Augen waren vom Weinen ganz gerötet und auf Ihrem Gesicht lag ein Ausdruck unkontrollierbarer Panik.

Sie legte sich auf die Couch und ließ mehrere Minuten verstreichen, ehe sie zu sprechen begann.

"Sicherlich wundern Sie sich über mein Aussehen", sagte sie schluchzend.

Dann schwieg sie, so als fiele es ihr schwer, weiterzuerzählen, als wartete sie darauf, zum Weitersprechen ermutigt zu werden.

"Fahren Sie fort."

"Wenn ich nicht zur letzten Sitzung gekommen bin, so nur... so nur wegen..." Erneutes Innehalten.

"Weswegen?"

"Wegen meines... wegen meines Mannes."

"Ich dachte, er würde Sie darin bestärken, zu mir zu kommen?"

Bei jeder Antwort zog sie ein Taschentuch hervor und begann, leise vor sich hin zu schluchzen.

"Ihre Ehe scheint Sie nicht besonders glücklich zu machen", sagte ich.

"Nein, sie macht mich überhaupt nicht glücklich."

Sie wartete eine Weile, bevor sie fortfuhr.

"Gestern abend bin ich zu Klaus gegangen, und... und es war schrecklich. Ich weiß sehr wohl, dass dieser Mann nach Kasteiung strebt, doch ich hätte nie gedacht, dass er mit seinem Wunsch nach Demut so weit gehen würde. Es stimmt, dass man zunächst um sein Seelenheil bemüht sein muss und die materiellen Dinge ihre Bedeutung verlieren müssen... Klaus zuliebe habe ich auf alles verzichtet, auf Bequemlichkeit, auf die Frivolität, auf meine Karriere... Ich habe gekündigt, ich habe meine Wohnung aufgegeben, wollte zu ihm in sein Haus am Melkerpad ziehen, doch was er diesmal von mir verlangt, ist unmöglich..."

"Was will er?"

"Sie werden es nicht glauben. Er hat mich nicht in sein Haus gelassen. Er... er möchte, dass ich in... in einem Stall lebe."

"In einem Stall?"

Fast hätte ich laut losgelacht.

Abrupt richtete sich Monika Bojen auf und schaute mich an. Von ihrem Gesicht war eine derart panische Angst abzulesen, dass ich sofort wieder ernst wurde.

"Doktor!" sagte sie aufgeregt. "Ich mache keine Witze. Der Mann, den ich geheiratet habe, ist verrückt! Er hat sich in eine völlig verfallene feuchte Holzhütte auf Langeoog zurückgezogen. Sie liegt am von Gott verlassenen Teil der Insel. Von Wegen *Langeoog - Die Insel fürs Leben*, wie man es auf dem schönen Logo immer lesen kann. Die einzigen Möbelstücke sind ein Holztisch und ein Stuhl. Er will, dass ich dort mit ihm zusammenlebe und in einem Schlafsack auf dem Boden schlafe, inmitten des Abfalls. Dabei hatte er mir doch immer von seinem schönen Haus am Melkerpad vorgeschwärmt."

Bei diesen Worten spürte ich, wie das Blut mir in den Adern gefror.

"Wo... wo liegt diese Hütte?" fragte ich mit belegter Stimme, obwohl ich die Antwort bereits wußte.

"Am Ostende, direkt am Strand", antwortete sie, durch meine Frage leicht verunsichert. "Was für eine Rolle spielt das, wo er haust? Es ist schrecklich, ich werde nie an einem solchen Ort leben können. Aber das ist noch nicht das schlimmste..."

"Was dann?"

"Sie werden mich für verrückt halten, aber ich bin davon überzeugt, dass ich in großer Gefahr bin. Dieser Mann... mein Mann, ich glaube, er..."

Ein weiteres Mal hielt sie inne, um ihrem Schmerz freien Lauf zu lassen.

"Was glauben Sie?"

"Gestern abend hatte ich große Angst. Als ich sah, wohin er mich brachte, wollte ich davonlaufen, doch er zwang mich dazubleiben. Und wo hätte ich mich auf Langeoog auch vor ihm verstecken sollen? Er war keineswegs gewalttätig, doch seine Reaktion kam mir so heftig vor, dass ich ihm nicht zu widersprechen wagte. Er hält mich regelrecht gefangen."

"Aber Sie sind doch jetzt zu mir gekommen?"

"Ja, ich verstehe auch nicht, was plötzlich mit ihm los war. Vor etwas mehr als drei Stunden erinnerte er mich daran, dass ich zu meiner Sitzung aufbrechen müsse, gab mir Geld für eine Fahrkarte, dann meinen Fahrradschlüssel und meine Wagenschlüssel zurück und riet mir, mich wegen der möglichen Touristenströme zu beeilen. Bettenwechsel auf Langeoog nannte er es."

Ich traute meinen Ohren nicht.

"Er forderte Sie auf, zu Ihrer Sitzung zu fahren?"

"Es klingt unbegreiflich, aber es ist die Wahrheit. Er erwartet, dass ich mit der letzten Fähre zurück komme. Dieser Mann ist unheimlich, ich habe das Gefühl, dass er imstande ist, mich umzubringen, wenn ich ihm nicht gehorche."

"Was bringt Sie auf diesen Gedanken?"

"Ich weiß nicht... Ich habe es in seinem Blick gesehen. Dieser Mann ist gefährlich, dessen bin ich sicher. Es kann sogar sein, dass er unten irgendwo auf mich wartet und mir gefolgt ist... Ach, wenn Sie nur wüßten, wie sehr ich ihn hasse!"

"Aber warum haben Sie ihn denn geheiratet?"

Ich hatte diese Frage beinahe hinausgebrüllt.

"Warum? Ihretwegen!"

"Meinetwegen?"

"Ja, Sie verhielten sich mir gegenüber derart reserviert, dass ich versuchte, Sie zu einer Reaktion zu zwingen. Ich dachte, Sie würden mir davon abraten, diesen Mann zu heiraten. Das hätte mir das Gefühl gegeben, dass Sie sich für mich interessieren. Doch Sie haben geschwiegen. Ich hätte ins Wasser springen können, Sie hätten nicht reagiert. Für Sie zählte nur Ihre Aufmerksamkeit, Ihre gottverdammte gleichschwebende Aufmerksamkeit."

Ich war wie am Boden zerstört und bedauerte einmal mehr, dass ich mich damals nicht zu ihr auf die Couch gelegt hatte. Das hätte sie zwar nicht von ihrem Wahnsinn geheilt, doch es hätte ihr womöglich nicht wenige Enttäuschungen erspart.

Sie schien meine Gedanken erraten zu haben, denn nun fügte sie hinzu: "Ihre Reue kommt zu spät. Das Unglück ist längst geschehen... oder besser gesagt: noch ist es nicht geschehen. Wichtig ist nur, dass ich mit dieser Situation fertig werde."

"Was wollen Sie tun?"

"Ich weiß nicht..., wohin ich auch fliehe, er wird mich finden, und vor dem, was dann passieren wird, habe ich schreckliche Angst. Es ist wohl besser, ich gehe zu ihm zurück und erkläre ihm, dass ich unmöglich mit ihm zusammenleben kann. Wenn er das nicht begreifen will, wende ich mich an die Polizei."

Ich bezweifelte sehr, dass Uwe Janssen sie so einfach gehen lassen würde.

"Warum wenden Sie sich nicht sofort an die Polizei? Die Wittmunder Beamten sind sicher etwas welterfahrener als ihre Kollegen auf Langeoog."

"Wozu? Er hat mich nicht bedroht, mich nicht geschlagen, und wir sind verheiratet. Was soll ich der Polizei erzählen?"

Ich machte einen letzten Versuch.

"Vielleicht wäre es besser, gar nicht nach Hause zurückzugehen."

"Nein, Doktor, es ist mir lieber, so zu handeln, wie ich es für richtig halte. Es muß eine Aussprache zwischen meinem Mann und mir geben. Danach sehen wir weiter."

Es hatte keinen Sinn, Monika Bojen zu etwas zwingen zu wollen.

"Gut, Frau Bojen", sagte ich und erhob mich.

Wortlos verließ sie meine Praxis.

Sowie ich alleine war, schloß ich die Praxis und ging in meine Wohnung. Die übrigen Patienten waren nicht so wichtig, es gab Dringenderes zu tun.

Uwe Janssen und Klaus Meyer waren also ein und dieselbe Person. Er hatte Monika Bojen unter falschem Namen geheiratet, und es stand außer Frage, dass die Unglückliche das gleiche Schicksal ereilen würde wie Emma Janssen, wenn nicht bald etwas passierte. Was hier geschah, war in gewissem Sinne mein Fehler. Zwangsläufig fühlte ich mich Monika Bojen gegenüber schuldig. Lübben hatte recht. Janssen hatte Wort gehalten und umgehend von sich hören lassen. Doch mit dem, was Monika Bojen mir gerade erzählt hatte, hatte ich im Leben nicht gerechnet.

In einem Punkt allerdings war ich ratlos. Warum hatte er Monika Bojen geschickt, um mir diese Geschichte zur erzählen? In welche Falle wollte er mich locken?

Ich griff nach dem Telefon und rief Peter an. Natürlich antwortete einer seiner Mitarbeiter.

"Kommissar Brodersen ist nicht da, möchten Sie eine Nachricht für ihn hinterlassen? Er wird morgen früh wieder zu erreichen sein."

"Nein", sagte ich und legte auf.

Ich schenkte mir einen Kaffee ein und überlegte lange. Auf der Treppe glaubte ich plötzlich Schritte zu hören. Bestimmt einer meiner Patienten, der vor der verschlossenen Tür meiner Praxis gestanden hatte und nun wieder nach Hause ging.

Schließlich faßte ich einen Entschluß.

Ich öffnete den Safe, in dem das restliche Geld aus dem Verkauf des BMW lag, und fand, was ich suchte: eine sechsschüssige Webley Automatik, Kaliber 6,35. Diese Waffe hatte mir häufig sarkastische Bemerkungen von Anne eingebracht, die mich überreden wollte, mich davon zu trennen. Doch die Pistole hatte schon meinem Vater gehört, und ich konnte mich nie überwinden, sie wegzugeben. Woher er sie hatte, konnte ich nie in Erfahrung bringen. Auf dem Hof zielte er damit auf Ratten, die sich regelmäßig und besonders gerne in schlechten Erntejahren blicken ließen. Sie war in sehr gutem Zustand, und es kam sogar vor, dass ich mit ihr übte. Eine der wenigen Sportarten, denen ich noch nachging. Ich zog meine Lederjacke an, prüfte, ob die Waffe geladen war, und steckte sie in die Außentasche.

Draußen wurde es allmählich dunkel.

10. Kapitel

Zwei Stunden später stand ich nur wenige Meter von Janssens Hütte entfernt. Von Monika Bojen hatte ich auf der Fähre, am Hafen und auf dem langen Weg bis ans Ostende nichts gesehen.

Ich warf das erneut gemietete Fahrrad ins Gras und näherte mich langsam und mit pochendem Herzen der Baracke. Die Waffe hielt ich in meiner Jackentasche fest umklammert.

Die Haustür war nur angelehnt. Im Inneren war es vollkommen dunkel. Vermutlich war niemand anwesend. Ich ging davon aus, dass Janssen auf dem

Festland war und seine Frau überwachte, wo immer sie sich aufhielt. Trotzdem stieß ich die Tür behutsam auf und schlich äußerst vorsichtig ins Haus. Plötzlich wurde es hell im Raum, und ohne reagieren zu können, stand ich einem auf mich gerichteten Revolver gegenüber.

Der Mann, der die Waffe in der Hand hielt, war Uwe Janssen. Er saß hinter dem Tisch und sah mich lächelnd an.

Offensichtlich hatte er mich erwartet.

"Guten Tag, Herr Psychiater", sagte er freundlich. "Gratuliere, Sie sind noch schneller, als ich dachte. Monika hat Ihnen die Nachricht also überbracht."

Als ich näher an ihn herantrat, richtete er die Waffe auf mein Gesicht. Ich hatte das Gefühl, er würde genau zwischen meine Augen zielen.

"Keine Bewegung!" befahl er mit drohender Stimme. "So ein Schuß kann sehr schnell losgehen, so schnell, dass Sie es gar nicht merken, und Ihnen keine Zeit mehr bleibt, Ihre ungewollte Bewegung zu bereuen. Das wäre doch schade, denn wir haben uns noch eine Menge zu erzählen, nicht wahr, Doktor Göken?"

Im ersten Moment kam mir die Situation völlig unrealistisch vor. Ich hatte das Gefühl, mir einen Film anzuschauen, in dem ich einer der Hauptdarsteller war. Dennoch zog ich es vor, Janssens Befehl zu gehorchen, und blieb in der Mitte des Zimmers stehen. Ich erwartete als nächstes die Aufforderung, die Hände zu heben. Da diese Aufforderung nicht kam, ließ ich meine Hände in den Taschen meiner Jacke. Eine ganze Weile starrten wir einander schweigend an. Janssen gab sich weiterhin zuvorkommend, doch ich wußte ganz genau, dass er nur auf eine falsche Bewegung von mir lauerte.

"Würden Sie mir bitte erklären, was das hier zu bedeuten hat?"

Er täuschte Erstaunen vor.

"Was soll ich Ihnen erklären? Ich habe Monika geheiratet und ihr vorgeschlagen, hier zu leben. Es ist doch nur normal, dass eine Frau mit ihrem Mann zusammenlebt, oder? Leider scheint meine Wohnung ihr nicht zu gefallen. Wahrscheinlich ist sie zu sehr an Luxus gewöhnt. Ich konnte mir denken, dass sie sich auf Ihrer Couch ausweinen und Sie ihr umgehend zu Hilfe eilen würden, da Sie sich bekanntlich nur von Ihrem großmütigen Herzen und von der Begierde leiten lassen, die Monika in Ihnen wachgerufen hat. Wie es scheint, habe ich mich nicht geirrt."

"Warum haben Sie Monika geheiratet?"

"Jeder Mann würde sich geschmeichelt fühlen, eine derart bezaubernde Frau zu haben."

"Erzählen Sie mir doch keine Märchen", sagte ich und ging einen weiteren Schritt auf ihn zu. "Sie haben sie doch mit ganz klaren Absichten geheiratet. Aus diesem Grund haben Sie sich sogar einen falschen Namen zugelegt."

Ich bekam keine Antwort und die Waffe in seiner Hand kam mir immer bedrohlicher vor. Janssens Finger begannen sich am Abzug zu bewegen.

"Ich habe Ihnen geraten, sich nicht von der Stelle zu rühren. Glauben Sie mir, ich werde nicht zögern abzudrücken."

"Gut, ich bewege mich nicht. Doch Sie müssen meine Frage beantworten."

"Sie haben recht, Monika glaubt, ich würde Klaus Meyer heißen. Ich hatte keine andere Wahl. Offiziell bin ich nach wie vor verheiratet... auch wenn meine Frau angeblich in Rio lebt. Außerdem wäre mein Plan sofort gescheitert, wenn Monika Ihnen erzählt hätte, Sie würde einen gewissen Uwe Janssen heiraten. Also habe ich mir einen neuen Namen zugelegt. Wenn man Geld hat, ist das überhaupt kein Problem: man bekommt alle erforderlichen Papiere, die zwar falsch, aber gleichzeitig echter als echte Papiere sind. Man braucht nur den geforderten Preis zu zahlen. Alles andere ist eine lange Geschichte", sagte er und schaute auf seine Uhr. "Ich hoffe, mir bleibt genug Zeit, um sie Ihnen zu erzählen, bevor Monika zurückkehrt. Normalerweise dürfte sie nicht sofort nach Hause kommen, aber man weiß ja nie."

Ein kurzes Zögern, dann legte er los.

"Es begann zu jener Zeit, als ich Paul Bünting kennenlernte. Zugegeben, er war ein großartiger Psychoanalytiker und..."

"Paul Bünting!" unterbrach ich ihn. "Sie waren nie sein Patient. Sie haben mir das nur vorgegaukelt, damit ich Sie zur Behandlung akzeptiere."

Die Überraschung auf seinem Gesicht schien nicht gespielt zu sein.

"Was gibt Ihnen das Recht, das zu behaupten?"

"Die Tatsache, dass Sie nicht auf der Liste von Paul Büntings Patienten stehen."

Die Antwort entlockte ihm ein Lächeln.

"Sie haben also Nachforschungen über mich angestellt? Aber Sie konnten mich gar nicht auf dieser Liste finden, weil ich dort nämlich unter dem Namen Dieter Trost aufgeführt bin. Ich sagte Ihnen bereits, dass ich meine Identität zu wechseln pflegte, wenn es nötig wurde."

Ich erinnerte mich tatsächlich daran, dass ich diesen Namen auf Peters Liste gelesen hatte.

"Sie haben sich unter falschem Namen von Bünting behandeln lassen?"

Sein Lächeln wurde noch ausgeprägter. Er schien sich bestens zu amüsieren.

"Keineswegs. Dieter Trost ist nämlich mein richtiger Name. Nur bei Ihnen habe ich mich Uwe Janssen genannt. Bei Bünting wäre es mir unmöglich gewesen, meinen Namen zu ändern."

"Wieso?"

"Weil er... weil er mich von früher kannte."

"Er kannte Sie?"

"Ja, aus der Nervenklinik in Hannover. Er war Chefarzt auf der Station, auf die man mich eingewiesen hatte."

Er ließ einige Momente verstreichen, ehe er hinzufügte: "Bestimmt fragen Sie sich, was ich in Hannover verloren hatte! Damit Sie das begreifen, muß ich noch weiter ausholen. Emma war nicht meine erste Frau, denn ich war bereits verheiratet gewesen, lange bevor ich Monika kennenlernte. Allerdings handelte es sich um eine sehr kurze Ehe. Es dauerte nicht lange, bis ich meine erste Gattin tötete, sowie ich anschließend auch Emma tötete und mich jetzt darauf vorbereite, Monika umzubringen. Wie Sie sehen, habe ich ein gewisses Talent zum Witwer."

Mein entsetzter Blick ließ ihn völlig gleichgültig.

"Seien Sie unbesorgt, ich bin kein Blaubart. Ich töte meine Frauen nicht, oder sagen wir, nicht zum Vergnügen..."

"Warum dann?"

"Warum? Natürlich wegen des Geldes, mein Lieber! Ganz einfach nur wegen des Geldes. Um an Geld zu kommen, hat bekanntlich jeder seine eigenen Methoden, sein *Ich-Ideal*, wie es in der Sprache der Psychoanalyse heißt. Ihr Vorbild ist Freud. Ich stamme eher von Rasputin ab, doch gewiß nicht von Jack the Ripper. Ich verabscheue willkürliche Gewalt und hasse Psychopathen, die aus Instinkt oder zum Spaß töten. Doch kommen wir auf meine Geschichte zurück. Doris - so hieß meine erste Frau - war sehr reich. Das war ihr wichtigster und vermutlich auch ihr einziger Vorzug, und der Grund, weshalb ich sie geheiratet habe. Ich wollte ihr Geld haben, für mich ganz allein. Also habe ich sie eliminiert. Es war mein erster Mord, doch ich war damals noch jung, und es fehlte mir an Erfahrung. Obwohl der Mord als Unfall getarnt war, fand die Polizei die Wahrheit sehr schnell heraus. Gerettet hat mich nur das Geschick meines Anwalts, der es als eifersuchtsbedingten Anfall von Wahnsinn aussehen ließ. Eben verminderte Schuldfähigkeit."

An dieser Stelle hielt er inne, denn diese Erinnerung schien Bitterkeit in ihm zu wecken.

"Ja, die Eifersucht! Dabei hätte das durchaus zutreffen können, denn Doris verbrachte ihre Zeit damit, mich zu betrügen. Zugegeben, sie hatte gute Gründe, unzufrieden mit mir zu sein... Ich war nie besonders gut im Bett. Meine Spezialität ist das Morden. Kurzum, mit Hilfe entsprechender ärztlicher Gutachten gelang es meinem Verteidiger, das Gericht davon zu überzeugen, dass ich, trotz offensichtlichem Vorbedachts, im Wahn gehandelt hatte. Statt zu einer lebenslangen Freiheitsstrafe wurde ich zur Einweisung in das Landeskrankenhaus Hannover verurteilt, was, wie Sie zugeben müssen, das geringste Übel war. So lernte ich Paul Bünting kennen."

Er zog ein Päckchen Zigaretten aus seiner Tasche und bot mir eine an, die ich jedoch ablehnte. Es war das erste Mal, dass ich ihn rauchen sah.

"Das Rauchen habe ich mir in der Klinik angewöhnt", erklärte er. "Dort herrscht eine solche Langeweile und ein solcher Müßiggang, dass man nicht weiß, was man anderes tun soll. Ich versichere Ihnen, Anti-Raucher-Kampagnen hätten dort wenig Erfolg. Ständig betteln die Patienten jemanden um Zigaretten an, die Krankenpfleger, die Ärzte, die Besucher. Ich habe Fälle erlebt, wo sich Leute fürchterlich um eine Kippe geprügelt haben.

Während er seine Zigarette anzündete, blieb seine Waffe nach wie vor auf mich gerichtet, und allmählich begann ich, unruhig zu werden.

"Paul Bünting jedoch ließ sich von dem Urteil des Gerichts, das mich nach Hannover brachte, nicht täuschen", begann er erneut. "Ein Eifersuchtsanfall, darüber konnte er nur lachen. Auch dem von mir angegebenen Motiv glaubte er nicht. Oder, sagen wir, nicht ganz. Seiner Meinung nach war das Geld nur eine Ausrede. In seinen Augen hatte ich Doris aus ganz anderen Gründen umgebracht, nämlich weil Frauen mir angst machten und ich sie haßte. Vorhin sagte ich Ihnen, dass ich kein besonders guter Liebhaber bin. Bünting deutete meine mangelnde Begeisterung, Doris zu befriedigen, als offenkundigen Beweis meines Frauenhasses und meiner Freude, sie zu enttäuschen. Er führte dieses Verhalten auf die sehr komplexen Beziehungen zu meiner Mutter zurück."

Nachdenklich nahm er einen tiefen Zug aus seiner Zigarette und blies den Rauch langsam durch die Nase wieder aus.

"Wohlgemerkt, so ganz aus der Luft gegriffen war diese Einschätzung nicht. Ja, Bünting war mit Sicherheit der einzige, der meine Abneigungen gegen das weibliche Geschlecht erkannt hatte. Folglich ist Geld vielleicht doch nicht das Hauptmotiv für meine Morde, obwohl es natürlich nicht unangenehm ist, welches zu besitzen. Doch wie soll man das wissen! Der Mensch ist ein derart vielschichtiges Wesen. Jedenfalls interessierte Bünting sich für mich, und darin erkannte ich die Möglichkeit, die Nervenklinik zu verlassen. Er dachte, eine gründliche Analyse würde meinen mörderischen Trieben ein Ende setzen, und ich könnte wieder in die Freiheit entlassen werden. Sie können sich wohl vorstellen, dass mir unter diesen Umständen keineswegs daran gelegen war, ihm zu widersprechen. Mein Wunsch, die Anstalt zu verlassen, war so groß, dass ich ihm genau das erzählte, was er von mir hören wollte. Auch als scharfsinniger Mensch und berühmter Arzt ist man gegen Eitelkeit nicht gefeit. Bünting war jedenfalls nicht wenig stolz auf meine Fortschritte. Er glaubte an sie und konnte die schrittweise Aufhebung meiner gerichtlichen Einweisung in die Anstalt von Hannover schließlich durchsetzen. So gelangte ich langsam aber sicher in die Freiheit zurück, wenn auch nur unter der Bedingung, dass ich meine Behandlung fortsetzte. Es lag also nicht in meinem Interesse, diese Behandlung abzubrechen, als ich erneut auf freiem Fuß war."

Er machte eine Pause und zündete sich mit dem Stummel der zu Ende gerauchten Zigarette eine neue an. Offenbar freute es ihn sehr, mir diese Geschichte erzählen zu können. Auch er war nicht frei von Eitelkeit.

"Anfangs hatte ich vor, zumindest eine Zeitlang pro forma zu Bünting zu gehen. Anschließend wollte ich so schnell wie möglich von der Bildfläche verschwinden. In dieser Absicht ließ ich mich auf Langeoog nieder. Natürlich nicht in dieser Behausung. Dort wäre man früher oder später auf mich aufmerksam geworden. Also kaufte ich ein Haus im Dorf. Durchschnittlichkeit ist der beste Weg, nicht aufzufallen. Zuvor verschaffte ich mir falsche Papiere auf den Namen Uwe Janssen. Mit Geld ist das, wie ich Ihnen vorhin schon erklärte, kein Problem. Und Geld, das können Sie mir glauben, hatte Doris mir mehr als genug hinterlassen. Mein Anwalt hatte es damals sogar erreicht, dass ich trotz des Mordes an meiner ersten Frau als Erbberechtigter gerichtlich akzeptiert wurde. Die Voraussetzungen, um mich von Bünting zu trennen, hätten nicht besser sein können. Doch entgegen meines ersten Plans ließ ich noch einige Zeit verstreichen, bevor ich es tat. Seine Patienten interessierten mich. Ich wollte herausfinden, wer sie waren, vor allem, wie sie finanziell gestellt waren. Um das zu erfahren, habe ich mich sogar an einen Privatdetektiv gewandt. Nach meinen - mittlerweile umfassenden - Erfahrungen mit der Psychoanalyse waren die Sitzungen eher kostspielig, so dass ich davon ausgehen konnte, in diesem Milieu einer reichen Patientin zu begegnen. Und ich irrte mich nicht: ich lernte Emma kennen und heiratete sie."

"Emma?" sagte ich. "War auch sie bei Bünting in Behandlung?"

"Sie haben bestimmt nicht darauf geachtet, weil Sie ja nach meinem Namen suchten, aber auf der Liste von Büntings Patienten stand auch eine gewisse Emilie Gute, die spätere Emma Janssen."

Genau, auch diesen Namen hatte ich auf Peters Liste gelesen. Jetzt ärgerte ich mich über mich selbst, weil mir die Verbindung mit Emma nicht aufgefallen war.

"Emilie - oder Emma, wenn Sie so wollen - war depressiv, doch das interessierte mich nicht. Hauptsache, sie war reich, sehr reich. Und das interessierte mich sehr wohl. Ja, es war sogar ein ausgezeichneter Grund, sie zu heiraten... und mich ihrer anschließend zu entledigen. Zunächst veranlaßte ich sie dazu, ihr ganzes Geld in einen fiktiven Handel zu investieren, so dass nirgendwo eine Spur zu mir zu finden war. Die gleichen Vorkehrungen habe ich übrigens bei Monika auch getroffen. Später tötete ich Emma dann unter den Ihnen bekannten Umständen. Das Problem war, dass Paul Bünting mir auf die Spur gekommen war. Ich hätte nie gedacht, dass ein Intellektueller wie er die Kurzmeldungen in der Zeitung lesen würde. Doch ich hatte mich getäuscht, er las sie. Die Menschen sind manchmal unberechenbar. Jedenfalls erfuhr er auf diese Weise, was geschehen war. Er brachte Uwe Janssen mit mir in Verbindung - und schon wußte er, was los war. Vom Ausflug nach Rio schien er sich nicht besonders verwirren zu lassen."

"Und so mußten Sie auch Paul Bünting beseitigen?"

"Was hätte ich anderes tun sollen? Als er die Wahrheit herausgefunden hatte, war er völlig niedergeschlagen. Er, der Ausnahmepsychiater und brillante Theoretiker, hatte sich grundlegend geirrt. Ich weiß nicht wie er mich entdeckte, aber eines Tages rief er mich an. Er sagte mir, dass er zur Polizei gehen würde. Ich flehte ihn an, mir eine zweite Chance zu geben. Wenn ich mich selbst der Polizei stellen würde, könnte ich zumindest mit mildernden Umständen rechnen. Er gab nach. Ich glaube, die Vorstellung, mich bei der Polizei anzuzeigen, widerstrebte ihm zutiefst. Wir vereinbarten, dass ich mich noch am selben Tag stellen sollte. Die Fortsetzung der Geschichte ist Ihnen bekannt. Meine Vorkehrungen hatte ich längst getroffen, und er ist mit dem Auto nie an seinem Ziel angekommen."

"Sie sind widerlich!" schrie ich. "Sie haben nicht nur ihn, sondern auch seine Frau und seine beiden Kinder getötet!"

Diese Beschuldigung schien er sich zu Herzen zu nehmen.

"Was konnte ich denn dafür? Es war doch nicht meine Schuld, dass er seine ganze Familie mitgenommen hatte. Ich hatte es nur auf ihn abgesehen, auf sonst niemanden."

"Das ist ungeheuerlich!" schrie ich entsetzt. "Sie sind ein kaltblütiger Mörder und zeigen nicht einmal Reue!"

Er lächelte.

"Na, na, Doktor Göken", sagte er leise, "muß ich Sie tatsächlich daran erinnern, dass Sie Psychiater und nicht Staatsanwalt sind? Komisch, Sie neigen in der letzten Zeit ziemlich häufig dazu, die Rollen zu vertauschen."

Dann warf er einen Blick auf seine Uhr und fügte hinzu: "Ich warne Sie, Monika wird bald zurück sein, uns bleibt nicht mehr viel Zeit. Wenn Sie mich dauernd unterbrechen, komme ich nie an das Ende meiner Geschichte."

Ich beruhigte mich.

"Sehr gut, fahren Sie fort."

Erneut glänzten seine Augen vor Belustigung.

"Alle Achtung!" bemerkte er. "Endlich haben Sie wieder Vernunft angenommen. *Fahren Sie fort* - man könnte meinen, wir befänden uns gerade in Ihrem Sprechzimmer! Doch kommen wir auf unser Thema zurück. Als Bünting neutralisiert war, mußte ich schleunigst verschwinden. Wer würde schon auf den Gedanken kommen, dass sich hinter einem friedlichen und überdies gehörnten Rentner von Langeoog in Wirklichkeit Dieter Trost verbarg? Ferner führte man Paul Büntings Tod auf einen Unfall zurück. Was mir äußerst gelegen kam, denn nun hatte ich meine Ruhe."

"Die nötige Ruhe, um wieder von vorne zu beginnen!" sagte ich verbittert.

"Genau. Stellen Sie sich vor, ich hatte Gefallen an der Psychoanalyse gefunden. Selbstverständlich nicht an der Therapie. Frauen zu töten, stellte für mich eine wesentliche Einnahmequelle dar. Warum sollte ich mich also von einer derart einträglichen Krankheit heilen lassen? So wurde ich - und darin geben Sie mir sicherlich recht - zu einer Art Patientenjäger, zu einem äußerst seltenen, wenn nicht sogar einzigartigen Fall in der Geschichte der Psychoanalyse. Ich fühlte mich bereits dazu berufen, als ich noch in der Nervenklinik war. Folglich wurden die Sprechzimmer der Analytiker zu meinem Jagdrevier und ihre Patientinnen, sofern sie reich waren, zu meiner bevorzugten Beute. Und deshalb mußte ich mich nach Büntings Tod nach einem neuen Revier umsehen. In dieser Hinsicht kam Ihre Praxis mir sehr gelegen. Auch wenn es immer etwas umständlich war, mit der Fähre ans Festland zu fahren. Doch ich wollte meine Deckung und meine Pläne nicht aufgeben."

"Woher kannten Sie mich?"

"Nun, ich war nicht nur an den Patienten von Paul Bünting interessiert, sondern auch an ihm selbst, an seiner Lebensweise, an den Menschen, mit denen er Umgang pflegte. So erfuhr ich, dass Sie Freunde waren. Auch Ihre Exfrau verstand sich sehr gut mit Bünting, was ich Ihnen wohl nicht ausführlicher darzulegen brauche."

"Nein, das ist nicht nötig", erwiderte ich schroff. "Sie kamen also zu mir in Behandlung..."

"Ja, und bei dieser Gelegenheit entdeckte ich Monika. Sie war genauso neurotisch wie Emma, aber bedeutend reicher. Um ein Haar hätte ich mich von ihrem Leben als Angestellte täuschen lassen. Das Luder wollte mir doch tatsächlich weismachen, es würde einzig und allein von seinem Gehalt leben! Doch dank meiner Beziehungen und meiner Ehen zu wohlhabenden Frauen bin ich längst zu einem Spezialisten auf diesem Gebiet geworden und erkenne Damen mit Geld auf den ersten Blick, auch wenn sie sich als Schmutzliese oder als Handelsvertreterin verkleiden. Monikas Umgangsformen täuschten nicht. Bei meinen Nachforschungen fand ich heraus, dass sie ein beachtliches Vermögen besaß. Eine derartige Gelegenheit konnte ich mir doch nicht entgehen lassen. Doch es war nicht so einfach wie mit Emma. Monika zu verführen war beileibe kein Kinderspiel."

Er stieß einen langen Seufzer aus. Es schien ihm Mühe zu bereiten, über diese Episode zu erzählen.

"Zu Beginn war ich ziemlich unsicher. Zugegeben, ich sehe nicht gerade wie ein Verführer aus. Und ich dachte, eine derart schöne und elegante Person wie Monika würde sich eher für Männer eines anderen Schlags interessieren, für jemanden wie Sie zum Beispiel. Aber das war nicht das größte Problem."

Erneut seufzte er und zündete sich wieder mit der eben zu Ende gerauchten Zigarette die nächste an. Nie zuvor hatte ich jemanden mit einer solchen Ausdauer rauchen gesehen, wenn ich von mir einmal absah. Offensichtlich hatte es Janssen wirklich nicht leicht mit Monika gehabt.

"Das größte Problem ", erklärte er, "waren die sexuellen Begierden, ihre Libido, wie Sie sagen. Ich nehme an, sie hat Ihnen davon erzählt. Wenn man mit seinem Psychiater nicht über diese Dinge spricht, worüber dann? Eine wahre Nymphomanin! Unersättlich! Kein Wunder, dass ihr die Männer immer wieder wegliefen! Und dann ich, der ich doch so wenig an diesen Dingen interessiert bin. Ich versichere Ihnen, es war kein Honigschlecken für mich!"

Seine Verbitterung war so groß, dass ich darüber lächeln mußte. Paul Bünting hatte recht gehabt, in dieser Hinsicht klappte es überhaupt nicht.

"Sie hätten mit mir darüber sprechen sollen, als Sie bei mir in Behandlung waren", sagte ich ironisch, "ich hätte Ihnen helfen können."

Diese Bemerkung schien ihm nicht zu gefallen. Drohend richtete er seinen Revolver auf mich.

"Das finden Sie wohl lustig?" schrie er wütend. "Aber ich versichere Ihnen, bald wird Ihnen das Lachen vergehen."

Es war das erste Mal, dass er die Fassung verlor. Doch es war nur von kurzer Dauer.

"Glücklicherweise", fuhr er in ruhigerem Ton fort, "konnte ich Monika davon überzeugen, dass es noch etwas anderes im Leben gibt als Sex. Was sie brauchte, war eine feste Beziehung zu einem Mann, ja, das war es, was ihr am allermeisten fehlte. Es fiel mir nicht schwer, ihr zu beweisen, dass das mit mir möglich wäre."

"Daher die Geschichte von dem tiefgläubigen Mann, dem es zuwider ist, die Sünde der fleischlichen Begierde zu begehen?"

"Auf diese Idee bin ich ziemlich stolz. In sexueller Hinsicht war Monika unersättlich, doch im Grunde erwartete sie von einem Mann nichts als Liebe. Ich überzeugte sie also davon, dass man einander lieben kann, ohne das ganze Leben miteinander im Bett zu verbringen. Indem ich mich ihr gegenüber äußerst aufmerksam und zuvorkommend verhielt, gelang es mir, sie so fest an mich zu binden, wie... wie eine Nymphomanin an die Unzucht."

"Ich verstehe", sagte ich. "Und ich muß zugeben, dass Sie ein sehr cleveres Spiel mit ihr gespielt haben."

Dieses Kompliment schmeichelte ihm, und ich merkte, wie er sich selbstgefällig in die Brust warf.

Die Dinge wurden mir immer klarer, und nun endlich begriff ich, warum sich Monika so und nicht anders verhalten hatte. Ihre Begeisterung für die platonische Liebe war Janssens Werk. Um ihn nicht zu verlieren, bemühte sie sich zu glauben, zur einzig wahren Liebe finde man nur über die Keuschheit, die allerdings keineswegs ihrem Temperament entsprach.

"Seltsamerweise", fuhr Janssen fort, "dachte Monika, Sie hätten diese Veränderung bewirkt. *„Dank der Analyse"*, so sagte sie immer wieder, *„begreife ich allmählich, dass es noch etwas anderes im Leben gibt als Sex."* Rührend nicht wahr? Sie können sich gar nicht vorstellen, wie dankbar ich Ihnen war. Kurzum, wir begannen, uns über unsere Hochzeit Gedanken zu machen, und als das Aufgebot erst einmal bestellt war, ließ sie mich anstandslos ihr Vermögen verwalten."

"Demnach war die Zeit reif, sich ihrer zu entledigen", bemerkte ich.

"Fast", berichtigte er. "Ich benötigte nur noch Ihre Unterstützung."

"Meine Unterstützung?"

"Ja, denn ich habe beschlossen, diesmal geschickter vorzugehen als in anderen Fällen. Von Anfang an hatte ich nur ein einziges Ziel: Sie von meiner Gefährlichkeit zu überzeugen. Als ich Ihnen erzählte, auf welche Weise ich Emma beseitigt hatte, wurde Ihnen klar, dass ich vor nichts zurückschrecken würde.

Ihre bescheidenen Ermittlungen im Internet-Café in Aurich, in dieser Hütte und schließlich bei Nina gaben mir zu verstehen, dass ich auf dem richtigen Weg war."

"Sie waren also im Internet-Café?"

"Ja, ich war es, der Ihnen die richtige Seite eingestellt hat. Ich beobachtete Sie ebenfalls, als Sie mit Ihrem Sohn im Dörpmuseum waren. Ich wollte eine gewisse Atmosphäre schaffen."

"Und um diese Atmosphäre zu schaffen, haben Sie sich an meine Frau und an Enno Flörke herangemacht und an meinem Wagen rumgepfuscht?"

"Sowie ich merkte, dass Monika reif für die Heirat war, mußte ich einen Zahn zulegen. Die Geschichte mit Ihrem Sohn, mit der ich Ihre Exfrau erschreckt habe, war Teil meines Plans. Doch ich wollte den beiden wirklich kein Leid antun. Enno Flörkes Tod war, ob Sie mir das nun glauben oder nicht, wirklich ein Unfall. Gewiß, ich reiste mit ihm manchmal ganz nach Plan im selben Zug und suchte nach einer Möglichkeit, ihm angst zu machen, damit er Ihnen davon in seiner Sitzung erzählt. An jenem Tag schien er in keiner besonders guten Verfassung zu sein. Er schien starke Schlaftabletten geschluckt zu haben. Plötzlich erhob er sich von seinem Platz. Ich stand im Gang und sah, wie er zur Toilette ging. Doch - unter dem Einfluß der Schlafmittel vermutlich - irrte er sich in der Tür und öffnete die, die ihn nach draußen führte. Natürlich hätte ich eingreifen können, aber die Gelegenheit war einfach zu schön, und so unterließ ich es."

"Unterlassene Hilfeleistung - für Sie ist das eine Belanglosigkeit, nehme ich an."

Er lächelte, antwortete aber nicht.

"Und mein Wagen?" fügte ich hinzu. "Ihretwegen droht mein Käufer für den Rest seines Lebens ein Krüppel zu bleiben."

Er drückte seine Kippe auf dem Tisch aus und zündete sich diesmal keine neue Zigarette an.

"Ich wollte Sie verwirren, Sie glauben lassen, ich hätte Ihren Wagen genauso manipulieren können wie den von Bünting, doch gleichzeitig mußte ein gewisser Zweifel bestehen bleiben. Als ich Ihre Verkaufsanzeige las, schlich ich mich nachts an Ihr Auto und beschädigte die Bremshydraulik. Alles ganz harmlos, nur ein kleiner Schnitt in einem der Schläuche, so dass die Bremsen während der Probefahrt noch funktionierten, es später aber, sofern man sich nicht an eine angemessene Fahrweise und Geschwindigkeit hält, zu einem ganz und gar undramatischen Unfall kommt. Ich konnte schließlich nicht vorhersehen, dass Sie einem wahnsinnigen Raser Ihren Wagen verkaufen würden."

"Ach so, der gleiche kleine Schnitt, der Paul Bünting und seiner Familie das Leben gekostet hat!"

"Ich kann nur wiederholen, dass es mir nicht darum geht, willkürlich zu töten. Bünting hätte seine Familie bloß zu Hause lassen müssen. Wenn man einen Patienten wie mich hat, handelt man eben nicht so leichtfertig."

Er war so sehr von seiner Unschuld überzeugt, dass ich ihn nur voller Entsetzen ansehen konnte. Kannte dieser Mann überhaupt keine Gewissensbisse? Warum hatte ich mich bloß darauf versteift, einen solchen Menschen zu behandeln?

"Ich begreife den Sinn dieser Inszenierung einfach nicht", sagte ich.

Dem Blick nach zu urteilen, den er mir zuwarf, schien er mich für ausgesprochen naiv zu halten.

"Ich mußte Sie auf die Rolle vorbereiten, die Sie für mich spielen sollten. Sie sollten sich nicht nur um sich selbst und um Ihre Angehörigen Sorgen machen, sondern das, was ich Ihnen über Emmas Tod und Flörkes Unfall erzählte, sollte Sie dazu bringen, um Monikas Leben zu fürchten und..."

"Sie haben Ninas Tod vergessen", unterbrach ich ihn erneut. "Ebenfalls Ihr Werk, nehme ich an."

"Wissen Sie, wenn man erst einmal mit dem Töten begonnen hat, finden sich stets gute Gründe, damit fortzufahren. Doch es ist nicht unbedingt erholsam, ein Mörder zu sein, dann und wann wünsche ich mir schon, endlich damit aufhören zu können. Was wollen Sie über Nina wissen? Sie ist zum Opfer ihrer eigenen Geldgier geworden. Nach Ihrem Besuch im *Crazy-Sexy* rief sie mich prompt an und erzählte mir von dem Brief, von dessen Existenz ich bis dahin keine Ahnung hatte. Sie hatten ihr zehntausend Mark dafür geboten, doch sie wollte ihn an den Meistbietenden verkaufen. Wäre sie nicht so habgierig gewesen, dann hätte sie Ihre zehntausend Mark kassiert, und Sie hätten mich problemlos der Polizei ausliefern können."

"Aus diesem Grund wollte sie sich erst am übernächsten Tag mit mir treffen?"

"Ja, blöder geht's nicht, oder? Solche Geschäfte wickelt man sofort ab. Sie können sich wohl denken, dass ich eine solche Erpressung nicht zulassen konnte. Ich mußte diesen Brief wiederbekommen, und ich bekam ihn wieder. Die Schaulustigen vor dem Appartementhaus hatten doch keine Ahnung. Ich bedrohte Nina mit meiner Waffe und zwang sie, in die Tiefe zu springen. Ich bedaure ihren Tod, doch gleichzeitig dient er meinen Plänen. Als Monika Ihnen später von unserer Heirat und von unserer ehelichen Wohnung erzählt

147

hatte - also von der Hütte, bestand für mich kein Zweifel mehr, dass Sie ihr zu Hilfe eilen würden. Wie Sie sehen, habe ich wieder einmal recht behalten."

"Und welche Rolle soll ich in dieser Schmierenkomödie spielen?" fragte ich und tat einen Schritt auf ihn zu, die Waffe in meiner Hand fest umklammert.

Erneut richtete er die Zielrichtung des Revolvers auf mich genauer aus.

"Noch eine Bewegung, und ich schieße", drohte er.

An der Art, wie er diese Worte aussprach, erkannte ich sofort, dass er nicht zögern würde, das tatsächlich zu tun. *„Ich weiß nicht, ob Sie schon einmal einem bewaffneten Mann gegenübergestanden haben"*, hatte Nina gesagt, *„aber ich kann Ihnen versichern, dass man ganz genau spürt, ob er schießen wird oder nicht"*. Und sie hatte recht gehabt. Trotz seines ungezwungenen Tons behielt mich Janssen die ganze Zeit genau im Auge und war bereit, sofort abzudrücken. Er war ein Mörder und würde auch mich nicht verschonen. Als ich mir dieser Tatsache bewußt wurde, ergriff mich plötzlich ein Gefühl panischer Angst. Dass es soweit gekommen war, kam mir vollkommen verrückt vor. Instinktiv schaute ich mich um und suchte nach einem Fluchtweg.

Janssen merkte, was los war, und grinste mich an.

"Ich verstehe, dass Sie Angst haben, Herr Psychiater, denn Sie sind solchen Situationen bestimmt nicht gewachsen. Bisher hatten Sie immer nur mit symbolischen Morden zu tun, doch im Moment liege ich nicht auf Ihrer Couch, und diesmal können Sie die Sitzung nicht nach Belieben abbrechen. Ein Schritt in Richtung Tür, und Sie sind ein toter Mann."

Seine Waffe war noch immer auf mich gerichtet, als er hinzufügte: "Ich rate Ihnen, sich auch noch die Fortsetzung anzuhören, denn sie ist wirklich äußerst spannend. Die Rolle, für die ich Sie ausgewählt habe, ist eine der aufregendsten überhaupt. Ich habe vor, Sie zu Monikas Mörder zu machen."

Ich war völlig verblüfft.

"Wie bitte?"

"Sie haben sehr richtig gehört. Ich werde dieses Verbrechen als Unfall tarnen, doch nicht perfekt genug, um die Polizei hinters Licht zu führen. Ansonsten werde ich alles so arrangieren, dass Sie der Hauptverdächtige sind."

"Sie sind vollkommen verrückt!" schrie ich. "Das ist doch sinnlos. Niemand wird darauf hereinfallen!"

"Wieso? Monika war bei Ihnen in Behandlung. Sie wußten, dass sie reich ist, und Sie haben Geldprobleme - genügt das nicht als Motiv?"

"Woher wissen Sie, dass ich in finanziellen Schwierigkeiten stecke?"

"Ich weiß noch viel mehr, als Sie glauben, lieber Doktor. Wie oft sagte ich Ihnen schon, dass ich nichts dem Zufall überlasse? Wenn Sie möchten, kann ich Ihnen sogar den Vornamen Ihrer ersten Geliebten sowie den Ihres Analytikers, die Nummer Ihres Bankkontos, den Geheimcode Ihrer Kreditkarte und vieles mehr nennen, falls Ihnen das Spaß macht."

"Nicht nötig", erwiderte ich beleidigt.

"Also", begann er von neuem, "Geld ist ein ausgezeichnetes Tatmotiv. Immerhin bin ich des Geldes wegen zum Mörder geworden, warum sollte Ihnen das nicht auch passieren? Soviel ich weiß, ist auch ein Analytiker nicht gegen Habgier gefeit. Hinter Ihrer respektablen Persönlichkeit kann sich durchaus ein Schurke verbergen."

Ich enthielt mich jeglichen Kommentars.

"Und außerdem", fügte er hinzu, "falls Sie das tröstet, habe ich ein ganz und gar überzeugendes Motiv für Ihren Mord an Monika gefunden."

Er hielt inne und warf einen weiteren Blick auf seine Uhr.

"Unglücklicherweise drängt die Zeit, so dass ich Ihnen nicht mehr darüber verraten kann. Es tut mir leid, Sie enttäuschen zu müssen..., aber dort, wo ich Sie hinschicke, wird es für Sie nicht sonderlich hilfreich sein, wenn Sie wissen, warum Sie zum Mörder geworden sind."

Der Revolver zielte genau zwischen meine Augen. Eiskalter Schweiß lief mir über den Rücken.

"Sie werden verstehen, dass ich Sie nun, nachdem ich Ihnen das alles erzählt habe, unmöglich am Leben lassen kann. Aber seien Sie unbesorgt, man wird Ihre Leiche nicht finden. Wenn Ihr Verbrechen entdeckt wird, wird die Polizei glauben, Sie wären geflohen."

Mit rascher Geste deutete er auf einen riesigen Leinensack, der neben einem Haufen schwerer Steine auf dem Boden lag.

"Das ist die einfachste Methode, sich einer lästigen Leiche zu entledigen: der Sack, die Steine, und ab damit in die Nordsee. Dort wird man Sie nicht wiederfinden. Emma habe ich mir übrigens auf dieselbe Weise vom Hals geschafft. Sie liegt bestimmt immer noch da. Sollten Sie ihr begegnen, bestellen Sie Grüsse und setzen Sie ihre Behandlung ruhig fort. Ich bin sicher, sie hat's bitter nötig."

Dieser Scherz gefiel ihm sehr. Er begann zu lachen und entsicherte seinen Revolver.

"Auf Wiedersehen, Herr Psychoanalytiker", sagte Uwe Janssen, "ich hatte fast genausoviel Spaß mit Ihnen wie mit Doktor Bünting."

Er blickte mir tief in die Augen. Ich hatte nicht den geringsten Zweifel: *er wußte*, dass ich bewaffnet war. Doch anstatt unverzüglich zu handeln, zögerte er für den Bruchteil einer Sekunde.

Dieses Zögern rettete mir das Leben.

Ich überlegte nicht lange und gab, aus Angst und wie in einer Reflexbewegung, zwei Schüsse durch meine Jacke ab. Beide Kugeln trafen ihn mitten in die Brust. Er ließ seine Waffe fallen und brach auf dem Tisch zusammen.

Ich war völlig verblüfft über das, was ich getan hatte. Als ich mich ihm näherte atmete er schwer.

"Nicht im Sinne der Psychoanalyse", murmelte er.

Dann kippte sein Kopf zur Seite.

Es waren seine letzten Worte.

12. Kapitel

Ich trat zu Uwe Janssen.

Als ich vor seinem leblosen Körper stand und sah, wie er all sein Blut verlor, überkam mich große Ratlosigkeit. Ich konnte einfach nicht begreifen, wie ein derart entschlossener Mann so lange gezögert hatte. Dieses Verhalten kam mir völlig unerklärlich vor, es paßte weder zu dem, was Nina über ihn erzählt hatte, noch entsprach es dem, was ich empfunden hatte, als er mich mit seiner Waffe bedrohte. Hatte er wirklich die Absicht gehabt, auf mich zu schießen?

Eine Frage ohne Antwort, ein Geheimnis, das Janssen mit in den Tod genommen hatte, ein letzter Versuch, mich noch nach seinem Ableben an der Nase herumzuführen.

Schließlich - und vermutlich weil extreme Situationen stets zur Selbsterkenntnis beitragen - tat ich das, was unter den gegebenen Umständen zu tun war. Ich verhielt mich wie ein vorsichtiger Mörder, der darum bemüht ist, seine Spuren zu beseitigen. Mit einem Taschentuch entfernte ich die Fingerabdrücke von meiner Pistole, die ich gut sichtbar auf dem Tisch liegen ließ, - es existierte keine Erlaubnis, kein Waffenschein, nichts, was auf mich hindeuten konnte - und wischte auch den Türgriff ab. Alle diese Handgriffe vollführte ich mit größter Nüchternheit und peinlicher Genauigkeit, wobei ich an nichts anderes dachte als an das, was ich gerade tat. Als ich schließlich sämtliche Spuren beseitigt zu haben glaubte, verließ schnellstmöglich den Ort des Geschehens.

150

Verschwitzt und mit dem schlechten Gewissens, einen Menschen vom Leben in den Tod befördert zu haben, erreichte ich die letzte Fähre des Tages. Dass der Vermieter meines geliehenen Fahrrades sein Eigentum am Hafen einsammeln mußte, kümmerte mich wenig. Auf der Fähre herrschte Normalität, einen äußerer Zustand, der mir half, nicht auf der Stelle wahnsinnig zu werden.

Zurück auf der Straße nach Wittmund begegnete ich einem blauen VW Polo, den ich als Monikas Wagen zu identifizieren glaubte. Doch mein Wunsch, die größtmögliche Distanz zwischen Janssens Leiche und mich zu bringen, hinderte mich daran, etwas zu unternehmen. Was hätte ich ihr auch sagen sollen? Falls es tatsächlich Monika war, so würde sie in allernächster Zeit feststellen, was festzustellen war, und so reagieren, wie sie es für richtig hielt.

Für mich hatte das keinerlei Bedeutung.

Erst kurz vor der Innenstadt wurde mir rational bewußt, was eigentlich passiert war. Es ließ sich in wenigen Worten zusammenfassen: *Ich hatte einen Menschen getötet.*

Ein schlichter Satz, dessen Konsequenzen mich in Angst und Schrecken versetzten. Nichts würde jemals wieder so sein wie früher. Dieser Satz schloß mich nicht nur aus dem Kreis der Rechtschaffenen aus, sondern bildete eine tiefe Kluft zwischen mir und dem, was jahrelang meine Existenzberechtigung war: der Psychoanalyse. Es bedeutete meinen definitive Ausschluß, meine Exkommunikation, die viel schrecklicher war als der Bann, den Peer Lübben über mich verhängt hatte. Eine Rückkehr war unmöglich. Die Psychoanalyse ist ein integraler Bestandteil des sozialen Gefüges, in dem sie tief verwurzelt ist. Während einer Analyse kann alles gesagt und verstanden werden, doch es ist nicht erlaubt, zur Tat überzugehen. Die schrecklichsten Abscheulichkeiten und die niedere Gesinnung, Mord und Inzest, schändliche und obszöne Begierden, spielen bei diesen Gesprächen die Hauptrollen, und das Sprechzimmer des Analytikers bietet für dieses widerwärtige Spektakel die geeignete Bühne, vorausgesetzt, es beschränkt sich auf den rein verbalen Ausdruck. Dieses Verbot gilt für den Patienten wie für den Therapeuten.

Und da ich dieses Gesetz übertreten hatte, war ich ein für allemal von der Analyse ausgeschlossen.

Es war kurz vor ein Uhr nachts, als ich in meine Wohnung zurückkehrte. Ziellos war ich durch die Gegend gefahren. Der Anrufbeantworter war eingeschaltet. Von sämtlichen Nachrichten, die das Band aufgezeichnet hatte, weckten zwei meine besondere Aufmerksamkeit.

Die erste stammte von Anne. Sie teilte mir mit, sie sei gut im Alten Land angekommen und habe alle nötigen Vorkehrungen getroffen, um Jonas vor Janssen in Sicherheit zu bringen. Diese Nachricht kam mir im höchsten Maße lächerlich vor. Es war das zweite Mal, dass Anne sich ganz und gar irrte: das erste Mal hatte sie danebengelegen, als sie behauptete, Paul Bünting hätte Janssen nie behandelt, und nun traf sie völlig sinnlose Sicherheitsvorkehrungen für Jonas.

Die andere Nachricht war von Kathrin. Sie hatte über das nachgedacht, was zwischen uns vorgefallen war, und wollte mich so schnell wie möglich wiedersehen. Das Gefühl, das aus ihrer Stimme herauszuhören war, weckte in mir erneut einen Anflug von Begierde. Doch es war zu spät. Ich fühlte mich zerbrochen, erdrückt von meiner Schuld. Zwei Schüsse hatten genügt, um mich zu einem Ausgestoßenen werden zu lassen, dem das Recht, eine derart wunderbare Frau wie Kathrin zu begehren, nicht mehr zustand.

Von dieser nächtlichen Stunde an interessierte mich dieses Thema nicht mehr, wie mich auch kein anderes Thema mehr berührte. Statt dessen öffnete ich den Getränkeschrank und leerte in einem Zug eine halbe Schnapsflasche. Anschließend taumelte ich zum Sofa und ließ mich einfach fallen. Einen Moment lang dachte ich daran, Vivaldis *Stabat Mater* aufzulegen. Doch dazu hätte ich mich erneut erheben müssen - das war unmöglich. Also verzichtete ich auf die Altstimme. Die Schnapsflasche lag neben mir auf dem Sofa. Ich trank sie in einem Zug aus. Es ging mir nur noch darum, in völliger Verzweiflung zu versinken, in einer Verzweiflung ohne Traum, ohne Schmerz, im Nichts.

Es gelang mir nicht.

In der Nacht wurde ich mehrmals von Uwe Janssen heimgesucht. Er schaute mich lächelnd an und öffnete seine Jacke, um mir die beiden Einschußlöcher zu zeigen.

Er schüttelte den Kopf und seufzte traurig: "Also wirklich, diese Psychoanalytiker haben schon seltsame Methoden, um sich ihrer Patienten zu entledigen!"

Es vergingen mehrere Tage, in denen ich das Gefühl hatte, einer unabwendbaren Veränderung unterworfen zu sein.

Ich hielt mich nur noch im Wohnzimmer auf. Auf dem Sofa liegend, eine Flasche Schnaps in Reichweite, betrachtete ich meinen allmählichen Zerfall im Spiegel. Die Verwandlung war verblüffend, meine Kleider waren gleichzeitig mit mir älter geworden und klebten an meiner Haut. Ich trug nach wie vor dieselben Sachen wie auf Langeoog. Trotz der Hitze hatte ich meine Jacke nicht abgelegt, mein Hemd war völlig verschwitzt, doch es war zu umständlich, ein frisches anzuziehen. Es kostete einfach zuviel Anstrengung, mich zu waschen und umzuziehen. Und ich roch wie ein Stinktier.

Der Fußboden um das Sofa herum war mit leeren Flaschen, Zigarettenstummeln und den Resten improvisierter Mahlzeiten übersät. Unaufhaltsam rückte der Niedergang näher, der mich umgebende Luxus konnte ihn nicht länger aufhalten, mehr und mehr glich ich einem Penner.

Doch ich mußte, so schwer es mir auch fiel, die Wohnung verlassen, um mich mit Alkohol und Zigaretten einzudecken und mir Zeitungen zu besorgen. Sobald ich den Fuß vor die Tür setzte, überfiel mich die Sonne, und diese Wärme verschlimmerte meinen widerlichen Gestank so sehr, dass ich mich beinahe selbst nicht mehr riechen konnte. Das Gehen fiel mir schwer, meine Schritte wurden immer zögernder. Mit jedem Tag kam mir der Weg zum Zeitungskiosk, zum Tabakladen und zum Supermarkt länger vor. Die Leute sahen mich angeekelt an und gingen mir schleunigst aus dem Weg. Sobald meine Besorgungen erledigt waren, kehrte ich umgehend in meine Wohnung zurück.

Zuhause studierte ich aufmerksam die Zeitungen, verpaßte keine Nachrichtensendung im Radio und im Fernsehen und wechselte unaufhörlich von einem Sender zum anderen, ohne jemals auf die Nachricht zu stoßen, die mich interessierte. Sogar *Explosiv* auf RTL sah ich mir an, diese Sendung, die bereits die Geschichten ausstrahlt, bevor sie überhaupt passieren. Nirgendwo wurde der Tod von Dieter Trost alias Uwe Janssen alias Klaus Meyer erwähnt.

So begann ich erneut, Schnapsflasche um Schnapsflasche zu leeren, eine Zigarette nach der anderen zu rauchen und mir Vivaldis Stabat Mater anzuhören, sofern ich mich dazu aufraffen konnte, die Musikanlage einzuschalten. Nur der Tabak, der Alkohol und die Gesangsstimme waren in der Lage, mir ein wenig Erleichterung zu verschaffen.

Meine Kontakte zur Außenwelt beschränkten sich auf die Nachrichten, die das Band meines Anrufbeantworters aufzeichnete. Es waren Mitteilungen von Kollegen, die mich auf die üblichen Kolloquien, Vorträge und übrigen Psychoanalyse-Veranstaltungen hinwiesen, sowie Meldungen von meiner Bank, die sich darüber wunderte, dass ich noch immer kein Lebenszeichen von mir gegeben hatte - nach Lage der Dinge würde meine Wohnung demnächst zum Verkauf angeboten, doch auch das hatte keine Bedeutung mehr. Nichts hatte mehr Bedeutung. Auch aus der Ambulanz war angerufen worden: man machte sich Sorgen wegen meiner Abwesenheit und bat mich, zurückzurufen. Auch das war mir völlig gleichgültig.

Nur ein erneuter Anruf von Anne vermochte mich ein wenig aufzuheitern und mich, bedingt durch den Alkohol, sogar zum Lachen zu bringen: sie ließ mich wissen, dass sie so lange bei Jonas bleiben würde, bis sie Gewißheit hätte, dass keine Gefahr mehr für ihn bestünde. Ich hörte diese Mitteilung gleich mehrmals ab, und jedes Mal brachte sie mich wieder zum Lachen: Anne Kapermann-Göken, die Ausnahmefreudianerin, der gute Geist von Paul Bünting, die Diva des theoretischen Textes, war nicht verfügbar. Einfach unglaublich! Die Putzfrau steht vor der Tür und die Therapeutin ist ins Alte Land geflüchtet. Wer Moralunterricht in Sachen Libido braucht, muß ein andermal vorbeikommen. Geduld, Geduld, ihr Neurotiker, denn euren Therapeuten geht's noch schlechter als euch!

Auch Peter hatte angerufen. Er wunderte sich, dass er so lange nichts mehr von mir gehört hatte, und bat mich, mich umgehend bei ihm zu melden. Ich war beunruhigt und hörte mir auch seine Nachricht mehrmals hintereinander an, um seine wirklichen Absichten herauszufinden. Doch seine Anrufe waren rein freundschaftlicher Natur und ähnelten in keiner Weise einer Vorladung ins Kriminalkommissariat. Womöglich verweste Uwe Janssens Leiche in jener feuchten Bruchbude, ohne dass sich jemand darum kümmerte. Doch eines baldigen Tages würde er gefunden werden, denn Touristen waren auf Langeoog besonders bewegungs- und wanderfreudig. Die Neugierde der Touristen, nach meiner persönlichen Zählung die zweite Tugend der Urlauber, würde schon dafür sorgen. Schon bald würde einer die Tür der feuchten Hütte aufstoßen und den blutüberströmten Leichnam finden. Mehr als einmal hatte ich überlegt, Peter anzurufen, um ihm alles zu erzählen. Wenn ich ihm zuvorkommen und mich selbst stellen würde, könnte ich größeren Schaden eventuell verhindern. Zumal ich, als ich Janssen erschoß, in Notwehr gehandelt hatte, und mir somit, auch aufgrund meiner Beziehungen und meines Ansehens, schlimmstenfalls ein mildes Urteil drohen würde.

Ein mildes Urteil und ein kaputtes Leben.

Daran hatte ich kein Interesse, und aus diesem Grund rief ich Peter nicht an, ging nicht mehr ans Telefon, öffnete meine Post nicht mehr und machte nicht mehr auf, wenn es an der Wohnungstür klingelte. Ich interessierte mich nur noch für die Nachrichten. Macht, dass ihr weiterkommt, ihr Patienten, Freunde, Putzfrauen, Geliebte, Gerichtsvollzieher, ich bin nicht mehr da. Wenn ihr zu mir in die Wohnung wollt, müßt ihr die Tür eintreten, und dann werdet ihr mich stockbesoffen und im Zustand des vollkommenen Unglücks vorfinden.

Kathrin rief wieder an. Sie machte sich Sorgen über mein Schweigen und meine Abwesenheit in der Ambulanz, sie sagte, sie würde sich freuen, mich treffen oder zumindest mit mir sprechen zu können. Um das zu tun, hätte ich am Leben sein müssen, doch ich lag in meiner Wohnung begraben, von Zigaretten, Schnapsflaschen und Speiseresten begraben. Und ich wollte niemanden sehen.

Niemanden außer Monika Bojen.

Ständig dachte ich an das, was nach meiner Flucht aus der Baracke geschehen sein konnte. In den seltenen Augenblicken, in denen ich bei klarem Verstand war, ging mir unentwegt ein und dieselbe Frage durch den Kopf: Wie hatte Monika reagiert, als sie die Leiche ihres Mannes fand? Logischerweise hätte sie die Polizei benachrichtigen müssen, was sie offensichtlich nicht getan hatte, denn andernfalls hätten die Zeitungen über Janssens Tod berichtet und eine Untersuchung wäre eingeleitet worden. Hatte sie etwa die Flucht ergriffen? Oder war sie in der Baracke geblieben? War sie vielleicht sogar verrückt geworden? Das hätte erklärt, dass sie nicht versucht hatte, sich mit mir in Verbindung zu setzen.

Unablässig stellte ich neue Hypothesen auf, von denen eine unwahrscheinlicher war als die andere, und wenn das Problem zu schwierig wurde, ertränkte ich es ganz einfach in Alkohol. Es gab nur noch Monika. Sie lag auf der Couch, und ihr Rock glitt langsam wieder an ihren angewinkelten Beinen nach oben. Sie war die einzige Frau, die ich noch begehren, mit der ich meinen Zerfall teilen konnte. Und so nahm ich mir fest vor, falls ich sie jemals wiedersehen sollte, ihr ohne die geringsten Skrupel alles anzutun, was ich mir aus freudscher Disziplin stets verwehrt hatte.

Und dann rief sie an.

Ich erkannte ihre Stimme auf dem Anrufbeantworter sofort wieder. Sie entschuldigte sich, ihre letzten Sitzungen verpaßt zu haben, und versprach mir, am nächsten Freitag, am frühen Abend zur gewohnten Zeit, in meine Praxis zu kommen.

Dieser Anruf brachte mich ein Stück weit in die Wirklichkeit zurück. Ich stellte fest, dass seit meinem Ausflug nach Langeoog etwas mehr als eine Woche vergangen war, es kurz vor sechs Uhr war und Monika demnächst eintreffen würde. Ich machte mir einen sehr starken Kaffee, zog endlich meine Jacke und meine Kleidung aus, warf sie geradewegs in den Müll, nahm eine Dusche und war, nachdem ich mich rasiert und angezogen hatte, fast wieder vorzeigbar.

Kurz nachdem ich meine Praxis betreten hatte, klingelte es an der Tür.

Es war Monika. Ich konnte nicht behaupten, sie hätte sich seit dem letzten Mal verändert. Sie sah jedenfalls nicht besser aus als ich. Schwarzgekleidet, gerötete Augen, der Kummer in Person.

Kaum lag sie auf der Couch, da begann sie auch schon mit ihren Schuldbekenntnissen.

"Ich bin eine Mörderin", lauteten ihre ersten Worte.

Gespannt wartete ich auf die Fortsetzung.

"Eine Mörderin", wiederholte sie. "Am letzten Freitag habe ich meinen Mann erschossen."

Ich glaubte, nicht richtig verstanden zu haben.

"Wie bitte?"

"Sie haben ganz richtig gehört: ich habe Klaus getötet."

Sie hielt inne, suchte womöglich nach der nötigen Kraft, um fortfahren zu können.

"Nach meiner Sitzung irrte ich lange durch Wittmund. Ich schaffte es einfach nicht, nach Langeoog zurückzukehren. Es war zu schwierig, ich haßte Klaus für die Prüfung, die er mir auferlegt hatte, und ich unterstellte ihm die bösesten Absichten. Mehr als einmal wollte ich einfach davonlaufen. Aber ich war überzeugt, dass Klaus mich wiederfinden würde. Besser wäre eine offene und ehrliche Aussprache gewesen, bei der ich ihm gesagt hätte, dass ich nicht so mit ihm zusammenleben konnte, wie er sich das vorstellte. Wenn er meine Argumente akzeptiert hätte - was ich mir sehr wünschte -, wäre alles gut gewesen. Andernfalls hätte ich nicht gewußt, was ich hätte tun sollen, aber ich wäre auf keinen Fall bereit gewesen, nachzugeben. Meine Freiheit wollte ich allerdings unter allen Umständen wiedergewinnen. Doch es fuhr keine Fähre mehr und bis zum nächsten Morgen warten konnte ich nicht. So kehrte ich mit einer Charter-Sportmaschine von Harlesiel aus nach Langeoog zurück. Mein Fahrrad befand sich nicht mehr am Hafen. Gestohlen oder - wie es oft auf der Insel vorkommt - mal eben ausgeliehen. Ich ging den ganzen Weg zu Fuß. Weit nach Mitternacht kam ich am Ostende an. Es brannte Licht in der Hütte, ich hatte das Gefühl, dass er auf mich wartete. Ich stieß die Tür auf..., und dann passierte es."

Sie zögerte, ehe sie fortfuhr: "Klaus saß am Tisch. Ein verrückter Glanz lag in seinem Blick, ich hätte schwören können, dass er durch mich hindurchschaute, und das, was er sah, schien ihn mit Schrecken oder Hass zu erfüllen. In der Hand hielt er einen Revolver, und ich war sofort sicher, dass er schießen würde."

"Wie bitte?" sagte ich.

156

Fast hätte ich gefragt: "Er war also nicht richtig tot?", doch sie bemerkte mein Zögern nicht und fuhr fort.

"Vor mir auf dem Tisch lag eine Pistole. Ohne zu überlegen, nahm ich sie und schoss auf ihn. Ich leerte das ganze Magazin auf seinen Blick. Ich weiß nicht mehr, wieviele Schüsse ich abgegeben habe. Blutüberströmt sank er zu Boden. Ich hätte nie gedacht, dass man so schnell und so heftig sein ganzes Blut verlieren kann..."

Notgedrungen, dachte ich.

"Zweifellos werden Sie mir jetzt sagen, ich hätte in Notwehr gehandelt. Schließlich bedrohte er mich mit seiner Waffe. Doch in diesem Moment war ich zu allem bereit und haßte ihn so sehr, dass ich so oder so geschossen hätte. Die Waffe lag in meiner Reichweite. Die Gelegenheit war einfach zu günstig. Und deshalb bin ich jetzt eine Mörderin."

Diese Behauptung machte mich völlig ratlos.

War ich der wahre Mörder, ich, der zwei Schüsse auf Janssens Brust abgefeuert und ihn leblos liegengelassen hatte? Oder war es Monika, die ihn bei seinem letzten Aufbäumen überrascht und das von mir Begonnene zu Ende gebracht hatte?

Doch noch war Monika mit ihrer Geschichte nicht am Ende.

"Als ich Klaus zu meinen Füßen sterben sah, handelte ich wie eine richtige Verbrecherin. In der fürchterlichen Hütte lag ein Sack und ich fand sogar Backsteine. Der Nutzen, den ich daraus ziehen konnte, wurde mir sofort klar. Ich packte Klaus' Leiche in den Sack und zog ihn auf den Strand hinaus. Dort befand sich ein Ruderboot, ganz alt und sicher schon lange nicht mehr in Benutzung. Anschließend lud ich die Steine ins Boot und fuhr auf die Nordsee hinaus, soweit mir die Sterne Licht spendeten. Die ganze Zeit über handelte ich mit klarer, kaltblütiger Entschlossenheit. Eine richtige Verbrecherin! Schließlich beschwerte den Sack mit den Steinen und warf ihn ins Wasser. Es dauerte nicht lange, bis er vollständig untergegangen war... Ich glaube nicht, dass man ihn so bald finden wird, sofern man ihn überhaupt jemals findet. Doch als die letzte Luftblase an die Oberfläche kam, wurde mir die Schwere meiner Tat bewußt und... mit einem Schlag legte sich mein Haß."

Sie hielt erneut inne und begann leise zu schluchzen. Ich wartete, bis sie sich wieder beruhigt hatte.

"Ach, Doktor!" sagte sie. "Wenn Sie wüßten, wie sehr ich darunter leide! Es vergeht keine Sekunde, in der ich mir meine Tat nicht vorwerfe. Was ich Ihnen über Klaus erzählt habe, war widerlich. Ich beschuldigte ihn der schlimmsten Vergehen. Doch ich stand unter dem Einfluß von Wut und Verzweiflung.

Natürlich war seine Lebensauffassung unerträglich, doch er glaubte, in meinem Interesse zu handeln, meiner Seele Kraft zu geben. Wenn ich doch wenigstens versucht hätte, mich mit ihm auszusprechen! Ich bin sicher, er hätte Verständnis gehabt und mich gehen lassen. Statt dessen habe ich ihn getötet. Klaus, den einzigen Mann, der mich je geliebt hat, meinen Ehemann, ich habe ihn umgebracht, und diese Tat macht mich zur Mörderin."

Natürlich hatte sie recht.

Ich hätte ihr selbstverständlich erzählen können, was sich vor ihrer Ankunft tatsächlich zugetragen hatte, ich hätte ihr sagen können, wer Klaus wirklich war und welches Schicksal sie mit ihm zu erwarten hatte.

Doch ich tat es nicht.

Als ich ihre Geschichte hörte, überkam mich unendliche Erleichterung. Angesichts dieser Erleichterung verlor alles andere jegliche Bedeutung. Monikas Schuldgefühle gaben mir mein Leben zurück, und ich hatte keine Kraft dieses neue Leben abzulehnen.

Die Frage, wer von uns beiden die tödliche Kugel abgegeben hatte, wurde zu einer völlig überflüssigen Frage, zu einem sinnlosen Streit um des Kaisers Bart. Zwischen Monika und mir bestand derselbe Unterschied wie zwischen einem legalen und einem leiblichen Vater. Sie war die Mörderin, weil sie als letzte geschossen hatte, weil sie zu töten beabsichtigt und, vor allem, weil sie ihren Mord zugegeben hatte. Dieses Schuldbekenntnis machte aus ihr eine Verbrecherin, so wie die Vaterschaftsanerkennung zur legalen Vaterschaft führt.

Dieses Argument erwies sich als unglaublich stark. Mit einem Mal hatte ich das Recht zu leben wiedererlangt. In diesem Moment erinnerte ich mich an meine erotischen Pläne mit Monika, doch weil ihre Offenbarung einer Woche voller Angst ein Ende setzte und das Bild dieser schwarzgekleideten, über ihr Unglück jammernden Frau mir äußerst unanständig vorkam, erlosch in mir jegliches Verlangen nach ihr. Ihre Verzweiflung langweilte mich; ich dachte an Kathrin und konnte das Ende der Sitzung kaum erwarten. Ich wollte sie endlich anrufen.

Trotzdem unterdrückte ich meine Ungeduld und ließ Monika ihre Geschichte weitererzählen.

"Sie können sich nicht vorstellen, was für ein guter und großzügiger Mann Klaus war. Obwohl er Sie nicht kannte, schätzte er Sie sehr. Seiner Meinung nach war es Ihnen zu verdanken, dass ich mich gebessert hatte. Aus diesem Grund fand er es nur normal, dass ich mich Ihnen gegenüber erkenntlich zeigen sollte, und so überzeugte er mich, Sie in meinem Testament zu berücksichtigen."

"Was sagen Sie da?"

Es klang derart verrückt, dass ich Sie auffordern mußte, ihre Worte zu wiederholen.

"Ja, in meinem Testament. Meine Eltern haben mir, wie Sie wissen, ein beträchtliches Vermögen hinterlassen, und bei meiner Bank habe ich bereits die nötigen Vorkehrungen getroffen. Einer reichen Kundin schlägt man nichts ab. Um das Erbschaftsverfahren zu vereinfachen, habe ich auf Klaus' Rat hin ein Konto auf Ihren Namen eröffnet. Wenn mir etwas zustößt und ich sterbe, stehen eineinhalb Millionen Mark zu Ihrer Verfügung."

Ich konnte einen Schrei der Überraschung gerade noch unterdrücken.

Das war also das Tatmotiv, das Janssen sich für mich ausgedacht hatte. Wegen eineinhalb Millionen Mark hätte ich Monika umbringen sollen. Er war bereit gewesen, diese Summe zugunsten der Glaubwürdigkeit seiner Inszenierung zu opfern. In Wahrheit jedoch hätte er überhaupt nichts geopfert. Denn nach meiner Beseitigung hätte er das Geld in meinem Namen einkassiert. Auf diese Weise hätte er nicht nur Monikas Geld wiedererlangt, sondern mich endgültig belastet.

"Ich kann nicht mehr", fuhr Monika fort. "Dieser Mord geht mir einfach nicht mehr aus dem Sinn. Ich habe einen Brief an die Staatsanwaltschaft vorbereitet, in dem ich alles gestehe. Doch ich habe mich noch nicht entschlossen, diesen Brief tatsächlich abzuschicken. Ich muß endlich aufhören, an all diese Dinge zu denken, an Klaus, an diesen Mord, denn wenn ich so weitermache, bringe ich mich am Ende noch selbst um."

Mit einem Mal wurde mir alles klar.

Peer Lübben hatte einmal mehr recht gehabt: es ist möglich, dass das, was man wirklich ist, sich auf Kosten dessen, was man zu sein glaubt, verwirklicht. In jedem Moment kann man sich als ein ganz anderer Mensch entpuppen. Was ich eben herausgefunden hatte, war ebenso klar und eindeutig wie unerwartet. Ich war ein Schurke. Ein Schurke vom gleichen Schlag wie Uwe Janssen. Was auch immer ich von ihm gehalten hatte, er war die einzige Person gewesen, die für mich gezählt hatte. Alles andere war Lüge. Die Psychoanalyse, die Kontrollanalytiker, die Ambulanz, die Liebe - alles trat hinter dieser Gewißheit zurück. Anne war lediglich eine karrieresüchtige Pedantin, eine Besserwisserin, und auch Lübben, der geschwätzige Kontrollanalytiker, der einem mit seinen ebenso nutzlosen wie lästigen Ratschlägen den letzten Nerv rauben konnte. Nur Peter Brodersen, mein langjähriger Freund, und

Börgmann, der lüsterne Ehrenmann, fanden Gnade vor meinen Augen. Während Kathrin, obwohl sie Begierde in mir geweckt hatte, stets außerhalb meines Lebens gestanden hatte.

Wenn man bedenkt, dass ich geglaubt hatte, ich könnte die anderen heilen! Sie von den Qualen ihres Daseins befreien. Wie lächerlich! *"Es gibt nichts lächerlicheres als einen Menschen, der meint, andere heilen zu müssen"*, hatte Moliére gesagt. Zugegeben, die Psychoanalyse erhebt nicht den Anspruch, zu heilen, sie kann höchstens helfen zu leben, was schon eine ganze Menge ist. Aber eineinhalb Millionen Mark sind auch eine ganze Menge.

Mit einem Mal war zwischen Janssen und mir eine erstaunliche, eigenartige, außerordentliche starke Verbindung entstanden, eine Verbindung aus Dankbarkeit. Dieser Mann hatte mir nicht nur erlaubt, mich selbst zu erkennen, und mich zu dem gemacht, was er war, sondern mir überdies die Möglichkeit verschafft, meine Wohnung zu behalten und die Geldprobleme zu lösen.

Monika lag, in ihrer Verzweiflung erstarrt, auf der Couch und hatte mir anvertraut, dass sie sich umbringen würde, wenn sie weiterhin an diesen Mord denken müßte.

Und so unterdrückte ich die unermeßliche Freude, die mich erfüllte, und sagte so teilnahmslos wie nur irgend möglich: "Fahren Sie fort."

160